Wirksame Werbung ist keine Frage der Unternehmensgröße. Mittelständische Hersteller, Handwerker, Händler und Dienstleister haben die besten Chancen, sich gegen Großkonzerne zu behaupten – und die Konkurrenz aus den eigenen Reihen abzuhängen.

Nicht hergeholte Gags, sondern gezielte Botschaften führen zum Werbe-Erfolg. Schritt für Schritt erläutert Werner Meffert die Überlegungen, mit denen mittelständische Unternehmen zu einem maßgeschneiderten Werbekonzept kommen. Er zeigt, wie sie ein unverwechselbares Profil schaffen, wie sie absatzträchtige Zielgruppen finden und vom Vorteil des eigenen Angebots überzeugen.

Ob neue Kunden gewonnen oder Erstkunden in Stammkunden verwandelt werden sollen, ob die Konkurrenz angegriffen oder abgewehrt werden soll – «Werbung, die sich auszahlt» führt neue Denkansätze, wirksame Techniken, ungewöhnliche Mittel und Wege vor.

Dr. Werner Meffert hat Werbung von der Pike auf gelernt und Publizistik und Psychologie studiert. Als Kaufmann, Marketingberater und Texter hat er für Großunternehmen ebenso wie für mittlere und kleine Firmen gearbeitet. Seit zwanzig Jahren führt Meffert in Düsseldorf seine eigene, erfolgreiche Werbeagentur.

Werner Meffert

# WERBUNG,
## die sich auszahlt

Anders als die Großen,
besser als Ihr Konkurrent

Rowohlt

Vollständig überarbeitete und
erweiterte Neuausgabe
24.–33. Tausend Juni 1996

Veröffentlicht im Rowohlt Taschenbuch Verlag
GmbH, Reinbek bei Hamburg, November 1990
Copyright © 1987 by Rowohlt Verlag GmbH,
Reinbek bei Hamburg
Gesamtherstellung Clausen & Bosse, Leck
Printed in Germany
1490-ISBN 3 499 60120 6

# Inhalt

mal» • Und Ihr zweiter Schritt? • Belohnung für frühe Vögel: Machen Sie's dringend • Druck mit den Kunden Ihrer Kunden • So bauen Sie Eile in Ihre Anzeigen ein sequent auf einen Punkt • Wichtigstes Element: Die Überschrift • Überraschen Sie die Leser: Der Wie-bitte-Effekt • Wenn die anderen brüllen – flüstern Sie • Vom Bekannten zum Neuen – der Königsweg zum Verständnis • Sagen Sie den Umworbenen deutlich, was sie tun sollen

Tageszeitung • Ihre Beilage in der Tageszeitung • Ihr Plakat • Ihre Hauswurfsendung • Ihre Anzeige in der Publikumszeitschrift • Formate • Farbe • Plazierung • Konzentration oder Kombination? • Ihre Anzeige in der Fachzeitschrift • Schneller als jedes andere Medium: das Radio • Ihre Werbung im Fernsehen • Ihrem Einfallsreichtum sind keine Grenzen gesetzt

# 1.

## Alle Erfolgsgeschichten beginnen mit einer guten Strategie

Aus Marl, am nördlichen Rand des Ruhrgebiets, kommt ein Versandkatalog, der ein bemerkenswertes Sortiment feilhält. Es umfaßt alltägliche Gebrauchsgegenstände – die jedoch in Handarbeit gefertigt und aus klassischen Materialien: Eisen und Stahl, Glas und Holz. Nichts aus Kunststoff, nichts Elektronisches, nichts in grellem Neon. Der Katalog-Titel verheißt: «*Es gibt sie noch, die guten Dinge.*»

Das Versandunternehmen heißt *Manufactum*. Thomas Hoof gründete es Ende der achtziger Jahre, weil er sich ärgerte, daß gescheite Geräte immer schwerer zu finden waren. Er machte sich auf die Suche nach den aussterbenden Klassikern und faßte seine Funde in seinem Katalog zusammen: «*Normalstahlmesser. Zugunsten der Spülmaschine wurde richtiger Messerstahl (Kohlenstoffstahl) fast vollständig durch den weniger geeigneten, aber spülmaschinenfesten Edelstahl verdrängt. Kenner haben das immer bedauert. Diese traditionellen Küchenmesser von Robert Herder aus Solingen sind aus Kohlenstoff, handabgezogen und ungemein schneidtüchtig...*»

Der Mann ist beneidenswert.

Aus seinem Beharren auf dem Echten hat er eine Idee entwickelt und umgesetzt. Er gönnt sich das Vergnügen, seine Kataloge selbst zu schreiben – und wurde prompt von einer

Jury für seine Distanz zum «üblichen Werbegeschwätz» ausgezeichnet. Und nicht zuletzt ist er der schnellstwachsende Versender Deutschlands. Anders als die Giganten der Versandbranche hat er seinen Umsatz Jahr für Jahr verdoppelt; 100 Millionen Mark werden angepeilt.

Hier haben Sie die Voraussetzungen für Ihre eigene Erfolgsgeschichte auf dem kürzesten Nenner: Suchen Sie für Ihr Unternehmen eine Position, die Sie voll und ganz vertreten. Suchen Sie einen Weg, auf dem Sie die richtige Zielgruppe zuverlässig erreichen. Sprechen Sie Ihre Wunschkunden so an, daß sie hinhören – und Ihnen glauben.

Werbung, richtig angesetzt, ist ein Präzisions-Werkzeug. Sie kann neue Angebote bekanntmachen, neue Kunden gewinnen und Stammkunden bei der Stange halten. Sie kann falsche Meinungen korrigieren und positive Meinungen verstärken. Werbung kann dort wirken, wo kein Verkäufer vorgelassen wird. Sie kann unvermutete Interessenten aufstöbern, an die nie ein Außendienstmann gedacht hätte.

Ihre Werbung kann das auch. Allerdings: Sie müssen strategisch vorgehen. Sie müssen die richtigen Fragen stellen, bevor Sie die richtigen Antworten suchen.

Ein Sprinter mag so schnell sein, wie er will – wenn er in die falsche Richtung läuft, kann er keinen Blumentopf gewinnen. Deshalb lesen Sie in diesem Buch zunächst einige Kapitel über die Voraussetzungen und Ziele, die Sie unbedingt klären müssen, bevor Sie an die Gestaltung Ihrer Anzeigen, Ihrer Prospekte oder Fernsehspots gehen.

Werbung, die sich auszahlt, beginnt nicht erst beim ungewöhnlichen grafischen Einfall oder beim flotten Text – sondern viel früher. Sie beginnt mit den Überlegungen, die Sie in den folgenden Kapiteln finden.

## 2.

## Gute Nachricht für David:
## Beste Chancen gegen Goliath

Die Großen haben es gut, meinen Sie. Die Industrieriesen und die Handelsgiganten beherrschen die Märkte. Sie haben ihre Lieferanten im Griff und ihre Kunden an der Leine – weil sie für Marketing und Werbung Summen einsetzen, von denen Sie nicht mal träumen können.

Das mit den Summen – das stimmt schon. Die Werbeetats der Großunternehmen erreichen Höhen, die manchen Einzelposten im Bundeshaushalt übersteigen. An der Spitze der Handelsetats liegt traditionell C & A Brenninkmeyer mit mehr als 150 Millionen Mark – nur für die sogenannte «klassische Werbung» in Zeitschriften und Zeitungen, in Funk und Fernsehen. Plakate, Prospekte, Schaufensterdekorationen sind in dieser Summe noch nicht einmal enthalten. Auch die Industriekonzerne setzen gewaltige Summen ein: Bei Procter & Gamble (*Pampers, Dash, Tempo, Blend-a-med*) sind es mehr als eine halbe Milliarde Mark. Firmen wie Volkswagen oder Opel sind mit über 200 Millionen dabei.

Die Großen haben nicht nur mehr Geld – sie kaufen Werbung obendrein billiger ein als Sie. Denn ihr stolzes Auftragsvolumen beschert ihnen bei den Werbeträgern die höchsten Mengenrabatte – und auch die Tochterfirma eines Großunternehmens kommt selbst bei relativ bescheidenen Werbe-Investitionen in den Genuß eines beachtlichen «Konzernrabatts».

So weit, so schlecht. Dennoch brauchen Sie angesichts der Großkonkurrenz keinesfalls den Mut zu verlieren. Denn Sie haben wichtige Pluspunkte auf Ihrer Seite.

Sie können die Großen nicht übertrumpfen – aber Sie können sie unterlaufen. Versuchen Sie also nicht, Henkel oder Oetker oder Siemens zu kopieren. Gehen Sie anders an den Markt heran: schneller und einfallsreicher.

## Mit guter Beinarbeit punkten Sie auch ein Schwergewicht aus

Beweglicher sind Sie allemal. Weil Sie keine Zeit in endlosen Konferenzen vertun, können Sie schneller entscheiden.

Sie haben den Vorteil der kurzen Wege. Sie müssen nicht Sitzungstermine von drei verschiedenen Sekretariaten koordinieren lassen. In Ihrem mittelständischen Betrieb funktioniert die Verständigung durch Zuruf von Zimmer zu Zimmer – oder gar über den Schreibtisch hinweg.

Sie sind näher dran an der Produktion: Sie gehen durch zwei Türen und stehen vor der Drehbank. Und Sie wissen aus eigener Erfahrung, was sich auf dieser Drehbank gerade tut.

Sie haben gar keine Drehbank? Auch gut. Lassen Sie sich durch gewaltige Produktionsanlagen nicht beeindrucken. Sie brauchen keine Fabrik, um als Unternehmer erfolgreich zu sein. Sie brauchen einen Markt – und Sie müssen sich in diesem Markt auskennen. Auf Zukauf spezialisierte Print Promotion-Firmen beispielsweise machen ihr Geschäft, ohne eine einzige Druckmaschine zu besitzen. Sie wissen aber, wo welche Maschinen stehen und wie deren Kapazitäten ausgelastet sind. Durch diese Kenntnis, geschickt ausgespielt, machen sie oft das beste Angebot – und verdienen Geld ohne Risiko.

Als mittelständischer Unternehmer sind Sie näher dran am Vertrieb. Was die Großen – an den Grenzen der Massenproduktion – erst allmählich entdecken, haben Sie schon immer trainiert: Die gezielte Bedienung spezieller Teilmärkte, den Sprung in die Lücken, die den Konzernen nicht lohnend erscheinen.

Sie haben den Vorteil der Markterfahrung aus erster Hand. Die Großen haben anonyme Käufer – Sie aber *kennen* Ihre Kunden. Als Verkäufer an der Front verstehen Sie die Psychologie Ihrer Abnehmer besser als die Manager in den Top-Etagen.

## Die Flops der Tops

Diese Vorteile können mehr wiegen als die Finanzkraft der Konzerne. Auch massive Werbeaufwendungen schützen die Großen nicht vor Mißerfolg, wenn die überzeugende Idee fehlt – oder wenn am Markt vorbeigedacht wurde.

Die Kölner Reynolds Tobacco GmbH wollte mit einem Etat von 60 Millionen Mark den nachlassenden Umsatz ihrer Zigarette *Camel* wieder ankurbeln. Witzige und teure Trickfilme brachten die deutschen Kinobesucher zum Jubeln, nur die Marktanteile der *Camel* sanken weiter.

Die Frankfurter Kaufhausgruppe Hertie hat in ihre Werbung Beträge investiert, die bis an die 100 Millionen Mark reichen – und Jahr für Jahr rote Zahlen geschrieben. Rekordverlust eines einzigen Jahres: 146 Millionen Mark. Das ist, nach einem Wort von Oma Düchting, manch einem sein ganzes Geld.

Die unsägliche Schockreklame mit Motiven aus Not und Krieg, Krankheit und Tod hat das Benetton-Vertriebs-System in Deutschland an den Rand des Zusammenbruchs geführt:

Nach Umsatzrückgängen bis zu 30 % kündigten immer mehr Benetton-Läden den Räumungsverkauf an.

Zu einem «kompletten Desaster» entwickelte sich eine Werbekampagne der Hoover Ltd. in England. Die Staubsaugerfirma hatte den Umworbenen beim Kauf eines Hoover-Geräts von mehr als 100 Pfund zwei Freiflüge in die USA versprochen und sich dabei völlig verkalkuliert. Die Hoffnung, daß nur wenige Kunden die Flüge beantragen würden (auch wegen der Aufenthaltskosten in den Vereinigten Staaten), trog. Die Käufer stürmten die Läden; die Anzeigenseiten der Zeitungen füllten sich mit Verkaufsangeboten nagelneuer Hoover-Staubsauger. Hoover mußte mehr als 50 Millionen Mark aufwenden, um aufgebrachte Kunden zufriedenzustellen. Der Präsident, der Marketing-Chef und sein Stellvertreter wurden gefeuert.

Auch gegen den Goliath können Sie sich behaupten. Was Sie dazu brauchen, ist ein kühler Kopf und die richtige Munition – genau das also, was der biblische David im entscheidenden Kampf einsetzte. Er wurde, wie Sie wissen, schließlich König.

## Auch die große Zahl der anderen muß Sie nicht schrecken

Sie haben es nicht immer mit der Konkurrenz der Großen zu tun. Manchmal brauchen Sie nur ein paar Meter um die Ecke zu gehen, um über den Wettbewerber zu stolpern, der Ihnen das Leben schwermacht. Wie können Sie der vielfältigen Konkurrenz anderer mittelständischer Betriebe begegnen?

Mit solider Qualität und akzeptablen Preisen allein ist es nicht getan – die hat Ihr Wettbewerber auch. Es kommt darauf an, daß Sie Ihr Geschäft, Ihre Erzeugnisse geschickter vermarkten – und auf diesem Gebiet können Sie Ihre Konkurrenten leicht überflügeln.

## Die vier einfachsten Regeln seit der Erfindung der Werbung

Eine zielstrebig verfolgte Strategie und ein paar gute Ideen verschaffen Ihnen schon einen beachtlichen Vorsprung vor dem Durchschnitt:

- Wenn Sie überhaupt etwas von sich hören lassen, stehen Sie schon besser da als der Konkurrent, der schweigt.
- Wenn Sie mit dem richtigen Angebot scharf auf die richtigen Kundengruppen zielen, haben Sie mehr Erfolg als der Konkurrent, der mit der Schrotflinte wirbt.
- Wenn Sie konsequent nach Plan werben, gewinnen Sie mehr als der Konkurrent, der sein Werbegeld je nach Laune ausgibt.
- Wenn Sie den Erfolg Ihrer Werbung kontrollieren, werben Sie wirtschaftlicher als der Konkurrent, der sich auf seine Ahnungen verläßt.

Seien Sie guten Mutes. In der Werbung wird oft so mangelhaft gearbeitet, daß Sie Ihre Konkurrenten leicht abhängen können. Wenn Sie die Voraussetzungen des Werbeerfolgs klar erkennen, braucht Ihnen weder vor der Großkonkurrenz noch vor den Wettbewerbern aus der mittelständischen Nachbarschaft bange zu sein.

Überlegen Sie schon beim ersten Schritt, was Ihr zweiter sein wird. Mit vereinzelten Maßnahmen kommen Sie nicht weit. Es ist nicht damit getan, daß Sie hin und wieder eine Anzeige in Ihrer Tageszeitung oder Ihrer Fachzeitschrift einschalten.

Werbung, die sich auszahlt, schnürt um den Kunden herum wie der Fuchs um den Hühnerstall – wachsam und ausdauernd. Verknüpfen Sie Ihre Botschaften miteinander. Der «Tag der offenen Tür» beispielsweise, den Sie für Ihre Noch-nicht-Kunden ausrichten, gibt zugleich einen interessanten Beitrag für Ihre Kundenzeitschrift ab. Diese Kundenzeitschrift wiederum können Sie als wertvollen Service deklarieren und als Zugabe in Ihrer Anzeige anpreisen.

Wenn Sie nicht ins Stolpern kommen wollen, dürfen Sie den zweiten Schritt nicht vor dem ersten tun. Wenn Sie hören, daß Ihr Supermarkt als unübersichtlich gilt, dann können Sie gegen diese schädliche Meinung viel tun. Es reicht aber nicht, in Ihren Anzeigen «Übersichtlichkeit» zu versprechen – Ihr Laden muß, wenn die Kunden dann kommen, auch übersichtlich *sein*.

## 3.

## Warum sollen die Leute ausgerechnet zu Ihnen kommen?

Beginnen Sie Ihre Überlegungen mit einer einfachen Frage: Wer soll das, was Sie anbieten, kaufen – und warum? Wenn Sie diese Frage klar beantworten können, kommen Sie schnell auf den richtigen Kurs.

Sie erreichen schon viel, wenn Sie beim Publikum überhaupt bekannt sind. Wenn eine Hausfrau ihre Bettwäsche bei Ihnen kauft, weil Sie der erste Name sind, der ihr einfällt, haben Sie Ihre Konkurrenten schon durch schiere Bekanntheit ausgestochen.

Sie erreichen noch mehr, wenn die Leute Sie nicht nur kennen, sondern auch *mögen*. Viele Angebote werden einander immer ähnlicher; wirklich wichtige Produktunterschiede lassen sich nur selten finden. Das können Sie dadurch wettmachen, daß Sie *als Anbieter* attraktiver werden. Wenn Kunden sich zwischen zwei gleichwertigen Angeboten entscheiden müssen, verlagern sie ihre Beurteilung von den Produkten auf die Verkäufer: der sympathischere bekommt den Zuschlag.

Verschaffen Sie Ihrem Produkt in den Vorstellungen der Kundschaft eine «Persönlichkeit», die über die technischen Merkmale hinausreicht. Das *Image* ist zumal für Erzeugnisse wichtig, die der Käufer ohne tiefschürfende Überlegungen spontan mitnimmt. Die Einschätzung solcher Produkte entsteht auf die gleiche Weise wie die Meinung über Menschen:

Der erste Eindruck zählt. Blauer Himmel, eine schneebedeckte Bergspitze und eine frische Blumenwiese prägen das Vorstellungsbild des «Schneekoppe-Müeslis» – produziert von Müllers Mühle AG mitten im Ruhrgebiet.

In Ihren Anzeigen sind es Farben, Schriften und das Layout, in Ihren Fernsehspots Sprachqualität und unterlegte Musik, die Ihre «Persönlichkeit» formen – und den Verbrauchern unmerklich sagen, wie sie gegenüber Ihrem Angebot empfinden sollen.

## Das Allerwichtigste:
## Überzeugen Sie mit einem Nutzen

Bekanntheit und Beliebtheit haben ihren werblichen Wert. Den sollten Sie aber nicht überschätzen: Wer etwas unbedingt haben will, kauft es auch von einem unbekannten Ekel. Für Sie als mittelständischen Anbieter reicht es keinesfalls, sich immer wieder mal angenehm in Erinnerung zu bringen. Der Versuch, Verbrauchergewohnheiten aufzubauen, erfordert mehr Geld, als Sie haben. Besser: Sie finden einen speziellen Hebel, mit dem Sie in vorhandene Bedürfnisse und Wünsche der Kunden eindringen.

Ihre Werbung soll schnell wirken. Ihre Noch-nicht-Kunden sollen sich möglichst sofort entschließen, Ihr Angebot auszuprobieren. Das erreichen Sie nur, wenn Sie gute Gründe dafür liefern. Nur mit gezielten Nutzenversprechen können Sie große Werbeetats wettmachen.

## Die Käufer wollen wissen,
## mit wem sie es zu tun haben

Machen Sie deutlich, wer Sie sind. Erobern Sie eine unverwechselbare Position in den Köpfen der Käufer.

Die Position «Der Größte» hat natürlich viele Vorzüge. Sie ist merkfähig und verspricht Leistungsfähigkeit. Winken Sie nicht ab. Auch als mittelständischer Anbieter können Sie diese Position ausspielen. Sprechen Sie über einen Teilbereich. Wenn Sie nicht *«das größte Bettenhaus in Berlin»* sind – wie wäre es mit *«das größte Bettenhaus in Schöneberg»*? Wenn Sie nicht *«der größte Schraubenfabrikant überhaupt»* sind, wie wäre es mit *«dem größten Hersteller von Innensechskantschrauben»*?

Vielleicht laufen Sie auch im kleinsten denkbaren Teilbereich hinter größeren Wettbewerbern her. Wenn Sie dabei aber deutlich aufholen, können Sie auch daraus eine attraktive Position formulieren: Newsweek ist *«Amerikas schnellstwachsendes Nachrichtenmagazin»*. Das alkoholfreie Clausthaler wird *«nicht immer, aber immer öfter»* getrunken.

Sie müssen nicht der Größte sein. Auch in der Position der Nr. 2 stecken Chancen für eine überzeugende Botschaft. Die Autovermietung AVIS hat das mit einer legendären Werbekampagne vorexerziert: *«Wir sind nur die Nr. 2, wir geben uns mehr Mühe.»* Diesen Gedanken können Sie auch ausreizen, wenn Sie Nummer 137 sind. Sagen Sie, daß kleine Aufträge für Sie eine größere Bedeutung haben als für den großen Satten – und daß Sie sich deshalb aufmerksamer darum kümmern.

Jenseits des Ranglisten-Denkens haben Sie viele andere Möglichkeiten, sich dem Publikum einzuprägen. Denken Sie an Thomas Hoof von *Manufactum*; wählen Sie eine Position, die Ihren Verhältnissen entspricht und für Ihre Kunden einen überzeugenden Wert darstellt. Werben Sie für diese Position mit Aussagen, die sich in ihrem Verständnisansatz und in ihrer Tonart von denen der Konkurrenz deutlich unterscheiden.

Sind Sie der Anbieter mit dem breiten Sortiment? Mit dem Top-Sortiment? Mit der frischen Ware? Mit dem fortschrittlichen Design? Mit den Raritäten? Mit den niedrigen Preisen? Mit den bequemen Parkmöglichkeiten? Mit der besonders schnellen Lieferung? Mit dem zuverlässigen Service? Mit der gründlichen Beratung? Mit dem «Chef-kocht-selbst-Angebot»?

Kunden achten nicht immer nur auf Produkt und Preis. Auch Kontinuität im Lieferprogramm kann eine überzeugende Position sein – daraus resultiert beispielsweise die Vorherrschaft des DOS-Betriebssystems von Microsoft.

Aus jeder Position können Sie Funken schlagen. Allerdings: Entscheiden müssen Sie sich. Das Profil, das Sie wählen, muß in allen Ihren werblichen Aussagen klar erkennbar sein. Ihr Kunde wird es Ihnen danken: Dadurch, daß Sie ihm automatisch einfallen, wenn er etwas Bestimmtes braucht, spart er viel Zeit und Mühe.

Sollen Sie über Ihre Firma oder über Ihre Ware sprechen?

Werben Sie für den Grund, der die Kundschaft für Sie einnehmen soll. Wenn Ihre Ware der Grund ist, werben Sie für die Ware. Wenn der Grund in Ihrer Firma, Ihrer Mannschaft zu suchen ist, werben Sie für Firma und Mannschaft.

Die Abnehmer müssen um so mehr über Ihre Firma wissen, je mehr die Produkte, die Sie vertreiben, denen anderer Anbieter ähneln. Deshalb steht in der Werbung der Produzenten oft das *Produkt*, in der Werbung von Vertriebsfirmen die Leistung der *Firma* im Vordergrund – dazu gehört neben Sortiments- und Preis-Gestaltung auch der Service.

Eine Anzeige des Düsseldorfer Autohändlers stellt die engagierte Mannschaft namentlich vor: «*Warum kommen Jaguarfahrer von weit her, um bei Auto-Becker ihren Jaguar zu kaufen oder pflegen zu lassen? Die häufigsten Antworten lauten: Heinz-Jakob Brüning, Peter de Bruyn...*»

Und bei Dienstleistern – ob Gebäudereiniger oder Werbeagentur – ist die Qualität des Angebots identisch mit der Qualität des Anbietenden. Sie müssen zwangsläufig über ihre Zuverlässigkeit sprechen: Sie verkaufen sich selbst.

## Was unterscheidet Sie von der Konkurrenz?

Unter Musikkennern gilt Wolfgang Schneiderhan als der Mann, der Beethovens Konzert für Violine und Orchester D-dur op 61 besser spielt als andere Violinisten. Zugleich ist dieses Konzert seine beste Leistung. Das ist ein Glücksfall: Wer diesen Beethoven hören will, nimmt ihn von Schneiderhan. Wer Schneiderhan kennenlernen will, nimmt diesen Beethoven. Eine eindeutige Position.

Nur selten sind die beste eigene Leistung und der Vorsprung vor den Wettbewerbern deckungsgleich. Was sollen Sie dann betonen: den Punkt, in dem Sie besonders gut sind, oder den Punkt, in dem Sie besser sind als die Konkurrenz?

Beginnen Sie mit der Analyse Ihrer eigenen Stärken. Geld können Sie auf Dauer nur dadurch verdienen, daß Sie besser sind als andere. Die Leute, die Ihnen dieses Geld bringen sollen, müssen erkennen, wo Ihre besonderen Stärken liegen – Sie brauchen ein unverwechselbares Profil. Damit Sie in Ihrer Werbung dieses Profil zeichnen können, müssen Sie drei Überlegungen auf einen gemeinsamen Nenner bringen:

- Wo liegen Ihre Leistungsstärken tatsächlich?
- Wie tritt Ihre Konkurrenz auf?
- Auf welche Leistungen, auf welchen Nutzen legt Ihre Zielgruppe besonderen Wert?

Der Punkt, in dem Sie stark sind, kann von vielen Wettbewerbern geteilt werden. Die Merkmale wiederum, in denen Sie sich von der Konkurrenz unterscheiden, können in der Einschätzung des Publikums relativ unwichtig sein. Nebensächlichkeiten anzupreisen hat wenig Sinn.

In solchen Fällen helfen andere Vermarktungskonzepte: die Spezialisierung auf bestimmte Vertriebswege, die Erschließung neuer Anwendungsbereiche – und eine eigenständige, werbliche Positionierung, die Ihr Angebot akzentuiert. Es ist gut, in einem Punkt besonders stark zu sein: die Kundschaft leitet daraus ab, daß Sie auch in anderen Punkten gut sind.

Wenn Ihre Konkurrenz ein gutes, deutliches Angebot hat, hilft es nicht, daß Sie dasselbe Produkt «genausogut» oder ein bißchen billiger offerieren. Machen Sie sich auf die Suche nach dem plausiblen, merkfähigen Unterschied.

Schaffen Sie «strategische Wettbewerbs-Vorteile», die vom Kunden wahrgenommen werden und für ihn wichtig sind. Erfinden Sie einen Zusatznutzen, der Sie von der Konkurrenz unterscheidet: Kostenlose Beratung, unverbindliche Inspektion, erweiterte Garantie. Eine besondere Verpackung, Farben nach Wunsch. Blitzlieferung, Zahlungserleichterung.

Wenn Sie als Familienbetrieb von anonymen Konkurrenten umgeben sind: Schlachten Sie die Tatsache aus, daß Ihre Kunden einen «Inhaber zum Anfassen» vor sich haben. Eicker & Söhne in Solingen stellen Friseurscheren her. Rolf

Eicker schildert in seiner Fachkampagne, wie besessen er sich selbst um das Geschäft kümmert: «*Über ein schlechtes Werkzeug kann Herr Eicker sich furchtbar aufregen.*» Diesen persönlichen Ansatz kann ihm kein anonymer Wettbewerber nachmachen – es gibt keinen Herrn Tondeo.

Wenn das breite Sortiment Ihre Stärke ist – verkünden Sie, daß Sie für die Lösung der vielfältigsten Probleme gerüstet sind: «*Eil-Direkt-Kurier: 1 Gramm bis 3 Tonnen – Stadt, Land, Europa.*»

Wenn es wirklich der Preis ist, in dem Sie sich unterscheiden: Machen Sie's deutlich. Der New Yorker HiFi-Discounter «Crazy Eddie» garantiert, daß er jeden Preis, den seine Kunden in der Stadt finden, unterbietet.

Übrigens: Auf Ihre seit langem bewiesene Zuverlässigkeit dürfen Sie gern hinweisen. Aber verlassen Sie sich nicht nur auf Ihre Leistungen von gestern – Lorbeer gehört in die Suppe.

## Was kaufen die Kunden tatsächlich bei Ihnen?

Damit Sie nicht ins Blaue hinein werben: Fragen Sie sich, was Sie eigentlich verkaufen. Beantworten Sie diese Frage nicht dadurch, daß Sie die Dinge aufzählen, die Sie herstellen oder vertreiben. Die Leute kaufen keine Dinge, sie kaufen ein Ergebnis. Keinen Lippenstift, sondern Schönheit; keine Kamera, sondern Erinnerungen.

So sagt es Günther Fielmann, nach eigener Aussage «größter Optiker des Kontinents»: «*Wir verkaufen nicht einfach Gläser und Gestelle. Wir verkaufen auch Ideen und Imagination, Sexualität und Selbstverwirklichung.*»

Wenn Sie das, wofür die Kunden zu Ihnen kommen, mit neuen Augen sehen, verstehen Sie schnell, wie Sie in Ihrer

Werbung auftreten müssen: Als Problemlöser – und nicht als Handwerker. Als Gewinnbringer – und nicht als Zulieferant von Kunststoffteilen. Als Erlebnis – und nicht als Händler.

Niemand sieht den Nutzen Ihres Angebots besser als die Kunden selbst – hören Sie ihnen deshalb genau zu. Nur so können Sie in Ihrer Werbung deutlich machen, daß das, was Sie verkaufen, wertvoller ist als die 20 oder 2000 Mark, die Sie dafür haben wollen. Nur so können Sie sicher sein, daß Sie nicht mit Bravour die falschen Aufgaben lösen.

Der unbefangene Blick auf die Kundenwünsche läßt Sie auch erkennen, für welches Ihrer Angebote Sie werben müssen. Nicht alles, was Sie heute verkaufen, lohnt den werblichen Aufwand. Prüfen Sie, welche Angebote die Kundenorientierung am genauesten treffen. Für den Löwenanteil Ihres Umsatzes sind vermutlich nur wenige Erzeugnisse verantwortlich. Konzentrieren Sie Ihr Werbegeld zunächst auf diese Renner. Sammeln Sie erst einmal Erfahrungen, bevor Sie für die Umsatzbringer von morgen werben.

## Haken Sie ab:
## In welchem Geschäft sind Sie eigentlich?

- *Impulskauf oder überlegte Anschaffung:* Wissen Sie, ob die Kunden Ihre Produkte oder Dienstleistungen spontan oder geplant kaufen?

- *Teilangebot oder Komplettsortiment:* Haben Sie überprüft, ob Ihre Kunden bei Ihnen alles finden, was sie für einen bestimmten Zweck brauchen – oder ob sie noch andere Lieferanten suchen müssen?

- *Erklärungsbedürftig oder problemlos:* Ist Ihr Produkt beratungsbedürftig, oder kann es in Selbstbedienung mitgenommen werden? Als Produzent lenken Sie im ersten Fall einen großen Teil Ihrer Werbeinvestitionen auf den Handel, im zweiten Fall auf den Endabnehmer.

- *Bedarfsbündel:* Kennen Sie die häufigsten Produktkombinationen aus einander ergänzenden Artikeln, die bei Ihnen eingekauft werden?

- *Gewohnheit oder Neuheit:* Wissen die Verbraucher mit Ihrem Produkt schon umzugehen, oder müssen ihnen Funktionen und Nutzen noch im einzelnen erklärt werden?

- *Versorgungskauf oder Erlebniskauf:* Haben Sie eine Vorstellung, ob Ihre Kunden bei Ihnen routiniert Versorgungskäufe erledigen oder ob sie bei Ihnen ein besonderes Kauferlebnis suchen?

- *Experten oder Anfänger:* Gelten Sie als die zuständige Adresse für HiFi-Freaks, oder kauft man bei Ihnen die erste Stereo-Anlage für den zwölfjährigen Sohn?

- *Ersatz oder Zusatz:* Löst der Kopierer, den Sie liefern, einen anderen ab – oder wird er als Zweitkopierer aufgestellt?

- *Ware oder Service:* Welches Gewicht hat in den Kaufentscheidungen Ihrer Kunden die Ware, die Sie liefern, und der Service, den Sie anschließend bieten? Mancher Autohändler hat den Rückstand, den die von ihm vertriebene Marke in der Käufergunst hatte, durch erstklassigen Service wettgemacht.

## Wenn Ihre Kunden Ihnen den Weg zeigen – folgen Sie ihnen

Nach Abschluß ihrer Ausbildung sah die junge Modedesignerin Uschi Bützler ihre berufliche Zukunft in der Arbeit für die Damen der begüterten Kölner Privatkundschaft.

Der schiere Zufall setzte auf einer Modenschau den Werbeleiter einer Metallwarenfabrik neben sie. Dessen Frage, ob sie denn auch das weibliche Messepersonal seines Unternehmens einkleiden könne, brachte Uschi Bützler auf die Idee ihres Lebens.

So etwas wie «Messemode» gab es noch gar nicht. Die Kölnerin erkannte ihre Chance und gründete für die Ausstattung von Messeteams ein Modestudio, für das sie in Prospekten und durch Presseartikel intensiv warb. Wenige Jahre nach dem Start arbeitet sie für die größten Namen der deutschen Industrie. Unternehmen wie Bosch, Mannesmann und Volkswagen lassen ihre Messekostüme – dem jeweiligen Erscheinungsbild angemessen – in Köln nähen. Das Modestudio bietet jetzt einen Komplett-Service, der vom Entwurf bis zur Pflege und modischen Wiederbelebung der Modelle reicht.

Nehmen Sie gute Gelegenheiten wahr und bauen Sie sie aus – auch wenn Sie sich dadurch in eine Richtung entwickeln, in die Sie ursprünglich gar nicht wollten.

Sie entdecken solche Gelegenheiten, wenn Sie nachforschen, wie Ihr Produkt tatsächlich angewandt wird. Kundenprobleme weisen Ihnen oft gute Wege.

In Artikeln, die bislang für Sie ein Nebengeschäft waren, kann sich eine lukrative Zukunft verbergen. Eine Flüssigdünger-Vertriebsfirma erkannte, daß vielen Landwirten die Lagermöglichkeiten fehlten. Sie ließ spezielle Tanks entwickeln, die sie in Anzeigen zunächst als Zugabe zur eigentlichen Ware anbot. Heute sind diese Tanks ein wesentlicher Bestandteil ihres Geschäfts.

Gute Gelegenheiten entwickeln sich aus der Bequemlichkeit Ihrer Kunden. Party-Services liefern nicht nur Hummer und Suppe, sondern besorgen auch Musiker und – «wenn Ihre Firmenräume zum Feiern nicht so recht einladen» – Partyräume. Metzgereien verkaufen nicht nur Wurst und Fleisch, sondern bieten – mit schönen Gewinnspannen –

auch fertigen Eintopf, Suppen und Salate zum Mitnehmen an. Manche haben einen Steh-Imbiß angegliedert.

Denken Sie in Bedarfsfeldern. Welche Leistungen sind Ihrem derzeitigen Angebot verwandt? Wie können Sie Ihr Leistungsspektrum sinnvoll erweitern? Viele Gebäudereinigerfirmen haben entdeckt, daß sie sich nicht auf das Fensterputzen und Teppichsaugen beschränken müssen: Sie werben für ihren Full-Service, der die Wartung von Feuerlöschern, die Pflege von Grünanlagen oder auch den Wach- und Schließdienst umfaßt.

Spezialversender beginnen mit Glas und Porzellan und nehmen dann Tischwäsche und Münzen hinzu. Alle diese Artikel gehören in dieselbe Erlebniswelt der Kundschaft – die Möglichkeiten der wertvollen Kundenliste werden so gewinnbringend ausgeschöpft.

Gliedern Sie Ihr Angebot so, wie die Kunden es brauchen. Das Stadthallen-Restaurant in Karlsruhe bietet «*Das Theater-Menü: Eine kulinarische Inszenierung vom Küchenmeister. 2 Gänge vor der Aufführung, 2 Gänge danach. Ab 18.00 Uhr servieren wir Ihnen den ersten Teil, ab 22.00 Uhr erleben Sie das Finale einer erstklassigen kulinarischen Darbietung… Wir freuen uns auf Ihre Tischreservierung.*»

## Ihr Erfolg beginnt mit Ihrem guten Namen

Die amerikanischen Werbeleute Al Ries und Jack Trout berichten von einem aufschlußreichen Experiment. Sie suchten so lange Fotos attraktiver Mädchen, bis sie zwei fanden, die von einer befragten Studentengruppe als «gleich schön» eingestuft wurden.

Dann legten sie diese beiden Fotos einer anderen Gruppe vor. Diesmal gaben sie allerdings den beiden Mädchen unterschiedliche Namen – einen wohlklingenden und einen biederen. *Jennifer* wurde die eine, *Gertrud* die andere genannt.

Gefragt, welches Mädchen schöner sei, entschieden sich jetzt 158 Studenten für *Jennifer* – und nur 39 für *Gertrud*.

Die Namen, die wir den Dingen geben, beeinflussen unser Urteil über diese Dinge. Nehmen Sie deshalb den Rat, «sich einen guten Namen zu machen», wörtlich. Nennen Sie sich, wie Sie wollen – aber richtig.

Schon der Name Ihrer Firma sollte erkennen lassen, was Sie zu bieten haben. Sie machen es dem Publikum leicht, wenn Sie einen Namen wählen, der eine Beziehung zu Ihrem Fachgebiet hat. Eine Werbeagentur, die «Konzeption GmbH» heißt, kündigt damit andere Leistungen an als eine, die sich «Media Promotion» nennt.

## Geben Sie der Kundschaft keine Rätsel auf

Sie fahren auf der Autobahn hinter einem Lieferwagen her und sehen auf dessen Heck ein Firmenzeichen, das grafisch gar nicht schlecht gemacht ist, Ihnen aber weder Namen noch Geschäftszweck der Firma verrät. Erst beim Überholen lesen Sie dann «Metzgerei Carl Wittlinger». Warum sagt Meister Wittlinger Ihnen das nicht sofort?

Schreiben Sie Ihren Firmennamen klar und deutlich hin – auf Ihre Briefbögen, Ihre Schaufenster, Ihre Prospekte. Verzichten Sie auf den Ehrgeiz, ein eigenes Firmenzeichen zu entwickeln.

Vor hundert Jahren, als der Pelikan und der Oetker-Kopf erfunden wurden, waren Firmen- und Markenzeichen noch nützlich. Sie hoben die Markenware aus der Fülle der anonymen Artikel hervor – und manche Zeitgenossen waren des Lesens noch nicht so recht kundig. Heute bieten solche

Signets keine Orientierungshilfe mehr – es gibt zu viele davon.

Kürzen Sie Ihre Firma nicht ab. Wenn die Leute noch nicht einmal Ihren Namen kennen – wie sollen sie dann die Kürzel behalten? Steckt hinter P & Z das Bauunternehmen Polensky & Zöllner oder die Abbruchfirma Prangenberg & Zaum? Ist A + S die Handelsgesellschaft oder die Wannentechnik oder die Gesellschaft für Heizkostenmessung? Kein Mensch strengt sich an, um das herauszufinden.

Vermeiden Sie die erstaunlichen Fehler, die sich Großkonzerne erlauben, wenn sie einen vertrauten Namen in ein Buchstaben-Rätsel verwandeln. Der Hamburger Beiersdorf-Konzern hat sich mit der Abkürzung BDF jahrelangen Verdruß eingehandelt, bis er zum guten alten Namen zurückkehrte.

Wenn Sie keinen guten Namen haben – machen Sie sich einen.

Schauen Sie sich Opel an: der Opel Rekord war zu stark belastet durch die Vorstellung des «Provinzlers mit Hut». Das Unternehmen entschloß sich nach fünfzig Jahren zur Aufgabe – und brachte mit dem Opel Omega ein Auto an den Start, das mit ganz anderen Augen gesehen wird.

Diese Freiheit haben Sie auch als mittelständischer Anbieter. Im sächsischen Mittelbach erfand der ehemals volkseigene Betrieb VEB Trikotext für sich den neuen Namen *Bruno Banani* – im Markt hochwertiger Männerunterwäsche auf Anhieb ein Renner. «Italienische Namen wirken in der Modebranche Wunder», hieß es im SPIEGEL, dem der Erfolg eine Story wert war.

**4.**

# So finden Sie die Zielgruppe, die Ihnen das Geld bringt

Auch mit dem besten kreativen Einfall können Sie einem Vegetarier kein Steak verkaufen. Selbst mit der schönsten Hochglanz-Broschüre bemühen Sie sich vergebens um Leute, die mit Ihrem Produkt beim besten Willen nichts anzufangen wissen.

Einen Mann hingegen, der just Ihr Angebot seit langem gesucht hat, gewinnen Sie auch dann, wenn Sie ihm dieses Angebot in schludriger Form unterbreiten. Blättern Sie einmal in einem dieser schnell gemachten Computer-Lehrbücher. Wer auf seinem PC unbedingt BASIC lernen will, nimmt notfalls auch die unfreundliche Typografie in Kauf.
Das ist für Sie kein Grund, schludrig aufzutreten – wohl aber ein Grund, genau über Ihre Zielgruppe nachzudenken.

## Besser, Sie überzeugen 2000 Leute gründlich, als daß Sie an zwei Millionen vorbeireden

Werben Sie nicht um jedermann. Versuchen Sie, die Interessen einer gut umrissenen Zielgruppe zu treffen. Je mehr die einzelne Person das Gefühl bekommt, daß Sie gerade mit ihr sprechen, desto eher ist sie bereit, Ihnen zuzuhören.

Bei Ihrer Fahndung nach der Zielgruppe, die für Ihr Angebot besonders aufgeschlossen ist, liefern statistische Merkmale wie Alter, Geschlecht, Einkommen, Ausbildung, Ehestand, Beruf nur einen groben Raster. Es mag sein, daß Männer und Frauen unter dreißig mehr Jeans kaufen als Leute über dreißig, aber niemand kauft Jeans, *weil* er jünger als dreißig ist.

Lebensstil, Wertsysteme, Einstellungen und Verhaltensweisen sind weit wichtiger für den Kaufentscheid. Begnügen Sie sich deshalb bei der Zielgruppenbestimmung nicht mit allgemeinen Angaben wie «Frauen im Alter von 18 bis 35 Jahren». Unterscheiden Sie nach der Lebenssituation: Unverheiratete Mädchen in der Ausbildung. Junge Frauen kurz vor der Ankunft des ersten Kindes. Junge Mütter mit einem Baby. Mütter mit kleinen Kindern. Mütter mit Kindern in schulpflichtigem Alter.

Solche Gruppen unterscheiden sich deutlich in ihren Wohnverhältnissen, in Berufstätigkeit, Kontostand, Freizeitverhalten. Die Intensivkäufer von Spinat sind anderswo zu finden als die von Nagellack.

## Wie nahe sind die Kunden schon an Sie herangekommen?

Ebenso wie die Menschen in ihrem Leben verschiedene Entwicklungsstufen erreichen, entwickelt sich auch ihre Beziehung zu dem Produktfeld, in dem Sie aktiv sind.

Nicht alle sind immer auf demselben Stand. Sie finden zu jedem Zeitpunkt im Markt Verbraucher, die von einem Produkt, wie Sie es vertreiben, noch nie etwas gehört haben – ebenso wie Kunden, die so etwas zum erstenmal ausprobieren wollen. Sie begegnen routinierten Anwendern ebenso wie Konsumpionieren, die schon wieder in andere Produktfelder weiter gewandert sind.

Wenn Sie einen einfachen, preiswerten Videorecorder vertreiben, können Sie bei den ersten beiden Gruppen – den Anfängern – einen Stich machen. Den Experten hingegen müssen Sie schon mit einem besonders leistungsstarken Modell kommen.

Untersuchen Sie also, wie die Umworbenen zu Ihrem Angebot stehen. Überprüfen Sie anhand der folgenden acht Fragen, mit welchen Kunden Sie es zu tun haben. Sie finden dann auch heraus, ob diese Gruppe auf Dauer genügend Abnehmer stellt – oder ob Sie neue Kunden brauchen.

- Kennen Sie die Voraussetzungen, die jemand mitbringen muß, um Ihr Kunde zu werden? Viel Geld? Wenig Geld? Viel Zeit? Wenig Zeit? Starkes technisches Interesse? Besondere Freizeitvorlieben? Gute Allgemeinbildung?

- Kennen Sie die Hindernisse, die einem Kauf bei Ihnen entgegenstehen? Hohe Ansprüche? Weite Wege? Fehlende Transportmittel? Ausgeprägte Treue zu Konkurrenzangeboten?

- Wissen Sie, wer letzten Endes über den Kauf Ihrer Erzeugnisse, Ihrer Leistungen entscheidet: der Kunde, mit dem Sie sprechen, oder ein einflußreicher Meinungsbildner (das kann auch ein Kind sein) im Hintergrund?

- Wissen Sie, ob die Leute, die Ihre Ware bestellen und bezahlen, auch die Leute sind, die die Ware nutzen?

- Wissen Sie, welchen Einfluß Familienmitglieder bei der Wahl des Produkts und des Einkaufsorts ausüben?

- Haben Sie eine Vorstellung, wieviel Zeitaufwand der Einkauf bei Ihnen beansprucht – einschließlich Planung, Anfahrtzeit und Parkplatzsuche?

- Haben Sie eine Ahnung, ob Ihre Kunden untereinander über Sie und Ihre Leistungen sprechen?

- Können Sie abschätzen, ob Ihre potentiellen Abnehmer ihren Bedarf heute anderswo auf dem Markt decken – oder ob dieser Bedarf noch gar nicht geweckt ist?

## Erfolg jenseits der Massenmärkte

Im April 1915 griffen englische Truppen die türkischen Stellungen auf der Halbinsel Gallipoli an. Admiral de Robeck beobachtete die Landung. «Schneidige Jungs, diese Soldaten», knurrte er. «Gehen immer auf die dickste Stelle im Drahtverhau los.»

Wenn Sie sich keine blutige Nase holen wollen: Kämpfen Sie nicht mit fest eingesessenen Wettbewerbern auf deren Märkten. Fortnahme-Wettbewerb ist stumpfsinnig und kostspielig.

Formen Sie Ihre eigene Kampfarena, in der Sie Nachfrage in eigener Initiative und nach eigenen Standards produzieren. Der Weg dorthin führt über die Entwicklung von Teilmärkten mit Hilfe neuer Problemlösungen. Formulieren Sie Angebote, an die die Konkurrenz noch nicht gedacht hat.

Mit großen Stückzahlen sind heute kaum noch Geschäfte zu machen. Geben Sie auf differenzierte Kundenbedürfnisse differenzierte Antworten.

Flötotto Einrichtungssysteme aus Westfalen machen Ihnen das vor. *«Den Personal Colour Container können Sie in allen Farben dieser Welt bekommen. Egal ob Sie also gerade an die grünen Augen Ihrer Frau oder an die lila Handschuhe Ihrer Tochter denken – wenn Sie möchten, kriegen Sie Ihre neuen Möbel exakt in diesem Farbton. Alles, was wir dazu brauchen, ist ein Farbmuster.»*

Sie haben gute Chancen, sich die Nachfrage eines begrenzten Marktsegments zu sichern und damit die Konkurrenz zumindest eine Zeitlang abzuhängen. Denn immer wieder formieren sich Kundengruppen, die etwas anderes brauchen, als der Markt bislang hergibt.

Das kann eine neue *ganzheitliche* Lösung sein. Die Promotex Messebau GmbH in Münster bietet ihrer Kundschaft gleich vier Leistungsbereiche an: Standarchitektur plus Standaufbau plus grafische Ausführung plus Kommunikationskonzept. Der Prospekt verspricht «*Komplettleistung aus einer Hand: Ein einziger Ansprechpartner, klare Verantwortlichkeiten, weniger Reibungsverluste, weniger Kompromisse*».

Neue *spezielle* Lösungen sind zumal in wachsenden Märkten gefragt. Mit zunehmender Verbreitung der Personal Computer haben kleine Software-Entwickler gute Chancen, Arbeitsprogramme für unterschiedlichste Anwendungsbereiche zu verkaufen – vom «Managementsystem für Milcherzeuger» bis zur «Stammbaumverwaltung für Ahnenforschung».

## Guerilla-Business: Mao statt Clausewitz

Während der preußische Stratege Clausewitz noch postulierte, daß man «über einen kleinen Haufen keinen großen Sieg erfechten kann», lehrte Mao Tse-tung, daß man genau auf diese Weise den Krieg gewinnt – indem man nämlich eine kleine Einheit nach der anderen schlägt. Nennen Sie es Guerilla-Business: viele kleine Geschäfte können sich zu großen Umsätzen addieren.

Richten Sie Ihr Angebot also nicht an alle 70 000 Lebensmittel-Einzelhändler der Bundesrepublik, sondern exklusiv an die 4000 Konditoren (wie es die Braunschweiger Heimbs & Sohn mit ihrem «Konditorei-Kaffee» tun). Nicht an alle

30 Millionen erwachsenen Männer in Deutschland, sondern an die vielleicht 30000 Herren, die sich gerne in einem maßgeschneiderten Hemd sehen (wie es die Kölner Herrenausstatter Daniels & Korff tun). Nicht an alle 1,5 Millionen Hamburger, sondern an die 300000 Teens und Twens (wie es das Stadtmagazin OXMOX tut).

## Nicht jedem alles versprechen: Spalten Sie die Nation

Die Werbeagentur Lürzer, Conrad & Leo Burnett bekam den Auftrag, den neuen FIAT Panda in der Bundesrepublik einzuführen. Die Frankfurter ließen sich eine ungewöhnliche Kampagne einfallen: *«FIAT Panda. Die tolle Kiste»*. Textbeispiel: *«Er hatte im Dorf schnell Freunde gefunden. Nur zum Tankwart fand er kein rechtes Verhältnis.»*

Die ersten Tests brachten ein vernichtendes Ergebnis: 75 Prozent der Befragten lehnten die Anzeigen als «zu albern» ab. FIAT und die Agentur entschlossen sich dennoch, bei ihrer Linie zu bleiben: «25 Prozent sind schließlich auch schon was.»

Die konsequente Ansprache einer Minderheit von «unkonventionellen Autofahrern, die keinen Wert auf äußerliches Prestige legen», zahlte sich in drastischen Marktanteilsgewinnen aus. Der FIAT Panda wurde schnell zum meistverkauften Ausländer in der kleinsten Klasse.

Versuchen Sie nicht, jedermanns Freund zu sein. In den Worten von Franz Josef Strauß: «Everybody's darling is everybody's Depp.» Entscheiden Sie sich zur Ansprache eines bestimmten Kundenkreises. Sie gewinnen mehr, als wenn Sie Ihr Produkt aller Welt verkaufen wollen.

Nehmen Sie Partei. Wenn Sie gegen Teilgruppen im Volk

ausdrücklich Front machen, wird Ihr Angebot deutlicher – und noch überzeugender für die Leute, die Sie gewinnen wollen. Willi Schalk von der Düsseldorfer Werbeagentur TEAM-BBDO postulierte: «Werbung muß man so machen, daß die Nation sich spaltet.» Und dann teilte er – ohne sonderliche soziale Rücksicht – der Nation im Namen des Deutschen Schuh-Instituts lakonisch mit: *Alte Schuhe wirken ärmlich.*»

Ein Thema, zu dem die Mehrheit sich unentschieden verhält, ist inaktuell – langweilig. Sie machen dieses Thema heiß, wenn Sie Spannung zwischen Für und Wider erzeugen. Bringen Sie Ihre Kunden auf eine Seite – auch wenn Sie diese Seite erst einmal erfinden müssen.

Fragen Sie sich, für welche Menschen – aus welchem Grund – Ihr Produkt keinesfalls bestimmt ist. Das trägt zur Klärung Ihrer Position bei.

Die Käufer, die Sie haben wollen, müssen sich verstanden fühlen. Sie müssen sich erstens in Ihrer Wunschkunden-Beschreibung wiedererkennen. Und sie müssen zweitens spüren, daß Sie sich mit ihrer Lebensweise solidarisieren – «gegen die anderen». Sie schärfen Ihre werblichen Aussagen, wenn Sie mitteilen, wen Sie *nicht* meinen: «Mit dieser Art von Leuten, mit denen ihr nichts zu tun haben wollt, wollen wir auch nichts zu tun haben.»

Aus einer IKEA-Anzeige: *«Es gibt Menschen, die verschlafen alles. Es gibt auch Menschen, die machen jeden Trend mit. Und es gibt Menschen, die gehen ihren eigenen Weg. Sie lassen sich weder von Trends verführen, noch sind sie gleichgültig.»* Und dann die IKEA-Position: *«Nicht für die Gleichgültigen.»*

**5.**

# Was wollen Sie eigentlich genau von den Kunden?

Definieren Sie nicht nur Ihre Zielgruppen, sondern auch Ihre Werbeziele. Was genau soll Ihre Werbung leisten?

Drei Fragen müssen Sie sich selbst beantworten: Wollen Sie «werblichen Vorverkauf» betreiben oder gleich zur Sache kommen? Wollen Sie Ihren Markt *abschöpfen* oder einen bestimmten Teil davon *ausschöpfen*? Wollen Sie Laufkunden bedienen oder Stammkundschaft aufbauen?

### Werblicher Vorverkauf oder direkt zur Sache?

Entweder: Sie wollen mit Ihren werblichen Maßnahmen ein Meinungsklima schaffen, das die Leute veranlaßt, sich Ihrem Erzeugnis dann zuzuwenden, wenn sie das nächste Mal in eine Entscheidungssituation geraten. Wenn die Gartenmöbel mal wieder gestrichen werden müssen. Wenn der Sohn zum Geburtstag ein Fahrrad bekommen soll. Wenn eine Hohlspindel-Fräseinheit angeschafft oder der Laserdrucker ersetzt werden muß.

Oder: Sie wollen die Kundschaft dazu bewegen, *auf der Stelle* eine Entscheidung zu fällen. Die Interessenten sollen den nächsten Anlaß gar nicht erst abwarten, sondern sofort handeln. Sie sollen *jetzt* den neuen Tennisschläger kaufen, *jetzt* den neuen Lieferwagen ordern.

Der erste Weg ist länger. Bis an sein gutes Ende kommen Sie nur, wenn Sie finanziell einen langen Atem haben. «Werblicher Vorverkauf», der sich später auszahlt, setzt voraus, daß Sie über einen beachtlichen Werbeetat verfügen – und über eine Verkaufs-Organisation (Ihren eigenen Außendienst oder den Handel), die nachstößt und das geschaffene positive Klima nutzt.

Wenn Sie diese Kraft nicht haben, müssen Ihre Anzeigen den Verkäufer ersetzen – sie müssen selbst Verkäufer sein.

## Wann wird es ernst für Ihr Angebot?

Ein gutes Meinungsklima hilft Produkten, die sich Freunde im Handel geschaffen haben – weil sie wichtige Umsatzbringer sind oder attraktive Handelsspannen bieten. Die positive Vertrautheit mit Ihrem Angebot zahlt sich in dem Moment aus, in dem der Verbraucher vor dem Regal steht.

Für «underdogs» setzt der Handel sich nicht ein. Für diese Produkte wird die Situation nicht erst im Laden ernst – die Entscheidung für den Kauf muß schon fallen, bevor der Käufer den Laden betritt.

Für Ihr Produkt, das draußen keine Unterstützung hat, sollten Sie also keine Werbung machen, die bloß positives Vertrautsein zum Ziel hat. In zu vielen Fällen würde der Kunde ins Leere laufen – oder vom Händler umgepolt werden.

Die Hausfrau, die Sie gewinnen wollen, muß ihr Haus schon mit dem Vorsatz verlassen, Ihr Erzeugnis zu kaufen. Ebenso muß der gewerbliche Einkäufer, dem Sie ohne schlagstarke Vertriebsmannschaft Ihr Stanzwerkzeug verkaufen wollen, *schon auf Ihre Werbung* reagieren.

Machen Sie es diesen Abnehmern so leicht wie möglich, Entscheidungen sofort zu treffen und zu verwirklichen.

Erstens: Machen Sie Ihr Angebot und die sofortige Entscheidung des Umworbenen wichtig. Wichtige Nachrichten brauchen keine Erinnerungswerbung. «Wie oft muß man Ihnen sagen, daß Ihr Haus brennt?» fragt der amerikanische Werbefachmann Howard Gossage.

Zweitens: Sagen Sie den Kunden, wie und wo sie Ihr Erzeugnis bekommen können – durch einen Bezugsquellen-Nachweis in Ihrer Anzeige oder durch einen Coupon, der ihnen zu näheren Informationen verhilft.

Oder aber: Sie verkaufen gleich direkt.

«Klassische» Werbung in Zeitungen und Zeitschriften, im Fernsehen oder im Hörfunk kann Ihr Produkt bekannt und vertraut machen. Sie kann einen Kaufwunsch erzeugen, ihn aber nicht erfüllen. Beim Umworbenen sofort Aktion auszulösen – das ist die Leistung des Direktmarketing (auf Seite 200 lesen Sie mehr darüber).

Es kann sich empfehlen, das eine zu tun, ohne das andere zu lassen. Ihre Direktwerbe-Maßnahmen werden von «klassischer» Werbung gut flankiert – das hilft Ihnen besonders dann, wenn Sie im Markt noch wenig bekannt sind, aber für Ihr Direktmarketing einen Vertrauenshintergrund brauchen.

## Abschöpfen oder ausschöpfen?

Sollen viele Kunden ein bißchen oder sollen wenige Kunden viel bei Ihnen kaufen?

Die Antwort darauf bestimmt die Art, in der Sie die Kundschaft ansprechen – und die Wege, auf denen Sie sie erreichen.

Wenn Sie preiswerte Produkte haben, die von vielen Kunden spontan gekauft werden, kann das erste Ziel richtig für Sie sein. Werben Sie für Ihren Schokoriegel oder Ihre Frisbee-

Scheiben in Werbeträgern, die eine breite Leserschaft erreichen. Diese Werbeträger verschaffen Ihnen in einem großen Kreis Beachtung – zu günstigen Preisen pro Kopf.

Weil Sie dabei viele unterschiedliche Personen ansprechen, können Sie sich auf leichtgängige Aussagen beschränken. Kleine Anstöße (*«Ein Traum von einem Bier»*) genügen, um die schnell zu gewinnenden Kunden «abzuschöpfen».

Wenn Ihr Markt begrenzt ist, Ihr Produkt viel Geld kostet und überlegt gekauft wird, müssen Sie eine enger definierte Zielgruppe möglichst gründlich *ausschöpfen*. Denken Sie in diesem Fall über punktgenau gezielte Maßnahmen nach, und richten Sie – zum Beispiel über Direktwerbung – Ihre Anstrengungen auf die wenigen Vielkäufer.

Daß sich dabei lukrative Geschäfte machen lassen, berichtet Deutschlands Chef-Feinschmecker Wolfram Siebeck: «Die Weinbauverbände haben nichts gelernt. Sie wollen und werden weiterhin Massenware produzieren. Ganz gewiß aber ist die Lage jener Winzer rosig, die ihre Weine für die vieltrinkende Minderheit machen. Das Weingut Schloß Schönborn füllte 4800 Flaschen einer Marcobrunner Riesling Spätlese ab, einen trockenen Wein, wie ihn die Kenner wünschen. Die Flaschen kamen für 29 Mark in den Handel. Nach vier Wochen waren sie ausverkauft.»

Auf eng definierte Gruppen müssen Sie gezielter zuschreiben. Sie müssen ihre Vorerfahrungen und ihre Leiden genauer treffen. *«Wenn intelligente Kinder schlechte Schüler sind…»* beginnt eine Anzeige des Kurpfalz-Internats in Bammental.

## Laufkunden oder Stammkundschaft?

Zielen Sie mit einer einmaligen Aktion auf schnellen Umsatz, oder wollen Sie mit langfristig angelegten, wiederholten Maßnahmen Stammkundschaft aufbauen?

Als Einzelhändler oder Gastronom, der auf Laufkundschaft setzt, sehen Sie einen ständigen Strom möglicher Einmal-Käufer an sich vorüberziehen – und hin und wieder, wenn er Lust auf Ihr Angebot bekommt («Laß uns ein Bier trinken gehen»), beißt einer an.

Dennoch müssen Sie keinesfalls warten, bis Bedarf entsteht. Sie ergreifen die Initiative, wenn Sie nicht nur mitteilen, *daß* es Sie gibt. Aktivieren Sie das Publikum mit besonderen, wechselnden Angeboten – so wecken Sie schlummernden Bedarf, bringen die Leute auf Ideen, erzeugen Kauflust.

Aussichtsreicher als *«Zur gemütlichen Ecke, Weberstraße 20, Inhaber Karl und Maria Wesendonk»* ist also *«Morgen Katerfrühstück mit Rollmöpsen satt»*.

Wenn Ihnen am Aufbau von Stammkundschaft liegt, stellen Sie sich in den Mittelpunkt eines Bedarfskreises. Sie erziehen die Kunden dazu, ihren gesamten Bedarf bei Ihnen zu decken. Belohnungen wie bevorzugter Service sind Teil dieser Erziehung.

Geben Sie sich aber auch hier nicht damit zufrieden, daß Ihr Kunde, den Sie bisher gut bedient haben, im Bedarfsfall zu Ihnen – und nicht zum Wettbewerber – kommt. Ihr Angebot an den Stammkunden heißt nicht «öfter was vom selben». Es heißt: «Jetzt mal was anderes von mir.» Machen Sie neue Angebote und erhöhen Sie so die Kauffrequenz. Alle Versandhäuser tun das; viele Fachhändler und Handwerker tun es nicht.

## Legen Sie Ihre Werbeziele in Zahlen fest

Wenn Sie kontrollieren wollen, welche Fortschritte Sie machen, brauchen Sie eine Meßlatte. Legen Sie Ihre Werbeziele in Zahlen fest: Innerhalb der nächsten vier Wochen sollen 80 Audi-Fahrer eine Probefahrt mit Ihnen vereinbaren. Am Ende des nächsten halben Jahres soll jeder zweite Schreinermeister in Baden-Württemberg wissen, daß Sie die stärkste Motorsäge anbieten.

Nur so können Sie rechnen, ob sich Ihre werblichen Investitionen auszahlen. Planen Sie Ihren Werbeetat nicht in Prozent vom Umsatz des vergangenen Jahres. Den besseren Ansatz finden Sie, wenn Sie von Ihren geplanten Maßnahmen und vom einzelnen Kunden ausgehen.

Schätzen Sie ab: Von allen Schreinermeistern, denen Sie die stärkste Motorsäge anbieten, werden 30 Prozent interessiert sein. Von den Interessenten sind 80 Prozent zu träge, um sich zu melden; 20 Prozent wollen Näheres von Ihnen wissen. Von diesen aktiven Adressen können Sie schließlich jedem zehnten eine Säge verkaufen. Wie viele Sägen sind das? Welcher Betrag bleibt bei Ihnen hängen? Welche Ausgabe können Sie sich also pro neuem Kunden leisten?

Wenn Sie sich beim erstenmal verschätzen: beim zweitenmal sind Sie schon klüger. Hören Sie nicht auf zu rechnen. Vor allem aber rechnen Sie weiter: Was ist ein Schreinermeister, der zum erstenmal Kunde bei Ihnen geworden ist, in Zukunft für Sie wert? Wie sehen in dieser Kundengruppe Kaufhäufigkeit und Rechnungshöhe aus? Mit welchen Folgeumsätzen können Sie also rechnen? Werbliche Investitionen, die auf den ersten Blick nicht lohnend erscheinen, können sich mittelfristig kräftig auszahlen.

Sie sehen jetzt auch, wie Sie den Erfolg Ihrer Werbung ent-

scheidend verbessern. Erstens dadurch, daß Sie die Schreinermeister, die an Ihrer Säge interessiert sein könnten, noch genauer einkreisen – mit den anderen sprechen Sie gar nicht
erst. Zweitens dadurch, daß Sie Ihrem Angebot eine Dring-
lichkeit geben, die Ihnen mehr Anfragen ins Haus bringt. Und
drittens dadurch, daß Sie diese Anfragen so überzeugend beantworten, daß ein höherer Prozentsatz von Meistern einfach
ja sagen muß.

Überlassen Sie Ihre werblichen Aktivitäten nicht dem Zufall. Ob Sie eine Anzeige einschalten oder nicht, sollte nicht
davon abhängen, ob gerade mal wieder der Anzeigenvertreter der örtlichen Zeitung bei Ihnen vorbeikommt.

Arbeiten Sie nach Plan – und bleiben Sie bei dem, was Sie
geplant haben. Es braucht Zeit, bis man lernt, wer Sie sind –
und was Sie Besonderes zu bieten haben.

Zünden Sie keine Strohfeuer an. Denken Sie nicht in einzelnen Anzeigen, sondern in Kampagnen. Wenn Ihre Werbung
wirken soll, müssen Sie Ihr Angebot wiederholt vortragen –
und dabei Ihre Argumente aus ständig neuen Blickwinkeln
darstellen.

Ihr Werbekonzept müssen Sie dabei konsequent beibehal-
ten. Das hat zwei gute Gründe.

Erstens: Sie haben sich für eine Position entschieden. Diese
Position ist für ein bestimmtes Verbrauchersegment attrak-
tiv. In dieses Segment wachsen immer wieder neue Kunden
hinein. Bleiben Sie, wo Sie sind; der Kunden-Nachwuchs
kommt zu Ihnen.

Wenn Sie Ihre Position aber wechseln, können die derzeitigen Kunden leicht verlorengehen – ehe Verbraucher aus
einem neuen Segment Sie gefunden haben.

Zweitens: Beträchtliche Aufmerksamkeit findet Ihre Werbung bei Ihren alten Kunden. Die Leute beachten Werbung

besonders stark für solche Produkte, für die sie sich gerade entschieden haben: Ein Mann liest eine Opel-Anzeige, um zu erfahren, warum er einen Opel gekauft hat. Wenn Sie plötzlich ganz anders auftreten, ziehen Sie diesen Kunden den Boden unter den Füßen weg.

Das Publikum beachtet Werbung stärker, die es schon kennt. Sie erleichtern ihm das Wiedererkennen, wenn Sie bei einem durchgängigen Gestaltungsstil bleiben – beim gleichen Anzeigenformat, bei der gleichen Schriftart, bei der gleichen Art der Illustrationen. Wenn die Leser wissen, wen sie vor sich haben, noch bevor sie Ihren Namen gelesen haben, haben Sie es richtig gemacht.

(Ausnahme: Wenn im Publikum starke Vorurteile gegen Ihre Firma entstanden sind: treten Sie neu auf – und verstecken Sie Ihren Namen, anstatt ihn groß hinzuschreiben. So erreichen Sie, daß die Leser sich erst einmal unbefangen mit Ihrer Botschaft befassen, bevor sie entdecken, von wem diese Botschaft kommt.)

Werden Sie nicht allzu schnell nervös. Im Unterschied zu den Verbrauchern beschäftigen Unternehmer sich mit ihrer Werbung Tag für Tag. Deshalb werden sie ihrer Kampagne oft schneller überdrüssig als das Publikum, das erreicht werden soll.

Glauben Sie nicht, daß die Leser sich an Ihren Anzeigen sattgesehen haben. Gute Botschaften wirken immer wieder. Es gibt Anzeigen, die jahrzehntelang Erfolg hatten. Zur Kampagne «*Ich trinke Jägermeister, weil…*» wurden mehr als 3000 Motive veröffentlicht.

## Wann Sie sich wiederholen können –
## und wann nicht

Viele Leser überblättern Ihre Anzeige bei der ersten oder zweiten Einschaltung. Oder sie sind just nicht in der richtigen Stimmung, wenn sie an Ihrem Plakat vorbeilaufen. Der dritte oder vierte Versuch, Ihre Zielpersonen in der richtigen Situation anzutreffen, lohnt sich.

Deshalb können Sie in Produktfeldern, in denen die Verbraucher Werbung eher beiläufig wahrnehmen, ein und dasselbe Anzeigen- oder Plakatmotiv ruhig mehrmals einsetzen.

Anders dort, wo Sie mit hoher Beachtung rechnen können – zum Beispiel bei gewerblichen Einkäufern, die Ihre Anzeigen bewußt als Information lesen. Je aufmerksamer Ihre Zielgruppe hinsieht, desto weniger Wiederholungen können Sie sich erlauben, wenn Sie die Leute nicht abstumpfen wollen. Wiederholung ist kein Mittel, um dem *einzelnen* Umworbenen etwas einzuprägen.

Viele Leser haben Ihre erste Anzeige vergessen, wenn sie der dritten begegnen. Deshalb sollte in Ihrer Anzeigenserie jede einzelne Anzeige Ihre komplette Botschaft überbringen – Werbung ist kein Fortsetzungsroman.

**6.**

## Inhalt kommt vor Gestaltung:
## Wo liegt der Vorteil für Ihren Kunden?

Ihre Werbung muß den Kunden einen erkennbaren Vorteil anbieten. Das ist das Wichtigste. Alles andere ist zweitrangig.

Bevor Werbung gut sein kann, muß sie richtig sein. Solange Ihre Wunschkunden den Nutzen Ihres Angebots nicht erkennen, werden sie auch von der pfiffigsten Gestaltung nicht veranlaßt zuzugreifen. Wenn Sie einen warmen Mantel im Winter im holprigen Kaufmannsdeutsch offerieren, haben Sie bessere Erfolgsaussichten, als wenn Sie ihn im Sommer mit dem raffiniertesten Werbetext anpreisen.

Immer wieder begegnen Sie Anzeigen, die Ihnen nichts zu sagen haben. Technisch ist alles da, was zu einer Anzeige gehört: eine Überschrift, ein lesbarer Text, ein gutes Foto. Dennoch lassen diese Anzeigen Sie kalt – weil sie Verbindung weder zu Ihrem Leben haben noch zu irgendeinem Leben, das Sie sich vorstellen können.

Gewinnende Werbung geht von einer Idee aus, die der Umworbene in seine eigene Erinnerung, seine Situation und seine Wünsche einordnen kann. Wie finden Sie eine solche Idee?

## Klinken Sie sich in die Erlebniswelt der Umworbenen ein

Beobachten Sie sich selbst. Was Sie nichts angeht, nehmen Sie nicht wahr. Sie laufen zwanzigmal an einem Briefkasten vorbei, ohne ihn zu bemerken. Sie sehen diesen Briefkasten aber sofort, wenn Sie einen Brief in der Hand halten, den Sie einwerfen wollen.

Was Sie nichts angeht, behalten Sie auch nicht. Sie lesen ein spannendes Buch über den Nil – und haben kurz darauf alles vergessen, weil die Verhältnisse zwischen Kairo und Khartoum für Ihr eigenes Leben doch ziemlich unwichtig sind.

Ihrer Tochter geht es genauso: Sie lernt Englisch leichter als Französisch, weil Englisch (vom *Popshop* bis zum *Sweatshirt*) ein Teil ihrer täglichen Erlebniswelt ist. Was sie lernt, bringt sie erkennbar weiter.

Wenn Sie sich in solche Erlebniswelten einklinken, haben Sie leichteres Spiel, als wenn Sie mit dem Holzhammer kommen. Sich aufzudrängen kostet erstens Kraft. Und zweitens – das liegt in der Natur von Holzhämmern – stumpft solche Werbung ab. Die Menschen verfügen über eine bemerkenswerte Fähigkeit, einfach nicht mehr hinzuhören, wenn man ihnen immer wieder dasselbe sagt.

Wenn Sie an die «Erlebnisvorräte» der Umworbenen anknüpfen, werden Sie schneller verstanden, leichter akzeptiert und besser erinnert.

Ein Waschmittelhersteller testete Werbebotschaften für ein neues Produkt. Die Aussage *«Ein Waschmittel muß sofort volle Waschkraft entwickeln»* beeindruckte die Hausfrauen wenig. Sie stimmten aber sofort zu, als der Nebensatz angehängt wurde: «...*denn Ihre Waschmaschine arbeitet sofort.*»

Auch bei der Ansprache gewerblicher Kunden müssen die Texte im «Code» der jeweiligen Zielgruppe geschrieben sein. Ein Unternehmen beispielsweise, das Fördertechnik anbietet, spricht mit Zechen – die in Tonnen rechnen – anders als mit Produktionsbetrieben, die in Stückzahlen denken.

Ihr Angebot muß Saiten anschlagen, die im Umworbenen schon vorhanden sind – nur so finden Sie wortwörtlich «Anklang». Wie machen Sie das?

Sprechen Sie nicht nur über Ihre Ware («*Ein Spray, das wirklich mehr Glanz gibt*»), sondern auch über die Erfahrungen und die Erwartungen der Umworbenen («*Hier ist ein Haarspray für Mädchen, die es gern haben, wenn man sich näherkommt*»). Überzeugende Werbung erschöpft sich nicht darin, positive Behauptungen zum Produkt aufzustellen. Sie steigt in ein Thema ein, das den Angesprochenen schon interessiert – und das ist erst mal nicht Ihr Erzeugnis selbst.

Sprechen Sie Probleme an. Besser als «*Aluminiumfenster, preiswert*» ist «*Zieht's? Zeit für neue Fenster*». Greifen Sie eine aktuelle Situation im Lebensumfeld auf: «*Die Kirschen reifen: Leiterverkauf.*» Oder – wie Lätta-Margarine – eine Einstellung im Kopf: «*Haben Sie sich entschieden, niemals dick zu werden?*»

Entzünden Sie die Phantasie der Leute. Die Firma Hoffmann in Mülheim vertreibt gebrauchte Spielautomaten: «*Wer weiß, vielleicht hat an Ihrem Exemplar schon Frank Sinatra sein Glück versucht.*» Die Nobelfirma Parker hat in begrenzter Stückzahl Schreibgeräte angeboten – «*hergestellt aus dem Gold der versunkenen spanischen Armada*».

Auch auf die Bestätigung ihres Selbstwert-Gefühls springen die Kunden an. Großflächenplakat der Düsseldorfer Bäkkerei Wein-Oehme: «*Sie haben anständige Brötchen verdient.*» Würden Sie dem widersprechen?

## Mit den Augen der Kunden sehen Sie die Wahrheit

Kunden habe ihre eigene Art, die Dinge zu sehen. Eine Frau, die die Auslagen des Modegeschäfts als «Steh-Kleider» bezeichnet, schafft damit eine Warenkategorie, die der Verkäufer im Laden nicht kennt: Kleider, in denen man gut aussieht, solange man sich damit nicht hinsetzt.

Kunden haben ihre eigenen Erwartungen. Nicht immer suchen sie den mühelosen Genuß. Der Mann, der sich zum Lernen einer Fremdsprache entschlossen hat, weiß, daß es nicht einfach werden wird. Das Versprechen der Mühelosigkeit würde er als Augenwischerei abtun. Deshalb setzt Berlitz auf die harte Ansprache: «Bei uns wird Ihnen nichts geschenkt. Im Gegenteil: Sie müssen für Ihr Geld noch etwas leisten. Denn Sprachenlernen verlangt Einsatz und die richtige Methode, damit sich das Ergebnis hören lassen kann. Wir fordern Sie – Sie fordern uns.»

Kunden haben ihre eigenen Wertsysteme: Frauen mit bleibenden Figurproblemen kaufen Miederwaren anders ein (nämlich mit dem Akzent auf dauernde Bequemlichkeit) als Frauen mit vorübergehenden Schwierigkeiten (Akzent auf Halt).

Kunden haben ihre eigenen Maßstäbe – auch zum Verhältnis von Preis und Leistung. Wie kommt es, daß auf Ihrem Betriebsfest ein schlecht gezapftes Bier für einen Bon zu Protesten führt – ein gut gezapftes für zwei Bons aber nicht?

Der Kalif Harun-al-Raschid mischte sich unerkannt unters Volk, um die Wahrheit zu hören. Wenn Sie heute wissen wollen, was Ihre Kunden denken, müssen Sie nicht mehr verkleidet auf den Marktplatz schleichen. In sogenannten Kerngruppen-Interviews erfahren Sie vieles, was Ihnen rechtzeitig die Augen öffnet. Denn Ihr Markt existiert nicht nur in den Handlungen, sondern auch im Bewußtsein der Verbraucher. Mehr darüber lesen Sie im Kapitel «Mehr Sicherheit von Anfang an» auf Seite 215.

## Nutzen versprechen, Probleme lösen, Erwartungen erhöhen

Kein Kunde kommt zu Ihnen nur deshalb, weil er weiß, daß es Sie gibt. Auch wenn Sie mit Ihrer Werbung den höchsten Bekanntheitsgrad aufbauen – das reicht nicht aus, um die Leute zum Wechsel ihres bisherigen Lieferanten zu veranlassen. Es ist immer bequemer, dort zu bleiben, wo man ist.

Die Umworbenen brauchen einen triftigen Grund, um Ihr Angebot auszuprobieren: die Aussicht auf einen Nutzen, die Lösung eines Problems, ein interessantes Erlebnis.

Ein Einkäufer, der nicht sein eigenes Geld ausgibt, sondern das der Firma oder der öffentlichen Hand, braucht diesen Grund erst recht. Denn er muß seine Anschaffungen nicht nur vor dem eigenen Verstand rechtfertigen, sondern auch vor seinen Vorgesetzten, vor den Gesellschaftern, den Betriebsprüfern.

Sprechen Sie also über das, was Ihre Ware oder Ihre Dienstleistung für den Umworbenen tut. Kann er damit etwas tun, was er bisher nicht konnte? Kann er damit etwas unterlassen, was er bisher tun mußte? Kann er Geld verdienen, Geld sparen, Zeit sparen, Mühe und Arbeit sparen? Macht es Spaß? Schützt es vor Verlusten? Sichert es die Zukunft? Hilft es den Kindern durch die Schule?

Geben Sie Ihrem Wunschkunden einen Griff, an dem er sich festhalten kann. Sie finden diesen Griff im Look Ihres Erzeugnisses (*«paßt zu Ihrer Frisur»*). In der Zusammensetzung (*«ohne Phosphat, umweltfreundlich»*). In der Anwendung (*«Sie brauchen Ihr Fahrzeug nicht zu verlassen»*). In der Verpackung (*«so leicht, daß Sie es in einer Hand tragen können»*). In der Wirkung (*«20 Prozent weniger Reibung»*). In der Distribution (*«Sie finden überall jemanden, der Ihnen hilft»*). Im Schutz vor Gefahr (*«ESSO Ultra Oil – der sichere Schutz vor gefährlichem Schwarzschlamm»*).

Nicht das Produkt – der Nutzen ist wichtig. Wenn Sie eine Klimaanlage bestellen und schon auf dem Versandkarton *«reine, saubere Luft»* lesen, fühlen Sie sich verstanden: Es kommt Ihnen ja nicht auf ein Gerät an, sondern auf ein Ergebnis.

Qualität allein zählt nicht. Zumal dann nicht, wenn Sie Qualität gleichsetzen mit «schwer herzustellen». Die Rechenmaschine, die vor zwanzig Jahren auf Ihrem Schreibtisch stand, war sicherlich aufwendiger zu produzieren als der PC, den Sie heute benutzen. Dennoch ist der PC wertvoller für Sie – weil er mehr leistet.

Japanische Autohersteller verdanken ihren Einstiegserfolg in Deutschland nicht zuletzt Modellen, die mit vielen erkennbar nützlichen Dingen ausgestattet waren – von der Zeituhr bis zum Radio. Das überzeugte viele Käufer stärker als verborgene technische Glanzleistungen, auf die sich die deutsche Autoindustrie viel zugute hielt.

## Nehmen Sie die Leute an die Hand

Lassen Sie die Umworbenen niemals mit einem Produktmerkmal allein. Als Hersteller oder Händler ist Ihnen selbstverständlich klar, warum Ihr Produkt sich so und nicht anders zusammensetzt. Der Verbraucher weiß es *nicht*. «Übersetzen» Sie deshalb Produktmerkmale in Anwendernutzen. Lassen Sie es nicht dabei bewenden, daß die Sauna, die Sie vertreiben, aus «*sehr schwierig zu bearbeitendem Pappelholz*» gebaut ist. Sagen Sie Ihren Käufern, daß dieses Holz auch bei Körperkontakt kühl bleibt – und daß seine langen Fasern zu enormer Stabilität führen.

Sprechen Sie über den Nutzen, den die Leute nicht mit eigenen Augen sehen können. Was sie selbst wahrnehmen und beurteilen können, gibt keine Botschaft her. «*Der Simca ist schön*»: Wenn er es wirklich ist, braucht er es Ihnen nicht erst noch zu sagen.

Nicht immer ist der, der die Ware bezahlt, auch der, der die Ware nutzt. Bei Service-Produkten, die den Kunden Ihrer Kunden zugute kommen, müssen Sie «Nutzen um die Ecke» versprechen. Warum sollte ein Volksfest-Veranstalter Ihre Miettoiletten aufstellen? Das ist doch wohl klar: «*Die Leute bleiben länger, trinken und essen mehr.*»

## Als was verkaufen Sie es?

Dem Verbraucher muß Ihr Produkt – oder Ihr Geschäft – automatisch einfallen, wenn es um ein bestimmtes Thema geht. Sie müssen für dieses Thema «zuständig» werden.

Mit einem merkfähigen Begriff reservieren Sie sich einen Platz im Kopf Ihrer Kunden. Der EDV-Drucker CI-3514 von C. Itoh ist zum Anschluß an Großrechner – sogenannte «Mainframes» – bestimmt. Die Werbung positioniert das Gerät als «Mainframe-Drucker» und stellt damit eine merkfähige Verbindung zwischen Produkt und Anwendung her.

Sie finden solche Positionsbestimmungen in vielen Produktfeldern. Schauen Sie sich den Uhren-Markt an. Eine Rolex (*«Quality Certified Chronometer»*) ist Präzisionsinstrument und Luxusartikel. Eine Swatch ist in den Worten ihres Verkaufschefs «*ein modisches Accessoire, das nebenbei die Zeit anzeigt*».

Oft sind solche Positionen in den Köpfen der Käufer erst entstanden – und wurden dann von der Werbung aufgegriffen. Erfolgreiche Anbieter erkennen, was die Leute tatsächlich von ihnen kaufen – und bieten ihnen genau das dann an. Wie die Amerikaner sagen: «Wer die Welt durch die Augen von John Jones sieht, verkauft John Jones, was John Jones kauft.»

Ein einziger eindeutiger Produktvorteil etabliert Ihr Angebot am sichersten. Es ist schwierig, Positionen durch mehrere Merkmale zu bestimmen – aber es geht.

Für die Jazzfreunde unter uns: Wenn Sie hören, daß der Pianist McCoy Tyner als einziger die harmonische Raffinesse eines Herbie Hancock und die Geläufigkeit eines Oscar Peterson miteinander verbindet – dann wissen Sie, wo Sie McCoy Tyner anzusiedeln haben.

Die Zahncreme «*Ziel*» präsentierte sich als «*Zahncreme und Mundwasser in einem*». Die HB ist erfolgreich gestartet worden als «*eine Filterzigarette, die schmeckt*».

Unvereinbare Dinge können Sie nicht zusammenspannen. «*Topqualität zu Discount-Preisen*» glaubt Ihnen kein Mensch.

## Dem Müller dies, dem Meier jenes

Produkte können viele Rollen spielen. Es gibt nicht *den* – ein für allemal festgelegten – Wert eines Erzeugnisses. Verschiedene Menschen kaufen ein und dieselbe Sache aus verschiedenen Gründen: Ein Fahrrad kann Transportmittel oder Trimmgerät sein. Eine Lebensversicherung läßt sich als Mittel zum Kapitalaufbau verkaufen oder als steuersparende

Geldanlage, als Schutz der Familie vor Unglück oder auch als Sicherheit gegen das schlechte Gewissen nach dem Tod.

Suchen Sie also Kundensegmente, die auf unterschiedliche Vorzüge Ihres Produkts anspringen. Die Deutsche Krankenversicherung AG schnürt ihre Leistungen zu individuellen Paketen:

Das «*Clever Paket*» für Singles.

Das «*Spaß- und Spar-Paket*» für junge Ehepaare.

Das «*Sorgenfrei-Paket*» für Familien.

Das «*Auffang-Paket*» für Selbständige.

Die Rollen, die ein Produkt im Leben seiner Käufer spielt, können sich im Lauf der Zeit ändern. Hier stecken «stille Reserven» für Ihr Angebot – mehr darüber auf Seite 58.

## Wie Sie auf Katzenpfoten in den Markt schleichen

Spricht irgend etwas dagegen, daß Sie sich erst einmal als Zweitlieferant vorstellen? Die Zigarette Reyno ist zunächst als Zweit- und Gelegenheitsmarke eingeführt worden. Text: «*So zwischendurch mal eine.*» Die Zahncreme Settima versucht gar nicht erst, flächendeckende Verwendung zu finden. Statt dessen wirbt sie: «*Jeden Sonntag Settima.*» Und die EBA Maschinenfabrik aus Balingen stellt ihre kleine Schneidemaschine Multicut 10/550 E so vor: «*Die hilft Ihrer Großen aus, wenn sie mal wieder überlastet ist.*»

Mit dieser Botschaft können Sie sich den Start in den Markt erleichtern: «Behalten Sie ruhig Ihre liebgewordene Nr. 1. Nehmen Sie uns als Zweitmarke, als Reserve, als Ausweichprodukt.»

Gute Erfolgsaussichten hat diese Positionierungs-Strategie in Fällen, in denen nicht die teuerste Top-Qualität gebraucht wird. Ein Beispiel erleben Sie, wenn Ihr Drucker auf eine kleine Einfarben-Maschine zeigt und sagt: «Die haben wir zusätzlich zu unserer Vierfarbrotation – für einfache Aufträge.»

Kleine Werbeagenturen, die zunächst nicht versuchen, an die Riesenetats der großen Auftraggeber heranzukommen, sondern sich für bestimmte Teilaufgaben empfehlen, leben nicht schlecht. Wenn sie bei mehreren Kunden jeweils die Nummer 2 sind, können sie sich über mehr Stabilität freuen als manche Nummer 1 – und späteres Wachstum ist ja nicht ausgeschlossen.

# 7.

## Hat Ihr Produkt noch stille Reserven?

«*Tea for Two*» ist ein Evergreen, den Sie schon in der Tanzschule hörten. Er wurde 1925 geschrieben – und ist heute so lebendig wie eh und je. Denn: immer wieder wird er neu arrangiert – von Cha Cha Cha bis Bossa Nova.

Auch für ein Produkt, das Sie schon länger anbieten, können Sie neue Freunde gewinnen. Sie brauchen es deshalb nicht unbedingt zu verändern – aber Sie müssen es aus einem neuen Blickwinkel darstellen.

Neue Trends können Ihnen dabei helfen. Wenn sich neue Vorlieben entwickeln, haben überlieferte Produkte oft eine gute Chance, mit neuem Nutzenversprechen zu einer Renaissance zu kommen. Denken Sie an das Fitneßverhalten der Verbraucher: Wie können Sie Ihr derzeitiges Angebot darin einordnen? Knorr hat das getan – und aus der guten alten Suppe einen «*Suppensnack*» gemacht.

Große Markterfolge bringt zuwege, wer sein Produkt radikal anders versteht. Wenn Sie sich von dem Gedanken trennen, daß Ihre Lautsprecher in Radios eingebaut werden müssen, und statt dessen *ein Radio in Ihren Lautsprecher* einbauen, haben Sie das BOSE Wave Radio – ein internationaler Hit, von den renommierten Akustik-Experten ausschließlich im Direktmarketing vertrieben.

## Was kann man sonst noch mit Ihrem Produkt tun?

Fragen Sie sich, was Ihre Käufer mit Ihrem Produkt wirklich tun. Wenn Sie genau hinsehen, entdecken Sie sicherlich eine Anwendung, die Ihnen bislang unbekannt war. Spielen Sie diese Verbraucheranregung in den Markt zurück.

Die Wattepads, die heute im Kosmetikschrank Ihres Badezimmers liegen, verdanken ihre Einführung der Wachsamkeit eines Herstellers, der den überraschend hohen Absatz seiner Ware mit dem Babypflege-Bedarf nicht mehr erklären konnte. Er kam dahinter, daß viele Frauen sich mit seinem Produkt abschminkten – und brachte für den Schönheitsmarkt eine spezielle Version heraus.

Ein Schirmfabrikant hat einen Regenschirm entwickelt, den Sie im Handumdrehen in einen Sonnenschirm verwandeln. Sie nehmen den Griff ab und fügen statt dessen einen Stab ein, dessen spitzes Ende Sie in die Erde stecken.

Jede neue Rezeptur ist ein Anlaß zu neuer Verwendung. Die Anzeige «*Ein Jäger aus New York*» präsentierte das Rezept «*Jäger-Orange: 4 cl Jägermeister in ein großes Longdrinkglas, 2–3 Eiswürfel dazu und mit Orangensaft auffüllen.*»

Der Wodka Smirnoff wurde beim Handel gar nicht erst als selbstgenügsame Spirituose eingeführt: «*Wer steigert Ihre Fruchtsaft-Umsätze? Smirnoff tut's. Smirnoff macht müde Säfte munter.*»

Die Schenefelder Brotfabrik Harry offeriert ein Vollkornbrot als «*Das Brot zum Käse*». Sie hängt sich so an das Konsumsegment der Käse-und-Schwarzbrot-Freunde an; sie differenziert ihr Sortiment, um zu spitzen Angeboten zu kommen.

## Zu welchen Gebinden können Sie es zusammenstellen?

Das beobachten Sie in fast jedem Baumarkt: Aus Hammer, Zange, Schraubenzieher wird ein *« Werkzeugkasten für Haus und Hobby »*.

Die CBS Schallplatten GmbH bietet *«Special Products»* an: Exklusiv-Programme, die – nach Absprache mit dem Industriekunden – aus dem vorhandenen Repertoire neu zusammengestellt werden.

Provinzial SuperKasko offeriert die Leistungen des Auto-Schutzbriefes und des Vollkaskos in einem Paket: *«Abschleppdienst, Reparatur, Hotel – wir regeln alles.»*

Ein Sortiment kann oft besser vermarktet werden, wenn es als Set verkauft wird, das erst mit allen seinen Teilen komplett ist. Von der Firma Ellix kommt das gleichschließende Vierer-Set-Vorhängeschloß: 4 Sicherheits-Schlösser, die alle mit dem gleichen Schlüssel geöffnet werden. Der Nutzen wird jedem einleuchten, der bisher immer erst im Küchenschrank herumkramen mußte: *«Sie benötigen nur einen Schlüssel für Kellertür, Spind, Kaninchenställe, Heizöl-Einfüllstutzen, Fahrrad, Gartenhaus.»*

Und eine Design-Zeitschrift bedruckt ihre Heftrücken mit Farbelementen so, daß jeder komplette Jahrgang im Regal dem Betrachter die jeweilige Jahreszahl präsentiert. Wenn ein Heft fehlt, fühlt sich das Auge gestört.

Mit durchdachter Zusammenstellung nutzen Sie die Bequemlichkeit Ihrer Kunden. Metzgereien kommen zu solchen «Convenience-Angeboten», wenn sie Kalbsschnitzel und Schinken mit einem frischen Salbeiblatt – auf einem Holzspieß zusammengesteckt – zu Saltimbocca vorfertigen.

## In welche Bestandteile können Sie es zerlegen?

Auf dem Werbefilm-Festival in Cannes bekam ein Film für Toilettenpapier Applaus: Er pries die Papprolle, auf die das Papier zwangsläufig gewickelt werden muß, als «Gratiszugabe» an.

Der Witz war mutig. Aber die Technik stimmt: Nehmen Sie Ihr Produkt auseinander und bieten Sie einen Teil davon als «zusätzliche Gratisleistung» an: Handbücher zum Beispiel, die ein Gerät erklären, werden so zum *«wertvollen Service»*.

Was können Sie hinzufügen?

Einen Zusatz, der eine werbliche aktuelle Nachricht abgibt, können Sie sich immer einfallen lassen. Das kann eine besondere Garantie sein, eine neue Verpackung mit Spielnutzen für die Kinder, eine Dienstleistung.

Milka Schokolade druckt auf die Innenseite des Einwickelpapiers Wandertips: *«Wollen Sie die schönsten Alpen-Wanderwege sehn? Einfach das Papier umdrehn!»*

Einer Zahncreme wird ein kleiner Spiegel beigefügt. Einer Kaffeepackung ein Kaffeelot. Einer Pernod-Flasche ein Aperitif-Glas.

Bieten Sie zusätzliche kostenlose Service-Informationen an. Die Kundenzeitschrift zum Beispiel, die dem Verbraucher als wertvolle Zugabe erscheint, ist für Sie ein nützliches Werbevehikel, mit dem Sie den Kontakt zum Kunden aufrechterhalten.

Was können Sie weglassen?

Auch «garantiert ohne…» kann ein einzigartiger Produktvorzug sein. Persil phosphatfrei ist im Segment der umweltbewußten Verbraucher schnell Marktführer geworden.

Mit ausgesprochenem Verzicht können Sie sich vom Wettbewerber unterscheiden. Das Wirtschaftsmagazin BÖRSE

ONLINE «*konzentriert sich auf die Kapitalanlage. Es präsentiert Ihnen keine Management-Philosophie, keine Karriere-Themen und keine Empfehlungen für den besten Rotwein-Kauf.*» Und das Versprechen eines Fitneß-Studios, daß bei ihm *keine* Disko-Musik läuft, wird Sportfreunde überzeugen, die an der Kraftmaschine lieber nur das eigene Stöhnen hören.

Wie können Sie schneller liefern? Gibt es Versandwege, auf denen Ihr Produkt schneller zum Kunden kommt als bisher? Können Sie einen Botendienst einrichten – oder einen der vielen Kurier- oder Expreß-Frachtdienste einspannen?

Firmen, deren Techniker Ersatzteile möglichst schnell zum Kunden bringen müssen, schätzen das «Kofferraum-Betanken» der Münchner Spedition UNI-DATA. Deren Fahrer hat einen Schlüssel zum Auto des Technikers und legt im Nachtverteildienst das benötigte Ersatzteil in den Kofferraum. So kann der Service-Mann morgens direkt zum Einsatzort fahren und muß nicht erst zu seinem Stützpunkt – ein überzeugendes Akquisitions-Argument in einem Bereich, in dem Tempo oberstes Gebot ist.

## Wie können Sie Ihr Angebot differenzieren?

Wenn Ihr Produkt ein Treffer ist: können Sie eine spezielle Unterart daraus ableiten? Die EFFEM GmbH in Verden stellt ihrem ohnehin schon umfangreichen Whiskas-Sortiment eine zweite Linie zur Seite: «*Whiskas extra für Katzenkinder*». Und China-Restaurants haben sich analog zur beliebten Frühlingsrolle die «*Herbstrolle*» (mit Garnelen statt Rindfleisch) einfallen lassen.

In welcher anderen Größe können Sie Ihr Produkt anbieten? Was ist mit kleinen Packungen für Singles? Oder für unterwegs: Zewa faltet seine Softis auf die halbe Größe üblicher Papiertaschentücher – so passen sie besser in die Tasche. Was ist mit Großgebinden für die Vielverbraucher? Welche Chancen bieten Portionspackungen, Nachfüllpackungen, Sechserpacks für Ihren Absatz?

Zu unterschiedlichen Zeiten kann Ihr Produkt unterschiedlich auftreten. Wie sieht es mit Geschenkpackungen zu Festtagen aus? Schokoladenhersteller streifen ihrer Standardpackung einfach eine Banderole mit einem Weihnachtsmotiv über. Kosmetikfirmen bringen im Dezember *viele unterschiedliche* Motive auf ihre Geschenkpackungen, um vom Pferdenarren bis zum Bergfreund viele verschiedene Vorlieben zu bedienen.

Natürlich lassen sich auch Preise zeitlich staffeln. Jedes Ferienhotel hat seine besonderen Saison-Preise. Flugtouristen, die sich kurzfristig zum Start entscheiden, bekommen niedrige «*Last-Minute-Tarife*». Ein ähnliches Prinzip nutzen Metzgereien, die ihren «*Mittagstisch ab 17.00 Uhr zum halben Preis*» anbieten.

Gastronomen laden zur «Happy Hour» ein. Sie locken Kunden mit dem Angebot preisgünstiger Getränke und machen damit Umsatz in der Zeit zwischen dem allgemeinen Arbeitsende und dem Eintreffen der Restaurantbesucher.

Ein Friseur im Hamburger Studentenviertel nimmt fürs Haareschneiden bis 12 Uhr mittags – in der schwach frequentierten Zeit also – einen um ein Drittel ermäßigten Preis. Der Mann hat recht: Die Stunden, die er vormittags nicht verkauft, kann er nie mehr verkaufen.

In welchen Vertriebskanälen haben Sie die beste Chance? In Stockholm fragten sich der Journalist Robert Braunerhielm und der Layouter Pelle Anderson: «Wo ist der beste Platz, eine Zeitung an möglichst viele Leser loszuwerden?»

Sie erfanden die Zeitung *Metro*, die nur in der U-Bahn verteilt wird. Das Blatt erscheint U-Bahn-gerecht in kleinem Format, wird durch Anzeigen finanziert und ist für Leser kostenlos. Mit allen klassischen Zeitungsressorts bietet es ausreichenden Lesestoff für die morgendliche Fahrt zur Arbeit. Der Erfolg: Täglich finden die beiden Zeitungsmacher mehr als 300 000 Leser.

## Sie brauchen eine Angebots-Spitze

Meißeln Sie einen Vorteil heraus, der es den Leuten ermöglicht, die Frage: «Warum hast du ausgerechnet das gekauft?» schnell zu beantworten.

Sie dürfen nicht austauschbar sein. Grenzen Sie sich gegenüber der Konkurrenz ab. Wie es die Bundesbahn getan hat: *«Alle reden vom Wetter – wir nicht.»* Wie es die AEG tut: *«Keine andere Waschmaschine verbraucht so wenig Wasser wie der ÖKO-LAVAMAT.»*

Spielen Sie nicht den Alleskönner – treten Sie als Spezialist auf. Um das Argument zu finden, das Sie erfolgreich ausreizen, ist es nicht einmal nötig, daß Sie sich darin vom Wettbewerb unterscheiden. Es genügt, daß Ihr Konkurrent dieses Argument noch nicht erwähnt hat. Eine Position, die Sie als erster in Anspruch genommen haben, nimmt Ihnen so schnell keiner weg.

## Zaunkönig auf dem Rücken des Adlers

Der Zaunkönig wettete mit dem Adler, wer höher fliegen könne – und gewann. Er ließ sich unbemerkt auf dem Rücken seines mächtigen Wettbewerbers nach oben tragen und startete von dort aus zu seinem eigenen Flug.

Sprechen Sie nicht über den allgemeinen Nutzen der Produktgattung, in der Sie antreten. Es ist nicht Ihre Aufgabe, den Gesamtmarkt auszuweiten – das würde viel zu teuer für Sie. Als mittelständischer Anbieter müssen Sie mit einem speziellen Plus kommen – mit dem besonderen Angebot, mit dem Sie sich Ihre eigene Ecke vom Markt abschneiden. Überlassen Sie also die Gattungswerbung für die «Freude am schönen Bild» Kodak. Werben Sie statt dessen mit Ihrem *«Zwei-Stunden-Entwicklungsservice»*.

Wenn Sie wirklich besonders preiswert sind, dann stellen Sie den Preis auch groß heraus. In Märkten, in denen die Kundschaft vom harten Wettbewerb dazu verführt worden ist, stärker auf den Preis als auf alles andere zu achten, kann das nötig sein.

Dennoch machen solche Märkte wenig Freude. Werbung, die sich auf den Preisvorteil konzentriert, bringt auf Dauer wenig. Wenn ein Noch-nicht-Kunde nicht einsieht, welchen Nutzen er von Ihrem Produkt hat, kann er auch durch den niedrigsten Preis nicht zum Kauf bewegt werden. Deshalb zahlt sich Werbung mit der Leistung in der Regel besser aus.

Es ist sinnvoller, einem Mann zu sagen, was er mit einem Elefanten anfangen soll, als ihm drei Elefanten für den Preis von zwei anzubieten. Es kann einfacher sein, einen höheren Preis mit einem besonderen Produktvorzug zu begründen, als zu erklären, wie ein besonders niedriger Preis zustande kommt.

## Das Richtige, nicht das meiste:
## Bieten Sie nicht zuviel an

Als die Verkabelung der deutschen Haushalte voranschritt, gaben sich TV-Zeitschriften besondere Mühe. Neben den herkömmlichen Programmen präsentierten sie nun auch die Sendungen der neuen Kabelstationen. Zu ihrer Überraschung bekamen sie Ärger mit Lesern, die die neuen Programme noch nicht empfangen konnten – und deshalb meinten, daß sie «für etwas bezahlen, mit dem sie nichts anfangen können».

Wenn Sie es vermeiden können: bieten Sie nicht mehr an, als die Kunden brauchen können. «Eine Nummer zu groß für mich» ist ein wichtiges Kaufhemmnis.

Es gibt nicht *das* objektiv beste Produkt. Es gibt nur das beste Produkt für die speziellen Bedürfnisse des Herrn Müller. Oder für die Zwecke der Schmitz GmbH. Deshalb muß Ihr Erzeugnis nicht alles können. Differenzieren Sie nach Bedarf.

Als Dienstleister fällt es Ihnen besonders leicht, maßgenaue Angebote zu machen – Sie haben kein Standardprodukt und keinen Lagerbestand. Aber auch große Hersteller haben erkannt, daß sie mit abgestuften Offerten mehr Ecken im Markt ausfegen können: «*Agfa-Reprokameras – jedem die seine. Und zwar genau die richtige. Agfa hat nicht nur zwei oder drei Allround-Kameras im Programm, sondern eine ganze Reihe von Modellen mit ganz besonderen Qualitäten.*»

### Ihr Versprechen muß plausibel sein

Die Kunden müssen glauben, was Sie versprechen. Deshalb müssen Sie begründen, *warum* Sie mehr leisten: mit technischen Merkmalen, einer bewährten Mannschaft, einer großen Mitgliederzahl, einem Chef, der sich um alles kümmert.

Der Infrarot-Bewegungsmelder Busch-Wächter ist «*einmalig, weil er einen Halbkreis von 180° lückenlos ohne toten Winkel erfaßt*». Einleuchtend: Als Einbrecher würden Sie auch dicht an der Hauswand entlangschleichen. Die EURO-CARD empfiehlt sich, weil Sie «*in 160 Ländern weltweit bei über 5 Millionen Vertragspartnern willkommen sind*». Einleuchtend: Wenn Ihre Kreditkarte an so vielen Stellen akzeptiert wird, laufen Sie seltener ins Leere. «*Avis ist nur Nummer 2 – wir geben uns mehr Mühe.*» Einleuchtend: die können sich nicht auf ihren Lorbeeren ausruhen.

Wenn Sie den plausiblen Grund für Ihr Versprechen auch noch fotografieren können – um so besser. Die roten Streifen in der Zahncreme Signal «*machen den besonderen Wirkstoff sichtbar*».

Wenn Sie einen niedrigen Preis herausstellen: begründen Sie auch den. Eine dreißigprozentige Reduzierung von Ski-Ausrüstungen im Winterschlußverkauf ist plausibel – in sechs Wochen ist der Schnee weg.

Die hergeholte «Aktion Preissturz» bringt Ihnen nur die Geier ins Haus; für ein kritisches Publikum ist sie kein überzeugender Ansatz. Besser: Sie begründen die Preisvorteile mit «Nachteilen», die der Umworbene gern in Kauf nimmt. «*Lackfehler! Bis zu 350 Mark unter unseren ohnehin günstigen Normalpreisen bieten wir fabrikneue Marken-Waschmaschinen, Spülmaschinen, Kühlschränke mit voller Garantie.*»

Die Versicherungsgesellschaft «Hannoversche Leben» wirbt mit dem Außendienst, den sie nicht hat. «*In der Regel unterhalten die Versicherer umfangreiche Außendienste... Wir arbeiten nach einem anderen Konzept. Es kostet weniger, dafür erfordert es mehr Mitarbeit von Ihnen. Prüfen Sie selbst, was für Sie wichtiger ist.*»

Der klassische Anwender dieser Technik, Ansprüche an

den Kunden zu stellen, ist IKEA: *«Allerdings – Sie müssen schon etwas tun. Ausmessen und planen. Ihre Möbel selbst abholen. Selbst nach Hause bringen. Und sogar selbst aufbauen…»* Ermunternder Zuspruch rundet die einleuchtende Ansprache ab: *«Sie werden überrascht sein, was Sie alles können!»*

## Anlässe, Situationen, Dispositionen: Legen Sie sich mit Ihrem Angebot in ein gemachtes Bett

Vom Winteranfang bis zum Ferienbeginn: Äußere Anlässe, richtig genutzt, leisten schon die halbe Arbeit für Sie.

Ihre Wunschkunden sind bereits «vorgewärmt». Sie sind in einer Stimmung, die sie aufnahmebereit macht. Das kommt Ihrer Botschaft zugute. Denn Aufmerksamkeit wird nicht nur von äußeren Reizen (Licht, Bewegung, Unterscheidung vom Umfeld) gefördert, sondern auch dadurch, daß die Angesprochenen auf Empfang eingestellt sind.

Schauen Sie scharf auf den Kalender. Was steht in den kommenden Monaten, im nächsten Jahr, in den nächsten drei Jahren auf dem Programm? Sie finden viele Ereignisse, die sich vorhersehen lassen: Weltmeisterschaften, Olympische Spiele – oder auch politische Wahlen.

Die lassen sich nicht nur zu harmlosen Anspielungen nutzen (*«Ich wähle Whiskas»*), sondern auch zu handfesten Geschäften. Das hat der Kunststoffverarbeiter Andreas Menschik aus dem Bergischen Land im Superwahljahr 1994 bewiesen. Mit zehntausend Wahlurnen, die die selbstgebastelten Kartons der Kommunen ersetzten, erzielte er in Tag- und Nachtschicht einen Millionenumsatz.

Nicht nur Ostern, Karneval, Muttertag, Vatertag finden

immer wieder statt. Die Wiederkehr des Halleyschen Kometen 1986 war seit 1705 bekannt – und viele Optiker haben damit ein hervorragendes Fernglas-Geschäft gemacht (das nächste Mal kommt er übrigens im Juli 2061 wieder). Auch ein neues Gesetz wird an einem Tag, der vorher bekannt ist, vom Parlament beschlossen – welche Auswirkungen hat es für Ihre Kunden?

Der Tag, an dem die Kinder wieder in die Schule müssen, läßt sich ebenso vorhersehen wie die Großwetterlage. Regenschirm-Fabrikanten erkundigen sich danach – und sind mit ihrer Werbung zur Stelle, wenn es zu regnen beginnt.

Geschicktes Timing berücksichtigt die Angewohnheiten der Kunden: Der Sonntags-Brunch der Hotels ist das richtige Angebot für den Tag, an dem die Menschen spät aufstehen und ein Zwischending von Frühstück und Mittagessen brauchen.

Nutzen Sie äußere Anlässe, und Sie «leihen sich Aktualität». Buchhandlungen bieten «*Das Buch zum Film*» – so greifen sie ein Thema auf, mit dem viele Leute sich ohnehin beschäftigen. Bäckereien reiten auf der Welle von *Jurassic Parc* und verkaufen kleine Dinos aus Quarkteig. Ein Restaurant an der Küste offeriert an einem verregneten Mittwoch ein «*Regentag-Menü*». So kommen Ferienfamilien trotz des Sauwetters zu einem Erlebnis – der Tag ist gerettet.

Je schneller Ihre Reaktion, desto größer die Wirkung. Während der Wasserknappheit in den USA warb der VW-Käfer auf ganzen Zeitungsseiten: «*Sparen Sie Wasser. Freundliche Empfehlung vom Volkswagen, der keins braucht.*»

## 8.

# So gewinnen Sie neue Kunden

Wenn Sie mit Ihrem Geschäft erst anfangen, steht die Suche nach neuen Kunden ganz obenan – Sie haben keine anderen. Aber auch etablierte Unternehmer haben viele gute Gründe, immer wieder neue Kunden heranzuschaffen: Auf vielen Märkten herrscht ein lebhaftes Kommen und Gehen.

Mit den «Auswanderern» verlieren Sie Geschäft – oft zwangsläufig. Kinderwagen oder Einfamilienhäuser können Sie nicht ein und demselben Kunden immer wieder verkaufen; er verschwindet eines Tages aus Ihrem Markt. Solche Verluste müssen Sie durch neue Geldbringer ersetzen – durch die Kunden der Konkurrenz oder durch «Einwanderer»: Junge Hausfrauen beginnen mit ihren ersten Familieneinkäufen. Berufsanfänger brauchen eine eigene Krankenversicherung. Diese potentiellen Abnehmer müssen möglichst früh erfahren, daß es Sie gibt und was Sie zu bieten haben.

## Wie Sie den «naheliegenden Neukunden» erkennen

Sie haben nur dann Aussicht auf Erfolg, wenn Sie sich auf die Ansprache derjenigen Noch-nicht-Kunden konzentrieren, die auf der Wellenlänge Ihres Angebots liegen – aufgrund ihrer Kaufkraft, ihrer Bedarfslage, ihrer Interessen.

Solche «naheliegenden Neukunden» kreisen Sie durch logisches Nachdenken ein. Sechs untrügliche Signale zeigen Ihnen, daß jemand sich für das, was Sie anbieten, zumindest interessieren *könnte*.

## 1. Wie sehen Ihre typischen Kunden von heute aus?

Wenn Sie in einer bestimmten Kundengruppe derzeit gute Umsätze erzielen: Finden Sie heraus, wie groß die Gruppe insgesamt ist – und wie weit Sie sie schon ausschöpfen. An die bislang noch nicht erreichten Angehörigen dieser Gruppe heranzugehen ist die einfachste Art, Ihren Erfolg auszuweiten – bevor Sie sich *neue* Zielgruppen ausdenken.

Ihre eigenen Verkaufsunterlagen (Rechnungskopien, Lieferscheine) sind die beste Auskunftei. An welche Art von Kunden – aus welcher Branche, welchen Berufen, welchen Haushalten – haben Sie Ihre Ware bislang besonders häufig verkauft? Die Daten liefern Ihnen gute Hinweise, aus welchen Quellen Sie weitere Interessenten schöpfen können.

## 2. Gleich und gleich gesellt sich gern

Naheliegende Neukunden weisen sich dadurch aus, daß sie in bestimmten Einzugsbereichen wohnen. In den Einfamilienhäusern am Stadtrand leben andere Leute als in den Wohnblocks hinterm Hauptbahnhof – dafür sorgen Grundstückspreise und Miethöhen. Wenn Sie einem Haushalt einen Rasenmäher verkauft haben, werden Sie in dessen Nachbarschaft wahrscheinlich noch weitere Interessenten für das gleiche Gerät finden – Gartenbesitzer, die so etwas brauchen und obendrein zahlungskräftig sind.

### 3. Wer zeigt Interesse an benachbarten Angeboten?

Naheliegende Neukunden verraten sich durch das Interesse, das sie an benachbarten Angeboten bereits gezeigt haben. Ein Heimwerker, der bei einem Versandhaus eine Bohrmaschine bestellt hat, kann auch Ihre Werkbank brauchen – kaufen Sie seine Anschrift bei einem Adressenverlag.

Ein Fitneß-Center trifft auf eine interessierte Zielgruppe, wenn es an der Kasse eines Sportgeschäfts einen Prospekt mit einem Gutschein im Wert von fünf Mark auslegt – einzulösen für Squash, Tennis, Badminton, Aerobic.

### 4. Objektiver Bedarf, Lebenslagen, Typen

Naheliegende Neukunden qualifizieren sich durch objektiven Bedarf. Es liegt auf der Hand, daß Automobilfabriken Schmiedeteile, Federn, Schlösser benötigen. Es ist logisch, daß eine werdende Mutter bald einen Kinderwagen aussucht. Es ist wahrscheinlich, daß ein Teenager ein Anti-Akne-Mittel braucht.

Was Sie mit bloßem Auge nicht beobachten können, zeigen Ihnen Verbraucherstudien. Ausgefeilte Untersuchungen geben Auskunft über Verbrauchersegmente; sie fassen Konsumenten mit gleichen Einstellungen und Verhaltensweisen zu *Typen* zusammen. Verlage stellen Ihnen gern solche Unterlagen zur Verfügung. Die Frauenzeitschrift *Brigitte* gruppiert und beschreibt in ihrer «Kommunikations-Analyse» die deutschen Frauen nach Haushaltstypen – von der «Renommier-Hausfrau», für die der piksaubere Haushalt Mittelpunkt ihres Lebens ist, bis zur jungen «Anti-Hausfrau», die Hausarbeit als notwendiges Übel betrachtet.

Besonders aufgeschlossen gegenüber neuen Angeboten sind in der Regel Menschen, deren Leben sich kürzlich entscheidend verändert hat. Jungvermählte und junge Mütter gehören ebenso dazu wie Familien, die umgezogen sind, oder Jugendliche, die mit dem Studium beginnen.

## 5. Welche Schlüsse erlaubt das Kundenverhalten?

Wie tritt Ihr Kunde auf? Worauf achtet er? Wie zahlt er?

Wenn Sie Zeitschriften verkaufen und jemand verlangt an Ihrem Kiosk eine Quittung: Das ist einer, der Kosten von der Steuer absetzen kann. Er ist ein naheliegender Neukunde für ein Wirtschaftsmagazin.

Wessen Auto ein paar Jahre zu viel auf dem Buckel hat, der wird bald ein neues brauchen. Deshalb steckt ihm der Ford-Händler Weber + Söhne gezielt eine Botschaft unter den Scheibenwischer: *«Sehr verehrte Autofahrerin, sehr geehrter Autofahrer, ... Wenn Sie jetzt kaufen oder leasen, erhalten Sie bei uns ein besonders günstiges Angebot für Ihr derzeitiges Fahrzeug. Dies gilt auch für Fahrzeuge älter als 10 Jahre.»* In einer sauberen Plastikhülle beigefügt ist ein 12seitiger Prospekt für den Ford Mondeo («Auto des Jahres») mit Leistungsbeschreibung, Innenansicht, Varianten. Auf der letzten Seite findet der Leser einen «Vorteils-Bonus».

## 6. Können Sie Ihren Konkurrenten beerben?

Wenn Ihr Konkurrent aufgibt: Versuchen Sie an seine Kunden heranzukommen, die jetzt im Freien stehen. Reden Sie mal mit dem Kollegen: Vielleicht verkauft er Ihnen seine Kundenkartei? Oder empfiehlt Sie als seinen Nachfolger?

Als das Düsseldorfer Restaurant «Schwarzes Schaf» in Konkurs ging, reagierte der benachbarte «Tannenbaum» prompt. Er verteilte in den Büros der Nachbarschaft Handzettel mit einer besonders appetitlichen Speisekarte und – noch direkter – schlug am verwaisten Brett des ausgeschiedenen Wettbewerbers sein Menü an.

## Ihre Kunden und die Kunden Ihrer Kunden

Wenn Sie Geräte verkaufen, mit denen Dienstleistungs-Unternehmen ihr Geschäft betreiben, können Ihre naheliegenden Neukunden in der Großstadt anders aussehen als auf dem flachen Land. In den Metropolen arbeiten beispielsweise viele Grafikstudios, bei denen Industrie und Handel Profi-Leistungen einkaufen. Folglich können Sie hier Farbdrucker an die Studios besser verkaufen als an die gutbedienten Kunden Ihrer Kunden. Anders in der Provinz: Eine Industriefirma, die ihre Prints schnell braucht, muß den Drucker schon im eigenen Betrieb haben – der nächste Dienstleister ist zu weit entfernt.

Denken Sie auch an die zukünftige Entwicklung. Schauen Sie bei der Einkreisung Ihrer naheliegenden Neukunden nicht nur auf den derzeitigen Zustand. Verbraucher treffen viele Kaufentscheidungen von heute aufgrund des Einkommens, das sie für morgen erwarten. Ein Beamtenhaushalt weiß, daß er im nächsten Jahr höhere Einkünfte haben wird.

Kundenakquisition ist wie Spargelanbau: Man hätte vor drei Jahren damit anfangen sollen. Starten Sie deshalb Ihre Überlegungen rechtzeitig. Weil sich Erfolge selten von heute auf morgen einstellen, sollen Sie sich um Neukunden bemühen, *bevor* Ihr Umsatz Schwächen zeigt oder die Konkurrenz mit einem neuen Angebot in den Markt drängt.

## Verlockende Köder: Gehen Sie Schritt für Schritt vor

Geben Sie den naheliegenden Neukunden einen Anreiz zur ersten Kontaktaufnahme. Verlangen Sie nicht zuviel auf einmal; nehmen Sie erst den kleinen Finger, dann die ganze Hand.

Bei Kunden, die Sie von der Konkurrenz herüberziehen wollen, müssen Sie sich besonders anstrengen. Es ist immer schwieriger, die Leute zur Änderung ihres Kaufverhaltens zu veranlassen, als sie in ihren bisherigen Gewohnheiten zu bestärken.

Ködern Sie Konkurrenzkunden durch ein ungewöhnliches Angebot. Bieten Sie ihnen etwas, das sie von ihrem derzeitigen Lieferanten nicht bekommen: Lieferung ins Haus, kostenlose Beratung, regelmäßige Wartung, Zahlungserleichterungen.

Wenn Sie schon länger im Geschäft sind: Weisen Sie neuen Adressaten nach, wie zufrieden Ihre derzeitige Kundschaft ist – etwa mit einem Prospekt, in dem sich Referenzkunden freundlich über Sie äußern. Die Stuttgarter Messebaufirma Raumtechnik führt nicht weniger als 27 überzeugte Kunden mit Namen und Telefonnummern auf.

Besonders in der Dienstleistung sind ansatzlose Anschreiben wenig erfolgversprechend: Sie müssen einen Kontaktpunkt finden, an dem Sie ansetzen können. Der Besuch von Messen und Kongressen liefert solche Kontaktpunkte.

Versprechen Sie zunächst eine wertvolle Information. Diese Überlegung kennen Sie schon von Seite 50: Beginnen Sie mit einem Thema, das den Angesprochenen schon interessiert – das ist zunächst nicht Ihr Produkt selbst.

Wenn Sie also naheliegende Neukunden erst einmal aufstöbern wollen: bieten Sie nicht sofort Ihre Ware an, sondern eine Information oder eine Planungshilfe, die für eine bestimmte Zielgruppe interessant ist. Bei Leuten, die diese Information anfordern, lohnt es sich nachzufassen.

Ihr Außendienst braucht solche Ansätze wie die Luft zum Atmen – zumal, wenn er gewerbliche Kunden gewinnen will (Fachjargon: in «*business-to-business*-Märkten»). Reisende verbringen in der Regel zwischen 70 und 90 Prozent ihrer Zeit bei *derzeitigen* Kunden. Besonders dann, wenn ein Provisionssystem sie dazu verführt, vorwiegend dort zu klingeln, wo ihnen ein Auftrag sicher ist. Der Kundenkreis läßt sich auf diese Weise nur ungenügend erweitern.

*Potentielle* Kunden werden zu selten besucht – ein- oder zweimal im Jahr. Bei dieser dünnen Frequenz ist kaum zu erwarten, daß Ihr Reisender just in dem Moment vorspricht, in dem der Anbahnungskunde Ihr Produkt oder Ihre Dienstleistung braucht. Ein Verkäufer sollte aber genau dann, wenn der Kunde kaufen will, zur Stelle sein.

Damit Ihr Außendienst einen höheren Teil seiner teuren Zeit dort investiert, wo es sich lohnt, muß er wissen, wo er die naheliegenden Neukunden findet; er braucht Fährten, auf die er sich setzen kann. Das erste Ziel Ihrer *business-to-business*-Werbung ist es also, potentielle Kunden zu veranlassen, sich von selbst zu melden – mit einer Antwortkarte, einem Coupon, einem Anruf oder was auch immer. Wache Geschäftsleute melden sich in der Regel tatsächlich, wenn sie einem interessanten Angebot begegnen. Die alte Redensart hat recht: Investitionsgüter werden nicht *ver*kauft, sie werden *ge*kauft – fast immer ergreift der Kunde die Initiative.

## «Fragen kostet nichts»

In der Disziplin des werblichen Zweisprungs ist die «kostenlose Überprüfung» ein guter Anlauf. *«Lichttest vor Winteranfang»* – so machen es Autowerkstätten. Auch das Angebot unverbindlicher Beratung zeigt Ihnen, wo Ihre Interessenten sitzen. Ein Tapetenhaus präsentiert seinen *«Home-Service: Rufen Sie einfach an und nennen Sie Ihren Terminwunsch»*. Maler und Lackierer versuchen mit unverbindlicher Diagnose, an Objekte überhaupt erst einmal heranzukommen.

## «Hier ist ein Muster für Sie»

Ein Produktmuster ist eine gute Offerte an Kunden, die noch zögern, voll und ganz auf Ihre Seite zu wechseln. Frauen, die *«die prickelnde Frische von Schaum-Maske erleben»* wollen, können bei der Merz Cosmetic per Coupon einen Testflakon nach Wahl anfordern – von Gurke bis Honig. Bei Ültje bekommen Hausfrauen kostenlos eine Originalpackung mit Cornlets-Weizengebäck, wenn sie aus der Anzeige die Abbildung der Packung ausschneiden und einschicken.

Bei solchen Angeboten bewahrt Sie eine «Schutzgebühr» vor den Nassauern, die jeden Coupon ausschneiden, der etwas Wertvolles verspricht. Den OTTO-Katalog bekommen Sie beim Zeitschriftenhändler für 7 Mark. Ein auffälliges Etikett sagt *«7 Mark Schutzgebühr zurück bei Ihrer ersten Bestellung»*.

## «Ein besonderes Angebot für Sie»

Als Chrysler-Präsident Lee Iacocca mit dem Rücken an der Wand stand, versuchte er neue Interessenten schlankweg mit Bargeld zu bestechen. Er versprach *«50 $, wenn Sie einen Chrysler nur ausprobieren»*.

So weit müssen Sie nicht gehen. Sie haben viele andere Möglichkeiten, Interessenten zu belohnen. Zum Beispiel mit einem Geschenk. Readers Digest verspricht: *«Diese schöne Weltkarte können Sie auf jeden Fall behalten – gleichgültig, ob Sie nach sorgfältiger Prüfung unser Angebot annehmen oder nicht.»*

Oder mit einem Zusatz: Die Wasa GmbH fügt ihrem Knäckebrot ein komplettes Ernährungs- und Trainingsprogramm für 30 Tage bei.

Oder mit einer Gewinnchance. Belohnen Sie Meinungsäußerungen: *«Kreuzen Sie ruhig einmal an, was Sie über Coca-Cola light denken – gewinnen Sie einen exklusiven Badeanzug von Pool Position Paris.»*

Honorieren Sie Anregungen: *«Schreiben Sie uns, wie Sie Höhlen-Käse servieren. Die 250 originellsten Vorschläge belohnen wir mit einem Set aus Käsemesser und Korkenzieher.»*

## «Schnuppern Sie mal»

Für Unentschlossene sind kleine Portionen *«zum Kennenlernen»* eine wertvolle Entscheidungshilfe. Solche Portionen können Sie auf viele Arten zubereiten. Eine gute Möglichkeit ist das Vermieten. Ein Ford-Händler, der einen Fiesta *«von Freitag, 14 Uhr – Montag, 9 Uhr, inkl. 400 km, für DM 100,–»* vermietet, lädt damit – bei Licht besehen – seine naheliegenden Neukunden zu einer bezahlten Probefahrt ein.

Eine weitere Möglichkeit ist die Probezeit. International Airline Passengers Association, eine Vielflieger-Organisation, wirbt in Deutschland mit «*drei Monate Mitgliedschaft kostenlos*».

Beharrliche Verkäufer stellen langlebige Gebrauchs- oder Investitionsgüter zur Probe auf. Eine Firma, die sich vier Wochen lang an einen neuen Zoom-Kopierer gewöhnt hat, wird sich in der Regel nur schwer wieder davon trennen. Die Installation muß nicht kostenlos sein; ein vernünftiger «*Unkostenbeitrag für die fachmännische Aufstellung*» wird gern gezahlt.

Durch einen ermäßigten Einführungspreis kann eine Probezeit *vergünstigt* werden. Neue Zeitschriften sind in der Startphase am Kiosk – oder im Probe-Abonnement – oft für einen Bruchteil des späteren Verkaufspreises zu haben.

Die vergünstigte Probezeit kann dem Umworbenen auch *mehr* Leistung zum Normalpreis bieten. «*15 Monate für den Preis von 12*» ist ein Köder für den Interessenten – und bringt dennoch sofort den vollen Jahresbeitrag in Ihre Kasse.

Sie können den Appetit auf Ihr Produktmuster noch steigern, wenn Sie Ihr Angebot durch eine Zugabe anreichern: «*Eine Überraschung für Sie. Dippity-do bringt tolle Frisuren und kesse Ohrringe. Bunt. Frech. Mit 20 austauschbaren Anhängern. Am besten, Sie bestellen das Dippity-do-Sonderangebot sofort… Es kostet Sie nur 2 Mark: die Probierdose und die Ohrringe. Beides von Dippity-do.*»

Das Versprechen von Prämien hilft der Kundenreaktion auf die Beine. Fügen Sie der Lieferung auf die «*erste Bestellung*» eine Zugabe bei – und kündigen Sie das in Ihrer Werbung an. OTTO-Versand bildet ein goldschimmerndes, herzförmiges Lesezeichen ab: «*Willkommensgruß. Dieses dekorative Lesezeichen legen wir Ihrer ersten Lieferung bei.*

*Es gehört in jedem Fall Ihnen. Sie können es also auch dann behalten, wenn Sie innerhalb von 14 Tagen zurückschicken, was nicht gefällt.»*

## Und Ihr zweiter Schritt?

Ihr erster Schritt ist geglückt. Der naheliegende Neukunde steht entweder in Ihrem Geschäft – oder Sie haben seine Anschrift.

Machen Sie ihm jetzt ein maßgeschneidertes Angebot. Bei dem Mann, der vor Ihnen steht, wird Ihnen das nicht schwerfallen. Bei dem, der Ihnen geschrieben hat, fassen Sie nach – und *jetzt* ziehen Sie alle Register. Sagen Sie ihm, welchen Nutzen er von Ihrem Angebot hat. Zeigen Sie ihm, was er alles damit anstellen kann. Erklären Sie ihm, wie vorteilhaft sich Ihr Produkt von herkömmlichen Erzeugnissen unterscheidet. Schildern Sie, wieviel Spaß er damit haben wird. Beschreiben Sie, wie leicht es zu benutzen ist, wie schnell Sie liefern und wie mühelos es bezahlt werden kann.

Sie haben drei Möglichkeiten.

• Sie schicken ausführliches Werbematerial – mit allen Argumenten, allen Verlockungen – an die neugewonnene Adresse. Wenn Ihr Interessent in seinem Coupon oder in seiner Antwortkarte Angaben zu seiner Person, seiner Firma, seinen Interessen und Bedürfnissen gemacht hat (das können Sie forcieren – es senkt in der Regel aber die Rücklaufquoten), können Sie gezielt auf die Situation des Empfängers zuschreiben.

• Ihr Außendienst-Mitarbeiter bringt das Material persönlich zum Interessenten. Der Reisende hat einen wertvollen Ansatz für sein Verkaufsgespräch gewonnen – er steht nicht einfach plötzlich in der Tür. (Allerdings: Wenn Sie seinen Besuch im ersten Schritt ankündigen, sinken die Rücklaufquoten ebenfalls.)

Setzen Sie Ihrem Außendienstmann Termine; Kontakte sind verderbliche Ware. Wenn es eine Weile dauern kann, bis Ihr Mann vorspricht: halten Sie in der Zwischenzeit den Interessenten bei der Stange. Schreiben Sie selbst einen Dankeschön-Brief; öffnen Sie eiligen Kunden die Möglichkeit, sofort mit Ihrer Firma in Verbindung zu treten.

- Natürlich kann auch Ihr Händler, der für das jeweilige Postleitgebiet zuständig ist, nachfassen. Stellen Sie ihm die Adressen der nun erkannten naheliegenden Neukunden *schnell* zur Verfügung – und kontrollieren Sie, ob er auch seinerseits schnell genug handelt.

## Belohnung für frühe Vögel:
## Machen Sie's dringend

Geben Sie den Umworbenen einen Anreiz, schnell zu reagieren. «*Der frühe Vogel fängt den Wurm*», heißt das Sprichwort, aus dem die Amerikaner ein Prinzip gemacht haben.

Das beste Mittel, die Leute zur Eile zu drängen, ist die «unwiederbringliche Gelegenheit». Die gibt es in mehreren Spielarten.

Eine davon ist die «limitierte Edition». Angebote, die gelten, «solange der Vorrat reicht», sind dann glaubhaft, wenn Sie von vornherein die begrenzte Stückzahl nennen: «*Eine Serie von 5000 weißen Kabrios, die auf Veranlassung der Händler gebaut wurden – mit vielen Extras ohne Aufpreis.*»

Die limitierte Edition kann aus einem einzigen Stück bestehen. Der Verkäufer, der Ihnen sagt, daß er noch genau *eine* besonders preisgünstige Eigentumswohnung verfügbar hat, setzt Sie unter beträchtlichen Entscheidungsdruck.

Auch Ware, die ein Verfallsdatum trägt, begründet Eile. Überschrift einer Aldi-aktuell-Anzeige: «*Wenn der 19. 7. kommt, dann muß der Joghurt gehen.*»

Die unwiederbringliche Gelegenheit kann sich auf den Preis beziehen. Wenn Sie ihn begründen können (*«Messepreis»*), um so besser. Die schiere Aussage *«Dieses Angebot gilt nur bis zum 31. Oktober»* kann aber schon ausreichen – das ist dann eben so.

Die unwiederbringliche Gelegenheit kann eine Prämie betreffen. Eine Kreditkarten-Organisation belohnt mit einem Solarrechner nur solche Beitrittserklärungen, die innerhalb von 10 Tagen eingehen.

Mit Ihren Handelspartnern machen Sie es nicht anders: Sie bieten ihnen einen Frühdispositions- oder Einführungsrabatt – als vorübergehende Spannenerhöhung während der Zeit, in der der Händler noch das Risiko geringerer Umschlagsgeschwindigkeit trägt.

## Druck mit den Kunden Ihrer Kunden

Ein Zeitschriftenverlag schickt an Werbeagenturen einen Marktforschungsbericht und schreibt dazu: *«Dieser Versand erfolgt zunächst nur an Agenturen. Ihre Kunden können das Buch zur Zeit nur von Ihnen bekommen.»*

Das heißt im Klartext: «Besser, ihr redet bald mit euren Kunden darüber. In ein paar Wochen ist es zu spät – dann haben eure Kunden die Informationen schon von uns auf dem Tisch.»

Eine solche freundliche Vorzugsbehandlung ist nicht nur erlaubt, sondern auch wirksam. Wenn Sie Service-Firmen als Kunden haben: Geben Sie ihnen ein bißchen Vorlauf – bevor Sie alle Welt informieren.

Sie können durchaus darauf hinweisen, daß die Kunden Ihres Kunden Interesse an Ihrem Angebot zeigen. Werden Sie aber nicht penetrant. *«Höchst peinlich, wenn der Kunde mehr als sein Berater von uns erfährt*», heißt die Überschrift im Werbebrief eines Adressenverlags. Wenn Sie Berater wären – würden Sie sich nicht darüber ärgern?

## So bauen Sie Eile in Ihre Anzeigen ein

Je weniger Werbegeld Sie haben, desto stärker müssen Sie darauf achten, daß Sie in den wenigen Anzeigen, die Sie einschalten können, den Leser nicht verpassen. Da hilft der Hinweis, daß der Angesprochene Ihrem Angebot nicht noch einmal begegnen wird – daß er also nur diese eine Chance zur Lektüre und zur Reaktion hat.

Daraus hat Jägermeister trotz seines Millionen-Etats ein Konzept gemacht. Jedes Jägermeister-Motiv war ein sogenanntes «Unikat» – es erschien nur einmal. Das hat fünfzehn Jahre lang viele Leser dazu erzogen, sich jedes dieser Motive anzusehen; sie wußten, sie würden es nie mehr wiedersehen.

Und auf das einfache Wörtchen «jetzt» sollten Sie nie verzichten. «*Schicken Sie uns die Bestellkarte jetzt zurück*» ist schon ein ganzes Stück dringlicher als «*Bitte schicken Sie uns die Bestellkarte*».

# 9.

## Ein wichtiger Anfang: Ihr Telefon

Auch per Telefon können Sie naheliegende Neukunden ausfindig machen und lohnende Kontakte vorbereiten. Die Telekom gibt Ihnen damit ein Werbeinstrument an die Hand, das ein paar einzigartige Vorteile bietet.

Erstens: Es ist bequem. Der Gesprächspartner, den Sie anrufen, braucht nicht mehr zu tun, als den Hörer ans Ohr zu halten und am Ende «ja» zu sagen.

Zweitens: Telefon hat Vorfahrt. Sie kennen das: Wenn Sie im Gespräch mit einem Besucher sind und das Telefon klingelt – Sie gehen ran und sind dann höflich genug, nicht mitten im Gespräch aufzulegen. Ihr Gegenüber schaut sich derweil die Bilder an Ihrer Wand an.

Drittens: Beim Telefonkontakt wissen Sie sofort, woran Sie sind. Im persönlichen Dialog kann gefragt und geantwortet werden. Darin unterscheidet sich das Telefongespräch von allen anderen Werbebotschaften.

Sie können per Telefon aktuellen Bedarf abfragen. Allerdings läßt sich das mit dem Telefon *allein* selten lösen. Besser: Sie versenden zunächst einen Brief – und fassen dann telefonisch nach, um die Kaufbereitschaft abzuklären. Nach 50 oder 100 Testanrufen ist Ihnen klar, ob Ihr Angebot eine Chance hat.

Alle diese Vorteile können Sie bei der Ansprache von gewerblichen Partnern ausgiebig nutzen. Auch bei Adressen, zu denen Sie bislang keinen Kontakt hatten, sind Ihre Anrufe zulässig, wenn Sie davon ausgehen können, daß sich der Geschäftsmann am anderen Ende der Leitung für Ihr Angebot interessieren könnte – und deshalb mit Ihrem Anruf einverstanden ist. Auf diesem Feld haben Sie viel Spielraum.

Bei Privatpersonen müssen Sie vorsichtig sein. Hier sind unerbetene Anrufe, die darauf abzielen, Geschäftsabschlüsse anzubahnen, wettbewerbswidrig; die Verwaltungsgerichte sprechen vom «*Werbeangriff*».

## Geben Sie Ihren Verkäufern einen fliegenden Start

Schicken Sie Ihre Verkäufer nicht ins Ungewisse. Sortieren Sie Zielpersonen heraus, die an Ihrem Angebot interessiert sind. Treffen Sie per Telefon qualifizierte Terminvereinbarungen. Erfragen Sie die zuständigen Entscheider im angerufenen Unternehmen.

Ihre Mannschaft ist weniger frustriert, wenn sie die vorbereiteten «warmen» Kontakte besucht. Auch die Ergebnisse solcher Außendienstleute, die bislang unter Durchschnitt arbeiten, können Sie durch telefonische Vorarbeit anheben.

## Laden Sie Interessenten ein

Laden Sie per Telefon zu einer Produktdemonstration, einer Messe, einem Seminar ein. Fragen Sie auch hier nach dem Namen der zuständigen Person. Erkundigen Sie sich nach dem Interesse. Sprechen Sie die Einladung aus – und fassen Sie schriftlich nach. Erinnern Sie am Tag vor der Veranstaltung an den Termin; fragen Sie, ob Sie sich auf den Besuch einrichten dürfen.

## Selbst telefonieren oder telefonieren lassen?

Einzelaktionen können Sie durchaus im eigenen Haus durchführen – vorausgesetzt, daß Sie einen Mitarbeiter haben, der
die Telefonakquisition beherrscht. Wichtigste Merkmale:
eine angenehme Stimme, ein gut vorbereiteter Leitfaden, der
auch Einwände des Gesprächspartners vorab berücksichtigt
– und Freude am Kontakt zu anderen Menschen. Frauen machen das sehr gut; sie werden vom Angerufenen nicht so
schnell abgewimmelt.

Bei umfangreicheren oder fortlaufenden Aktionen lohnt es
sich, ein spezialisiertes Telefon-Marketing-Unternehmen zu
beauftragen.

## Wie es die Profis machen

Die Telefonistinnen der Servicefirmen arbeiten nach einem
programmierten Leitfaden. Sie sprechen nicht frei, sondern
lesen von einem Manuskript ab. Damit die Gespräche natürlich klingen, werden die Skripts zunächst von spezialisierten
Textern geschrieben, dann getestet und verbessert. Manchmal wird der Text sogar der Persönlichkeit des einzelnen
«Callgirls» angepaßt.

Wichtig in diesem Manuskript sind Filterfragen *(«Benutzen Sie in Ihrem Büro einen Scanner?»)*, mit denen sich sehr
schnell feststellen läßt, ob der Angerufene tatsächlich zur an-
gepeilten Zielgruppe gehört. Wenn nicht: freundliches Dankeschön und Schluß.

Ein geschulter Telefonverkäufer kann auf diese Weise pro
Jahr zwischen 6000 und 8000 Kontakte zu gewerblichen
Adressaten herstellen.

Über die Ergebnisse einer Teststufe werden Sie schnell unterrichtet. Sie entscheiden, ob Sie Ihr Programm unverändert fortsetzen, ändern oder abbrechen wollen.

Die Kosten sind relativ niedrig – zumal dann, wenn man sie mit den Besuchskosten des Außendienstes vergleicht. Dennoch: Telefon-Marketing ist selektive Arbeit. Telefonieren Sie nicht wild in der Gegend herum. Wie bei anderen werblichen Maßnahmen gilt auch hier: Kreisen Sie die Zielgruppe möglichst genau ein, bevor Sie zum Hörer greifen.

## Inbound: der heiße Draht zu Ihnen

Viele Leute schreiben nicht gern; sie telefonieren lieber. Sie erleichtern diesen Umworbenen die schnelle Reaktion, wenn Sie ihnen eine besondere Service-Nummer nennen, unter der Sie Fragen beantworten und Bestellungen entgegennehmen: «*Anruf genügt. Wir beraten Sie gern.*» Der Fachjargon faßt solche telefonischen Response-Möglichkeiten unter dem Begriff «eingehend» *(inbound)* zusammen.

Beim Service 01 30 der Telekom übernehmen Sie sogar die Kosten. Auch wenn Sie in Hamburg sitzen und Ihr Kunde aus Rosenheim anruft – wenn er Ihre 01 30-Nummer wählt, zahlt er nichts. So können Sie Standortnachteile ausgleichen. Auch ohne ein ausgedehntes Filialnetz verschaffen Sie sich durch das Angebot von kostenlosen Ferngesprächen eine bundesweite – auch internationale – Präsenz. Bei Bestell- und Buchungsvorgängen können Sie den Anteil, der schnell über Ihr Telefon abzuwickeln ist, entscheidend erhöhen.

Die Konditionen sind in Bewegung; fragen Sie die Telekom nach dem neuesten Stand. Auf alle Fälle müssen Sie genau durchrechnen, ob sich das lohnt. Bedenken Sie, daß für Geschäftsleute, die Sie gern als Kunden hätten, das Telefon ohnehin zum wichtigsten Werkzeug gehört; sie haben keine

Scheu vor (steuerlich absetzbaren) Ferngesprächen. Es ist deshalb fraglich, ob Sie durch Ihr Angebot des kostenlosen Anrufs Reaktionen auslösen, die sonst unterblieben.

Überdies müssen Sie mit unsinnigen Anrufen rechnen – von Spaßvögeln, die gern umsonst durch die Gegend telefonieren. Setzen Sie deshalb auch dieses Instrument nur gezielt ein. Sie brauchen Ihre 01 30-Rufnummer nicht aller Welt mitzuteilen. Vielleicht verraten Sie sie nur einem gut definierten Kundenkreis – Partnern, denen Sie auf Biegen und Brechen einen besonderen Vorteil bieten wollen.

## Mit der Maschine interaktiv: Audiotex

Um die Kontaktmöglichkeiten voll auszuschöpfen, müssen Sie Ihre Telefone nicht mit lebendigen Menschen besetzen. Und Sie müssen sich auch nicht mehr mit einem simplen Anrufbeantworter begnügen.

Mit einem Audiotex-Dienst können Sie bis zu 20 000 Anrufe pro Stunde per Maschine annehmen und weiterverarbeiten. Das dialogfähige Sprachcomputer-System ermöglicht es Kunden, rund ums Jahr zu jeder Tages- und Nachtzeit im Augenblick des höchsten Interesses zu reagieren.

So unterschiedliche Adressen wie der Zigarettenfabrikant Reemtsma, die Versicherung Hannoversche Leben oder die Aktion Sorgenkind setzen Telefonnummern als Response-Möglichkeiten ein. Wer dort anruft, wird zunächst kurz begrüßt und auf die anfallenden Gebühren aufmerksam gemacht. Dann kann er unter verschiedenen Informationsangeboten wählen – dadurch, daß er nach einem Signalton bestimmte Ziffern auf seiner Telefontastatur drückt (er kann die Ziffern auch laut und deutlich in sein Telefon sprechen). Auf diese Art wird er durch ganze «Suchbäume» geführt, bis er am Ziel seiner Fragen und Wünsche angekommen ist und seinen Namen und seine Adresse nennt.

Unterscheiden Sie zwischen verschiedenen Systemen: Im Service 01 90 zahlt der Anrufer erhöhte Gebühren; der Erlös wird zwischen der Telekom, dem Betreiber («Service Provider») und Ihnen – dem Anbieter – geteilt. So hat es die Aktion «33 Männer zum Bestellen» der Frauenzeitschrift *petra* auf nahezu 1000 Anrufe pro Tag und einen Gesamtumsatz von rund 100 000 DM gebracht.

Für Gewinnspiele können Sie den Service 01 90 nicht einsetzen, weil die Einnahme von erhöhten Gebühren in diesem Fall gegen das Lotteriegesetz verstößt. Für Last-Minute-Angebote oder punktgenaue Wettervorhersagen ist 01 90 jedoch eine gute Möglichkeit, kostspieligen Kundendienst zu finanzieren.

Telefongewinnspiele, mit denen Sie wertvolle Adressen von Interessenten sammeln, lassen sich unter 01 80 durchführen. Hier kann der Anrufer die (günstigen) Gebühren allein tragen oder sie mit dem Anbieter teilen. Henkel hat seine Fugendichtmasse Ceresit auf diese Weise propagiert. Wer die Henkel-Talkline-Nummer wählte und das richtige Motto nannte *(«Aktiv gegen Nässe und Feuchtigkeit»)*, konnte einen attraktiven Preis gewinnen – zum Beispiel einen Regiestuhl.

# 10.

## Machen Sie es Ihren Interessenten leicht

Der ärgste Feind Ihres Neugeschäfts ist nicht die bewußte Weigerung, sondern die Trägheit der Leute. Es ist bequemer, das fortzusetzen, was man sein Leben lang getan hat. Es ist einfacher, weiterhin dort einzukaufen, wo man immer schon hingegangen ist.

Nachdem Sie also Ihren naheliegenden Neukunden überzeugt haben, daß er Ihr Erzeugnis eigentlich ganz gut brauchen könnte – legen Sie jetzt seinem Probierentschluß keine unnötigen Hindernisse in den Weg. Räumen Sie letzte Zweifel aus. Zeigen Sie, wie bequem – auch in der Finanzierung – er Ihr Produkt erwerben kann.

### Wo sind Sie überhaupt?

Kunden, die an Ihrem Angebot interessiert sind, wissen vielleicht nicht mehr so recht, wie sie zu Ihnen kommen. Das kann zumal dann passieren, wenn Sie – womöglich außerhalb des Zentrums – Ihr Geschäft neu eröffnet haben. Ersparen Sie den Interessenten die umständliche Suche: Ihre Anzeige oder Ihr Prospekt sollte in einer kleinen Lageskizze Ihren Standort zeigen.

Weisen Sie auf bequeme Parkmöglichkeiten hin. Wenn Ihre Kunden öffentliche Parkhäuser benutzen müssen: erstatten Sie an Ihrer Kasse die Parkkosten. In dicht besetzten Stadtvierteln nimmt manche Hausfrau gern die Gelegenheit wahr, durch einen kleinen Einkauf bei Ihnen kostenlose Parkzeit zu gewinnen. Wenn sie erst einmal in Ihrem Geschäft ist, kann aus dem geplanten kleinen Einkauf schnell ein größerer werden.

Muß Ihr Kunde zweifeln, ob er Ihre Ware nach Hause transportieren kann? IKEA hält, «wenn das Sofa nicht in den Wagen paßt», Dachträger zum Selbstkostenpreis bereit – oder vermietet an Ort und Stelle einen Kleinlastwagen.

Oder Sie liefern Ihre Ware gleich ins Haus. Dieser Service ist für Senioren besonders wichtig – und deren Zahl nimmt zu. Daß man daraus auch ein Geschäft machen kann, führen die Kaufhäuser vor: Bei Lieferung ins Haus erheben sie für einen Warenwert unter 300 Mark einen Aufschlag von 15 oder 20 Mark. Der Effekt: Viele Kunden bemühen sich, die Einkaufssumme von 300 Mark zu *überschreiten*, um die Liefergebühr zu sparen.

Wenn Ihr Erzeugnis nicht überall erhältlich ist: Zeigen Sie dem Umworbenen den Weg zum nächsten Kaufort. Sie tun auch Ihren Handelspartnern einen Gefallen, wenn Sie Bezugsquellen nachweisen – durch ein beigefügtes Blatt in Ihrem Mailing oder durch eine Auflistung in Ihren Anzeigen. Wenn der Platz nicht ausreicht, beschreiben Sie zumindest die Häuser, in denen Ihr Produkt zu finden ist: «*Kettler-Sport-Artikel sind erhältlich in Sportfachgeschäften und den Fachabteilungen der Warenhäuser.*»

Wenn wichtige Firmen, denen Sie soviel zeigen wollen, partout nicht zu Ihnen kommen – vielleicht mieten Sie einen Sattelschlepper und fahren zu ihnen? «*Im Februar kommt Kompetenz direkt vor Ort auf Touren. Der 30-Tonnen-Truck unserer Digital-Roadshow für die Fertigungsindustrie ist wieder unterwegs. Die Truck-Stops heißen... Wenn Sie die Digital-Roadshow als kostenloses Info-Forum in Ihrem Unternehmen nutzen wollen: Anruf genügt, wir bringen Lösungen ins Rollen.»*

Wenn Ihre naheliegenden Neukunden sich schriftlich bei Ihnen melden sollen – geben Sie ihnen auf alle Fälle vorbereitete Mittel, sogenannte «Response-Elemente», an die Hand. Auf Seite 200 lesen Sie mehr darüber.

## Der finanzielle Anreiz

Besondere Kreditkonditionen machen den Kaufentschluß oft erst möglich. Autohändler bieten sie an: *«Nur 2,8 Prozent effektiver Jahreszins – ganz ohne Anzahlung».*

Zusätzliche Kaufimpulse können Sie auch schon mit einem kleinen Anreiz auslösen. Einen Gutschein über einen geringen Betrag wird Ihre Kalkulation gewiß tragen – für viele Umworbene ist er ein Wert, den sie ungern verfallen lassen. Auch fremde Gutscheine können Sie auf Ihr Geschäft lenken: Restaurants nehmen Essensmarken an.

Zeigen Sie Entgegenkommen. Der OTTO-Versand fügt seinem Rückumschlag eine Klebemarke an: *«80 Pfennig Porto zahlt der Empfänger.»* Der Kunde liest: *«Ihre 1. Bestellung ist portofrei. Kleben Sie die Marke bitte auf das Frankierfeld.»*

Den finanziellen Anreiz müssen Sie nicht immer selbst anbieten. Wenn ein anderer Geld dazugibt – um so besser. Weisen Sie deutlich darauf hin: *«Sehr geehrter Grundeigentümer. Stadt und Land unterstützen Sie, wenn Sie Grundstück, Dächer und Wände begrünen oder die Hausfassade streichen. Ein Zuschuß kann bis zu 65 Prozent der Kosten decken.»*

Wenn Sie Bäder einbauen oder Heizungen installieren, sollten Sie über öffentliche Programme Bescheid wissen – und den Kundenvorteil voll ausreizen.

## Helfen Sie Ihren Kunden beim Weiterverkauf

Gewerbliche Kunden ermuntern Sie auch dadurch zur Bestellung, daß Sie den Weiterverkauf für sie vorbereiten. Die Pauli und Menden GmbH in Rheinbreitbach erleichtert dem Sanitär-Installateur das Angebot ihrer Montagesysteme für Sanitärkörper. Sie fügt ihrem Lieferprogramm Ausschreibungstexte bei, die der Installateur nur kopieren muß: *«Satz MEPA-Badewannenfüße, verstellbar. Typ WG für gußeiserne Einbauwannen. Lfd. Nr., Stückzahl, Preis je Einheit, Betrag».*

Geben Sie solchen gewerblichen Kunden Hilfen für den Abverkauf. Erklären Sie ihnen, welche Endabnehmer-Gruppen für Ihr Produkt besonders aufgeschlossen sind. Stellen Sie kleine Prospekte zur Verfügung, die Ihr Kunde an *seine* Kunden verteilen kann. Liefern Sie ihm einen kurzen, griffigen Werbetext, den er nur abzuschreiben braucht.

## Bei Nichtgefallen Geld zurück

Als die Reifenfirma Bridgestone in den siebziger Jahren den Einstieg in den hart umkämpften deutschen Markt suchte, griff sie sich zunächst das Segment der Lkw-Fuhrparkunternehmer heraus. Diese Zielgruppe war überschaubar; die Zielpersonen waren zum Teil namentlich bekannt. Problem: Die Fuhrpark-Chefs waren auf Michelin eingeschworen.

Bridgestone entschloß sich, Michelin als Maßstab für die eigenen Produkte einzusetzen. Die Firma gab ihren Wunschkunden eine – vom Geschäftsführer persönlich unterschriebene – schriftliche Garantie, daß die Bridgestone-Reifen mindestens die Kilometerleistung der Vorbereifung erreichen würden. Wer sich für Bridgestone entschied, ging also kein Risiko ein; schlechter als der Marktführer Michelin würde der neue Reifen keinesfalls sein.

Nehmen Sie Ihren Interessenten die Angst vor dem Risiko – durch Referenzen, besondere Qualitätsbeweise oder eine Garantie mit Brief und Siegel: *«Außerdem sollten Sie noch wissen, daß bei Flötotto-Möbeln keinerlei Formaldehyd-Gefahr besteht. Eine Zertifikat-Kopie des Fraunhofer-Instituts für Holzforschung schicken wir Ihnen gern zu, wenn Sie das wünschen.»*

Der Shell-Atlas wartet mit einer wirklich eindeutigen Garantie auf: *«Wenn Sie sich damit verfahren, bekommen Sie Ihr Geld zurück.»*

Die V. A. G. Mobilitätsgarantie für VW- und Audi-Modelle verspricht: Wer seine Inspektionen pünktlich durchführen läßt, bekommt bei einem Ausfall kostenlos einen Leihwagen oder die Übernachtungskosten bezahlt. Erwünschter Effekt: Die Vertragswerkstätten werden durch regelmäßige Inspektionen besser beschäftigt.

### Referenzen: So leihen Sie sich Renommee

Es gibt Leute, die sich gern an bedeutenden Vorbildern orientieren. Das ist der «Hoflieferanten-Effekt»: Was der König kauft, wird auch gut genug für mich sein.

Hoflieferant können Sie hierzulande nicht mehr werden. Aber Vorbilder gibt es nach wie vor – für jede Branche, jedes Produkt. Wenn Sie solche Vorbildkunden haben (möglichst die anspruchsvollsten, die Ihre Branche kennt), führen Sie sie unbedingt ins Feld: «*Sie kennen uns nicht, aber Sie kennen unsere Kunden.*»

Es gibt Referenzen, die Sie kaufen können («*Offizieller Ausrüster der Olympia-Mannschaft*»). Und es gibt Referenzen, die Sie sich selbst ausstellen können. Wenn Sie in einem Produktfeld neu antreten, aber auf einem anderen Gebiet bereits für gute Leistungen bekannt sind – führen Sie diese bekannten Leistungen auf jeden Fall an. Das Publikum glaubt Ihnen dann leichter, daß Sie auch in der neuen Sparte gute Arbeit leisten.

## Der Bestseller-Effekt

Viele Leute fühlen sich unwohl, wenn sie sich in der Minderheit wissen. Sie tun gern das, was viele andere auch tun – denn das kann nicht verkehrt sein. Aus diesem Verhalten erklärt sich die Zugkraft von Hitparaden und Bestsellerlisten.

Sicherheit durch Menge versprechen zum Beispiel die Alno-Küchen: «*Wissen Sie, wo die meisten Deutschen ihr Süppchen kochen?*»

Eine Unterart der Bestseller-Käufer sind die Leute, die gern zu den Gewinnern gehören. Sie sind wichtig für die Entwicklung junger Märkte – weil sie erst abwarten, wer sich in einem Markt durchsetzt, und dann «auf den fahrenden Zug springen». Verwenderanteile sprechen sich schnell herum. Sony hat das mit seinem Beta-System leidvoll erfahren: Ein Mann, der den Kauf eines Videorecorders plant und bei zwei von drei Befragten ein VHS-System vorfindet, wird sich in der Regel ebenfalls für VHS entscheiden – und dann sprechen schon drei von vier Videofreunden für VHS. Diesen Effekt der Waage, die sich immer stärker zur anderen Seite neigt, wollte Sony bei der Compact-Disc nicht noch einmal erleben. Die Anzeigen des Unternehmens meldeten: «*Mehr als 90 Prozent aller digitalen Masterproduktionen wurden bereits mit Digitaltechnik von Sony aufgenommen, bearbeitet und geschnitten.*»

Nutzen Sie also jede Möglichkeit, Ihren Wunschkunden klarzumachen, daß der Trend in Ihre Richtung läuft. Sie erreichen schon viel, wenn Sie den Leuten helfen, aus ihren eigenen Wahrnehmungen die Schlußfolgerungen zu ziehen, die Sie wünschen. «*Schon wieder ein Nissan Micra von Auto-Schuster*», sagen die Aufkleber auf den Heckscheiben.

Der Markt ist kein Kasernenhof; Sie können niemandem etwas befehlen. Wenn Sie aber den Befehl als Beschreibung tarnen, lenken Sie gefügige Menschen leicht in die gewünschte Richtung. «Bei uns liest man EXPRESS», sagt die Kölner Boulevard-Zeitung und gibt damit zu verstehen: «Hier hast du EXPRESS zu lesen – und nichts anderes.»

Schließlich gibt es Menschen, die gern auf Experten hören – was ja auch vernünftig ist, wenn man von einem Thema wenig versteht. Bringen Sie also solche Experten ins Spiel.

Wenn Sie in der Presse gut besprochen werden – nutzen Sie das wie Becker Autoradio: «*Wir schicken Ihnen alle Vergleichstests der letzten Monate.*»

Brillengroßhändler Manfred Schermuly aus Wetzlar ließ seine Ware vom TÜV testen und warb mit dem erworbenen Prüfzeichen. Sein Erfolg war beachtlich: vier von fünf Optikern begrüßten die TÜV-Prüfung für Brillengestelle.

Auch Sie selbst können Ihr Produkt in den Härtetest schicken und das Ergebnis werblich verwerten: Aus welcher Höhe kann Ihr Koffer unbeschadet zu Boden fallen? Wie schnell liefern Sie ein dringend benötigtes Ersatzteil nach Valencia? Wie viele Elefanten können auf Ihrem Versandkarton tanzen? In Tests dieser Art steckt beträchtliche Dramatik – lesen Sie dazu Seite 139.

Am stärksten überzeugt ist, wer sich selbst überzeugt hat. Geben Sie Ihrem naheliegenden Kunden die Chance dazu – wie es das manager magazin tut: *«Wenn Sie uns sagen, welche Themen Sie in einem Wirtschaftsmagazin für Manager erwarten, zeigen wir Ihnen, welche Artikel aus Ihrem Interessengebiet Sie in den letzten 50 Ausgaben von manager magazin verpaßt haben.»*

## So verhindern Sie Kaufreue

Zeitschriften sind in ihrer Abonnenten-Werbung zu einer Klausel verpflichtet: *«Sie können Ihre Abo-Bestellung innerhalb von 10 Tagen schriftlich widerrufen.»*

Damit Ihr Kunde es sich nicht tatsächlich anders überlegt: Fügen Sie Ihrer Ware oder Ihrer Auftragsbestätigung einen Prospekt bei, der die schönen und nützlichen Seiten Ihres Produkts noch einmal ausführlich schildert – die Fachleute sprechen vom «Resell-Package». Bertelsmann-Kunden, die sich zur Anschaffung der vielbändigen LEXIKOTHEK entschlossen hatten, bekamen in der Zeit zwischen Unterschrift und Lieferung eine prachtvolle 24seitige Broschüre, die den bereits gewonnenen Kunden das Werk noch einmal verkaufte: *«Die LEXIKOTHEK sichert Ihnen und Ihren Kindern den lebensnotwendigen Anteil am Wissen der Zukunft.»*

## Alte Bestände sind ein Kaufhemmnis – so räumen Sie sie weg

Entkräften Sie das Gegenargument noch vorhandener Vorräte – auch dadurch erleichtern Sie Ihren naheliegenden Neukunden den Kaufentschluß.

Der eleganteste Weg, gut bevorrateten Kunden neue Ware zu verkaufen, ist die Kreation von Moden. Eine blühende Bekleidungsindustrie ist auf der Grundlage des einfachen Nutzwertes nicht denkbar. Neue Stoffe, Schnitte und Farben verwandeln Kleiderschränke in Altkleiderlager. Die Erzeugung von «optischem Verschleiß» ist jedoch nicht der Textilindustrie vorbehalten. Modellwechsel steigert die Umsätze auch in den Automobilfabriken.

Oder in den Teppichwebereien. Die Gemeinschaftswerbung für Teppichboden (*«Die graue Maus muß raus!»*) will die Liegezeit des Teppichbodens von durchschnittlich 10 Jahren auf 7 Jahre verkürzen – so können jährlich rund 45 Millionen zusätzliche Quadratmeter Teppichboden abgesetzt werden.

Zeigen Sie sinnvolle Wege zur Vernichtung alter Bestände. Um die deutschen Männer zu bewegen, sich von ihren alten Krawatten zu trennen, gab die Krawattenindustrie ihnen viele Tips, was man mit einem alten Schlips anstellen kann – Puppenkleider daraus nähen oder Ostereier darin färben beispielsweise.

Nehmen Sie Altes in Zahlung, um Platz für Neues zu schaffen. Sie steuern dem Gefühl der Verschwendung entgegen, wenn Sie Ihren Kunden für alte Bestände einen kleinen Gegenwert anbieten. Die Singer-Werke ließen sich den *«Singer-Wertschätzdienst»* einfallen. Anzeigen in Tageszeitungen, Aufstellplakate und Handzettel forderten die Hausfrauen auf, ihre alten Nähmaschinen vom Singer-Wertinspektor schätzen zu lassen – und, versteht sich, bei Singer gegen eine neue Maschine in Zahlung zu geben.

*«Change your pants»* hieß die Aktion der Levi-Strauss-Tochter *Dockers*. In über 100 der 250 *Dockers*-Outlets konnten junge Leute ihre alte Hose loswerden – und beka-

men noch zehn Mark dazu, wenn sie eine neue *Dockers* kauften. Unter dem Motto «Hosen für alle» wurden die Altkleider dann einer karitativen Einrichtung gespendet.

Eine ähnliche Spielart des Aufräumens führen die Optiker vor. Sie verbinden eine Gewinnchance mit einer guten Tat: «*Hildener Brillenträger! Ihre alten Brillen für Menschen in die Dritte Welt. Jede alte Brille ein Los – gewinnen Sie eine neue.*»

Entschlossene Verkäufer von Kopiergeräten steigen in die Verträge der bereits vorhandenen Konkurrenz ein, lösen also Zahlungsverpflichtungen ab.

## Wie kommen Sie zu Ihrem Geld?

Sie haben Ihren naheliegenden Neukunden gewonnen; er will Ihr Produkt haben. Und *Sie* wollen jetzt Ihr Geld sehen.

Das ist die letzte große Hürde, über die Ihr Interessent springen muß. Er mag überzeugt sein, daß Ihre Ware für ihn mehr wert ist als der Preis, den Sie dafür verlangen. Dennoch kann es ihm schwerfallen, sich von seinem Geld zu trennen.

Auch in dieser Phase können Sie es Ihrem Kunden leichtmachen:

Der Nutzer muß nicht der Käufer sein. Machen Sie Ihre Ware zum Geschenkartikel. Feinkost Käfer in München macht es vor. Der *«Echte-Käfer-Geldschein-Präsent-Gutschein»* ist sechs Monate gültig und kann sowohl im Feinkostgeschäft als auch in den Restaurants eingelöst werden. Der schöne Effekt: Käfer bekommt sein Geld, lange bevor er die Ware liefert.

Daß das auch bei Dienstleistungs-Angeboten funktioniert, zeigt der Geschenkscheck einer Stuttgarter Fahrschule: «*Herr / Frau / Frl. ist … berechtigt, in meiner Fahrschule an einem Kurs zum Erwerb des Führerscheins Klasse … teilzu-*

*nehmen. Die Kosten bis zur Höhe von DM... hat... über-*
*nommen. Der Scheck-Inhaber wird gebeten, mit der Fahr-*
*schule einen Termin zu vereinbaren.*»

Das verkaufsfördernde Geschenksystem der «Hochzeits-
listen» hat der Porzellan-Einzelhandel organisiert. Eine
Braut, die sich ein bestimmtes zwölfteiliges Service mit allem
Drum und Dran wünscht, meldet diesen Wunsch bei ihrem
Porzellangeschäft an – und auch bei den mutmaßlichen Gratulanten. Die gehen zum Einzelhändler und erfahren aus dessen Liste, welche Teile mittlerweile von anderen Spendern bestellt worden sind und was die Braut noch braucht. Auf diese
Weise teilen sich viele Gratulanten die Kosten eines hochwer-
tigen Geschenks – die Braut kommt zu ihrem Recht und der
Porzellanhandel auch.

Auch die Lieferung in Raten können Sie verschenken. Vor
Weihnachten empfehlen Zeitungen und Zeitschriften das Ge-
schenk-Abonnement: «*...es erinnert auch dann noch an Sie,
wenn andere Geschenke längst vergessen sind.*»

## Vermieten statt verkaufen

Ihr Kunde muß Ihr Produkt nicht unbedingt kaufen. Wenn er
es über eine Leasing-Gesellschaft mietet, schont er seine Li-
quidität und spart obendrein Steuern. Er erwirbt nicht das
Eigentum an Ihrer Ware, sondern das Recht, diese Ware mittelfristig zu nutzen – in der Regel für eine Zeitspanne, die
90 Prozent der betrieblichen Nutzungsdauer beträgt. Sie als
Lieferant dagegen bekommen Ihr Geld von der Leasing-Gesellschaft sofort aufs Konto. Das Finanzierungsmodell steigert die Umsätze nicht nur von Büromaschinen, Lieferwagen
oder Berufskleidung – die Düsseldorfer Schulte-Optik bietet
sogar Kontaktlinsen im Leasing an.

Oder verkaufen Sie Ihrem Kunden ein Funktionssystem. Wie die städtische Müllabfuhr: Mit den 2,50 Mark, die Sie für einen Müllsack zahlen, kaufen Sie nicht nur den Sack, sondern auch den Abtransport des Inhalts. Ein ähnliches System richten Sie ein, wenn Sie mit Ihrem Kunden vereinbaren, daß seine Anlage zehn Jahre lang einwandfrei läuft. Was er in Raten bezahlt, ist Technik plus regelmäßige Wartung – mit anderen Worten: der Nutzen.

Sie müssen nicht jedes einzelne Produkt verkaufen. Drogerien *verleihen* Teppichreinigungsmaschinen und verkaufen das Shampoo dazu. Eine Düsseldorfer Firma vermietet sogar *«Alarmanlagen während Ihres Urlaubs»*. Ein geschickter Verkäufer dürfte die Mieter nach ihrer Rückkehr aus den Ferien leicht überzeugen können, daß Sicherheit auch in der übrigen Zeit des Jahres ein beruhigendes Gefühl ist.

Sie müssen auch nicht mit jedem Produkt Gewinn machen. Denken Sie an den bewährten Rockefeller-Trick: Der alte John D. verschenkte in China acht Millionen «Glückslampen» – die dann allerdings mit dem Kerosin seiner Standard Oil Company betrieben werden mußten.

Denkbar ist auch, daß Sie Ihrem Kunden einen Teil der Kaufraten für ein Produkt erlassen, wenn er andere Produkte von Ihnen bezieht. Die Düngemittelfirma, die Sie auf Seite 28 kennengelernt haben, verrechnet die Kaufraten für ihre Tanks mit der Abnahme von Flüssig-Stickstoff. Landwirte und -händler, die einen bestimmten Tankumschlag erzielen, erhalten eine Vergütung, die vier Jahre lang auf die kostenlose Lagerung hinausläuft. Anschließend erwerben die Kunden die Tanks gegen eine geringe Restkaufsumme.

## Kunden werben Kunden

«Zufriedene Kunden sind unsere beste Reklame.» In diesem ausgeleierten Kaufmanns-Schnack steckt ein gesundes Prinzip: Lassen Sie alte Kunden neue Kunden gewinnen.

Viele Leute tun das gern. Sie kennen den Mitmenschen, der sich gerade ein neues HiFi-System angeschafft hat. Er ist nicht nur des Lobes voll (klar, denn damit lobt er seinen eigenen Sachverstand), sondern will auch seine Freunde zu «seiner» Marke bekehren: «Kauf dir doch auch so eine.»

Diesen Effekt können Sie forcieren. Belohnen Sie den alten Kunden, der einen neuen Kunden für Sie wirbt. Buchclubs, Verlage und Kreditkartengesellschaften exerzieren das vor – mit attraktiven Prämien von der Spielzeug-Dampfmaschine bis zum Reisekoffer: *«Unser Dankeschön für die Adresse eines Abonnenten, der DIE ZEIT künftig regelmäßig frei Haus beziehen möchte.»*

Kunden-werben-Kunden-Aktionen verursachen weder Media- noch Portokosten: Packen Sie das Werbemittel mit Ihrem Prämien-Versprechen einfach Ihren Lieferungen bei.

Versandhäuser statten ihre Kunden mit Werbematerial zur Weitergabe aus und belohnen sie – wie einen Verkäufer – mit Geld: *«Als Sammelbesteller wird Ihnen vom Rechnungsbetrag jeder Sammelbestellung eine pauschale Unkostenvergütung von 5 Prozent direkt abgezogen. Damit gleicht OTTO kleine Auslagen für ein Telefonat oder kleine Schreibarbeiten aus.»*

Sie müssen nicht unbedingt sofort auf die Bestellunterschrift eines neuen Kunden zielen. Für den Aufbau Ihrer Datei ist es schon wertvoll, wenn Ihr alter Kunde Ihnen die Adressen von Bekannten nennt, die an Ihrem Angebot interessiert sein *könnten*.

Gehen Sie mit einer solchen Aufforderung aber nur an einen wirklich alten Kunden heran. Einen Interessenten, den Sie erst noch gewinnen wollen, sollten Sie nicht gleich fragen, welchem Freund Sie Ihr Werbematerial ebenfalls zusenden dürfen. Denn: In dieser Phase des ersten Flirts gehört Ihre Aufmerksamkeit voll und ganz diesem einen naheliegenden Neukunden, mit dem Sie gerade sprechen.

Der Juwelier Wempe fügt seinen Aussendungen Antwortkarten zur Kataloganforderung bei. Der Empfänger wird gebeten, darauf auch Adressen von Bekannten zu nennen, die ebenfalls den Wempe-Katalog bekommen sollen. Die Überlegung dahinter: Niemand weiß besser als ein Wempe-Kunde, wer sonst noch als Wempe-Kunde in Frage kommt. Dadurch, daß er dieses Wissen anzapft, hat der Hamburger Luxuslieferant die beste Chance, in Netze gleichen sozialen Niveaus einzudringen. Wempe schickt mittlerweile jährlich 600000 Kataloge an einkommensstarke Zielpersonen.

Ein amerikanischer Kongreßveranstalter geht in seinem Bemühen, solche Netze zu aktivieren, noch einen Schritt weiter. Er ergänzt seine Einladung mit einer Liste der deutschen Teilnehmer, die schon im Vorjahr dabei waren: *«Wir hoffen, daß Sie untereinander Kontakt aufnehmen – vielleicht auch, um eine preiswerte Gruppenreise zu arrangieren.»*

Wenn Sie an große Firmen schreiben, aber nicht genau wissen, ob Sie den richtigen Mann im Visier haben: lassen Sie Ihre Adressaten die richtigen Adressen liefern: Bitten Sie einfach um Angabe der Person (in welcher Abteilung), die an Ihrer Information auch noch interessiert ist.

Die Warsteiner Brauerei setzt das «Kunden werben Kunden»-Prinzip in der Distributionskette *rückwärts* an. Sie läßt Endverbraucher ihre Lieferanten werben: *«Wir von Warstein aus können noch nicht jedes gute Haus kennen. Darum unsere Bitte an Sie: Nennen Sie uns bei Ihnen vor Ort das Lokal Ihrer Wahl. Eine Gaststätte, ein Restaurant, ein Bistro, wo alles stimmt. Und nur noch eines fehlt. Warsteiner, Spitzen-Pilsener der Premium-Klasse. Fragen Sie doch mal Ihren Stamm-Wirt, ob Sie ihn empfehlen dürfen. Für diesen entscheidenden Insider-Tip revanchieren wir uns bei Ihnen mit 50 Liter Warsteiner. Zu denen Sie einladen. Im Lokal Ihrer Wahl. Sobald dort Warsteiner geführt wird. Füllen Sie einfach den Coupon aus.»*

Wie auch immer Sie den naheliegenden Neukunden ansprechen – sorgen Sie dafür, daß seine Reaktion nicht ins Leere läuft. Wenn die Leute sich zu sehr anstrengen müssen, um sich einen Kaufwunsch zu erfüllen, geben sie auf. Informieren Sie deshalb Ihr Personal vorab über Ihre werblichen Maßnahmen. Bereiten Sie es auf Anfragen vor. Trainieren Sie es darauf, den neuen Interessenten freundlich-sicher zum Kaufabschluß zu führen.

**11.**

# So verwandeln Sie Erstkäufer
# in Stammkunden

Sie haben ihn von seinem Nutzen überzeugt. Sie haben seine Entscheidung beschleunigt. Sie haben ihm die Zahlung erleichtert. Ihr Interessent hat sich entschlossen: Er ist Ihr Käufer geworden.

Hören Sie jetzt nicht auf.

Verkaufen kann auch der Marktschreier – heute auf dieser Kirmes, morgen auf jener. Aus Käufern Kunden zu machen – dazu gehört mehr. Aber es lohnt sich.

Sie haben in Ihren Erstkäufer beträchtliche Werbegelder investiert. Der Kundenstamm ist Ihr wertvollstes Kapital – es läßt sich durch ausdauernde Werbung beträchtlich vermehren.

Das Vertrauen Ihrer Stammkundschaft kann für Sie wie eine gute Lebensversicherung sein. Denn Stammkunden sind das Beständigste, worauf Sie sich stützen können. Hier arbeiten die Trägheitsmomente, die Ihnen den Erfolg bei Neukunden erschweren, auf einmal *für* Sie. Verbraucher sind im allgemeinen nicht geneigt, sich ausführlich über den Markt zu informieren und dann mit kritischem Verstand und hohem Zeitaufwand das Allerbeste auszuwählen.

Treue dagegen ist bequem. Sie erspart viel Lauferei und schont das Gedächtnis. Deshalb sind Stammkunden gegen Konkurrenzangebote oft erstaunlich immun. Es kann vorkommen, daß bei einem Friseur sechs Kunden geduldig darauf warten, bis sie an die Reihe kommen – während der Konkurrent nebenan nichts zu tun hat.

Ihr Wettbewerber wird es schwer haben, wenn Sie es richtig anfassen – mit Überlegung, Sorgfalt und ein bißchen Technik.

Alten Kunden mehr zu verkaufen ist leichter, als neue Kunden zu gewinnen. Bekanntheit und Sympathie sind schon aufgebaut. Die Kommunikationswege funktionieren und müssen nicht erst noch eingerichtet werden. Über ein und dieselbe Aussendung, aber auch im persönlichen Verkaufsgespräch können Sie zusätzliche Angebote vorlegen; das ist kostengünstiger als der Anlauf bei einem neuen Adressaten.

Dabei haben Sie einen beneidenswerten Vorsprung vor der Konkurrenz: Niemand kennt die Bedürfnisse Ihrer Kunden so gut wie Sie. Reizen Sie diese Chance voll aus. Führen Sie Buch: Wann ist die vom Kunden zuletzt gekaufte Ware aufgebraucht, veraltet, schrottreif? Wann ist also Ersatzbedarf fällig? Überlegen Sie: Welches Zubehör kann Ihr Kunde brauchen (Zusatzbedarf)? Welche Anschaffung zieht logisch welche andere nach sich (Kettenbedarf)? Auf welche weiteren Interessen lassen die bisherigen Käufe schließen (Bedarfsbündel)? Beachten Sie: Wer zählt zu den besonders intensiven Kunden, die eine «Treueprämie» verdient haben?

## Das gute Verhältnis beginnt bei der ersten Bestellung

Zeigen Sie, daß Sie den neuen Kunden als wertvollen neuen Partner sehen:

- Reagieren Sie schnell. Wenn ein guter Verkäufer gestern ein Geschäft mit Ihnen abgeschlossen hat, haben Sie heute seinen Dankeschön-Brief auf dem Tisch. Versandhäuser wiederholen im PS ihrer Briefe: «*Vielen Dank für Ihre erste Bestellung.*»

- Versichern Sie dem neuen Klienten, daß Ihr prompter Service ihm ab sofort zur Verfügung steht. Sagen Sie ihm, an wen er sich wenden kann – mit einem Notruf für Tag und Nacht, wenn nötig.

- Geben Sie ihm eine Garantie ohne Haken und Ösen – und betonen Sie im Begleitbrief ruhig noch einmal, daß Sie zu dieser Garantie stehen.

- Fügen Sie Ihrer Ware eine verständliche Aufbau- und Bedienungsanleitung bei. Der Vater, der ratlos herumfummelt, während seine Kinder ungeduldig darauf warten, den neuen CD-Player in Betrieb zu nehmen, wird nicht sehr freundlich an Sie denken.

- Rüsten Sie Ihren Kunden für die Zukunft aus. Maler und Lackierer übergeben nach getaner Arbeit nicht nur ein Farbmuster – nützlich, wenn später eine Wand in gleicher Farbe gestrichen werden soll –, sondern auch einen Entsorgungspaß mit Auskunft über die Zusammensetzung des Dispersions-Anstrichs.

Überzeugte Neukunden sind eifrige Mund-zu-Mund-Propagandisten: Rüsten Sie sie also mit Argumenten aus. Wie wäre es mit einem «Neukunden-Paket», das den Neuankömmling willkommen heißt und ihm interessante Informationen über Ihre Firma, Ihre Leistungen, Ihre langjährigen zufriedenen Kunden gibt? Auch Gesprächspartner in Ihrem Haus können Sie dabei vorstellen – am besten mit Telefon-Durchwahl und Foto (die Leute wissen immer gern, wie die Frau oder der Mann am anderen Ende der Leitung aussieht).

Und wenn Sie einen verlockenden Vorschlag für einen Zusatzkauf haben – legen Sie auch den in das Paket. In der ersten Lieferung der Versandhäuser findet sich «*Unser Willkommensangebot – extra für Sie zum Willkommenspreis*». Dazu, selbstverständlich, ein neuer Bestellschein plus Rücksendeumschlag «*Für Ihre neue Bestellung*».

Bleiben Sie Ihren Kunden auf der Spur. Eine gut organisierte Datenbank sagt Ihnen jederzeit, welches Potential in Ihrem Kundenkreis steckt (mehr dazu auf Seite 218). Für diese Datenbank brauchen Sie zunächst einmal die Adressen Ihrer Kunden.

Wenn – wie in gewerblichen Märkten – zwischen Bestellung und Lieferung eine gewisse Zeitspanne liegt, müssen Sie Namen und Anschrift des Käufers ohnehin notieren. Aber auch andere Adressen fallen Ihnen ohne besonderes Zutun in den Schoß:

Ein Optikgeschäft hat nahezu ideale Voraussetzungen, die wichtigen Daten seiner Kunden zu erfahren: «Seit 1994 keine Brille mehr gekauft, Preis des letzten Gestells zwischen 300,– und 350,– DM, privatversichert, Alter des Kunden zwischen 50 und 60 Jahre, Autofahrer, wohnhaft im Stadtteil Oberkassel».

Lassen Sie auch die einkaufende Hausfrau nicht in der Anonymität: Erfinden Sie einen Anlaß (bevorstehende Ankunft frischer Ware, neuer Katalog), ihren Namen und ihre Adresse zu notieren.

Geben Sie Ihren Mitarbeitern für jede notierte Kundenadresse eine Mark – wie es ein Modegeschäft auf der Düsseldorfer Königsallee tut.

In vielen Büchern finden Sie eine Bestellkarte des Verlags: *«Wir unterrichten Sie künftig gern kostenlos und unverbindlich über unser Verlagsprogramm. Bitte nennen Sie uns umseitig Ihre Adresse.»* Damit das Interessengebiet des Kunden besser eingekreist werden kann, ist auch dieses Antwortfeld vorgesehen: *«Diese Karte entnahm ich dem Buch ...»*

## Lassen Sie von sich hören –
## mit Kundenzeitungen, Newslettern,
## Erfahrungsberichten

Wenn Sie vermeiden wollen, daß die Konkurrenz in Ihren Kundenstamm eindringt: halten Sie Kontakt. Sie können nie wissen, welche Reaktionen Ihr unerwarteter Anstoß auslöst. Vielleicht hat Ihr Kunde, ohne es selbst recht zu wissen, nur darauf gewartet, daß Sie sich in Erinnerung bringen.

Versorgen Sie Ihren Stammkunden regelmäßig mit Informationen über interessante Produkte und Marktentwicklungen – in einer Kundenzeitung, einem Newsletter, einer Briefserie. Sprechen Sie dabei nicht nur über sich selbst – sondern über Themen, an denen Ihr Kunde und Sie gemeinsam interessiert sind. Dadurch, daß Sie statt eines Werbeprospekts eine wertvolle Branchen-Information versenden, gewinnen Sie als Anbieter Kompetenz.

Die Glasurit GmbH in Münster versorgt Autolackierer mit der Zeitschrift *auto color technik*. Sie enthält Meldungen über Trainingskurse und neue Produktionsanlagen, Berichte über Autolackiereien mit guten Ideen (*«Vielleicht können Sie die eine oder andere übernehmen»*) und – zweifellos absatzfördernd – *«Design-Entwürfe zum Nachlackieren»*.

Zeigen Sie Ihrem alten Kunden, daß er für Sie ein guter Bekannter ist. Sprechen Sie ihn in Ihren Werbebriefen persönlich an – mit seinem Namen und einem passenden Angebot. Mit Ihrem Textverarbeitungsprogramm stellen Sie fertige Textblöcke mühelos zu individuellen Briefen zusammen, die auf die Situation des Kunden Bezug nehmen.

Im übrigen können Sie Ihre Stammkunden selbstverständlich mit denselben Werbedrucksachen bedienen, die Sie auch zur Gewinnung neuer Kunden einsetzen. Alles, was Sie hinzufügen müssen, ist ein Brief, in dem Sie die bereits bestehende Geschäftsverbindung ansprechen.

## Aktivieren Sie Ihre Stammkundschaft stets von neuem

Warten Sie nicht, bis Ihr Kunde sich bei Ihnen meldet. Sie wissen, für welche Waren und Leistungen er sich interessiert – bieten Sie ihm die aktiv an.

Schaffen Sie aktuelle Anlässe: ein Sondermodell, ein verbessertes Gerät, neues Zubehör, frische Ware ist eingetroffen. Bitten Sie ihn um seine Meinung. Geben Sie ihm einen Anreiz, Sie bei seinen Bekannten zu empfehlen. Machen Sie ihm die Reaktion leicht. Fügen Sie immer eine Antwortkarte bei.

Der Heizungsmonteur, der seine Kunden im September auffordert, ihr System überprüfen zu lassen, holt sich nicht nur in der flauen Zeit Geschäft – er gibt seinen Adressaten («*rechtzeitig vor der Heizperiode*») auch einen wertvollen Tip und profiliert sich so als kompetenter Berater.

## Wiederholungskäufe, Ersatzbedarf, Zusatzbedarf: das können Sie forcieren

Behalten Sie Ihre Kunden im Auge: Wer hat schon länger nicht mehr bei Ihnen gekauft? Erinnern Sie ihn daran, daß er seine Vorräte aufstocken sollte. Machen Sie ihn auf *zusätzliche* Verwendungsmöglichkeiten für Ihr Produkt aufmerksam. Neue Tips wecken neue Kauflust, deshalb sind auf Kuchenmehl-Packungen wechselnde Rezepte aufgedruckt.

## Ersatzbedarf

Uhren bleiben stehen. Anzüge verschleißen. Küchenherde von gestern leisten weniger als die modernen Nachfolgemodelle von heute.

Arbeiten Sie mit dem Kalender. Wenn Sie zum Verkaufsdatum die durchschnittliche Lebensdauer Ihrer Ware addieren, finden Sie automatisch den Zeitpunkt, zu dem Ihr Kunde für ein neues Angebot besonders aufgeschlossen ist.

Ein Autohändler, der in seiner Werkstatt die Wagen seiner Kunden regelmäßig inspiziert, weiß genau, wann ein neuer Kauf fällig ist – eine Riesenchance für ein gezieltes Angebot. Ein Reifenhändler hat mindestens zweimal jährlich einen guten Anlaß, seine Datei anzuklicken – dann nämlich, wenn es Zeit wird, von Sommer- auf Winterreifen umzurüsten und umgekehrt.

Wenn Sie wachsam sind, können Sie einen endlosen Verkaufskreislauf in Gang halten. Machen Sie sich die Denkweise der Chevrolet-Verkaufskanone Joe Girard zu eigen: *«Meine Kunden sitzen in einem Riesenrad. Nur ich weiß, wann sie wieder runterkommen – und dann steige ich zu.»*

## Kettenbedarf

Ein Kunde, der bei Ihnen eine Kamera kauft, kann auch einen Projektor brauchen – und immer wieder frischen Film. Bei anspruchsvolleren Entwicklungsaufträgen fallen Kundennamen automatisch an – nehmen Sie sie sofort in Ihre Datei auf. Ein Gutschein für eine Filmentwicklung führt den Kunden schneller in Ihr Geschäft.

## Zusatzbedarf

Sie können Kunden hochreizen. Erhöhen Sie die Menge und den Wert der bezogenen Ware dadurch, daß Sie für wenig mehr Geld ein Modell der nächsthöheren Stufe anbieten (*«Hält Ihre Hausratversicherung mit Ihren Neuanschaffungen Schritt?»*). Oder einen Vertrag verlängern. Oder eine größere Vorratspackung (*«Preisvorteil für Sie»*) an den Mann bringen.

Auch Produkte, die Sie bislang nicht in Ihrem Sortiment führten, verkaufen Sie zunächst leichter an Stammkunden, die schon gute Erfahrungen mit Ihnen gemacht haben. Parfümerien fügen bei einem Verkauf gern das Pröbchen eines zweiten Produkts bei. Bitte: möglichst von einem Produkt, das dem von der Kundin gekauften keine Konkurrenz macht. Denn diese Kundin hat sich gerade entschieden – und dabei hat sie sich etwas gedacht. Was soll sie denken, wenn Sie ihr eine Minute später eine Alternative in den Einkaufskorb legen?

Durch eine Beilage in der Lieferung oder der Rechnung, die Sie ohnehin verschicken, tragen Sie Zusatzangebote preiswert an Stammkunden heran. Banken nutzen sogar die Kontoauszüge als Werbeträger für neue Bundesanleihen.

## Belohnen Sie Treue

Lassen Sie alte Kunden wissen, wie sehr Sie ihre Treue schätzen. Das beginnt mit speziellen Offerten oder der Einstufung in eine höhere Kategorie – daher die «Gold Cards» der Kreditkarten-Organisationen.

Vorzugsinformationen sind das einfachste: *«Sie gehören zu den ganz wenigen, die wir schon jetzt wissen lassen möchten, warum sich ein Besuch in unserem Hause zur Zeit beson-*

*ders bezahlt macht. ... Die größte Auswahl haben Sie, wenn Sie so schnell wie möglich zu uns kommen.»*

Auch die lange verpönten Rabattmarken kommen wieder. Eine Parfümerie im Rheinischen gibt an der Kasse auf jede 5 Mark eine Wertmarke zu 15 Pfennigen – streng nach Rabattgesetz. Ein vollgeklebtes Heft bringt einen Erlös von 9 Mark.

Zeichnen Sie treue Kunden aus. Auf dem Direct Marketing-Symposium in Montreux tragen Besucher, die zum zehntenmal dabei sind, eine besondere Kokarde am Revers – beglaubigte alte Hasen.

Zur Anerkennung der langjährigen Verbindung gehört natürlich auch die besondere Kulanz bei Reklamationen.

Geben Sie sich bloß keine Blöße. Schlimm, wenn Ihr Klient das Gefühl bekommt, daß Sie «es nicht mehr nötig haben». Tödlich, wenn ein Konkurrent dieses Gefühl zu nutzen versteht. Neukunden, die sich erst kürzlich zum Lieferantenwechsel entschlossen haben, sind besonders empfindlich für Enttäuschungen. Und der alte Lieferant wird obendrein alles tun, um seinen verlorenen Kunden zurückzugewinnen. Passen Sie deshalb auf.

Wenn die versprochene Ware einmal nicht rechtzeitig eintrifft: Sagen Sie Ihrem Kunden so früh wie möglich Bescheid, und erläutern Sie ihm die Gründe.

Das ist wichtig, zumal für den geschäftlichen Einkäufer, der die Panne in seiner eigenen Firma erklären muß. Fügen Sie Ihrer Lieferung dann ein kleines Trostpflaster bei: ein Zubehörteil, ein Gratismuster. Bedanken Sie sich für das Verständnis – und sorgen Sie dafür, daß der Kunde das nächste Mal bevorzugt bedient wird.

Das Wirtschaftsmagazin *impulse* fand heraus, daß mehr als 90 Prozent aller reklamierenden Klienten zu treuen

Stammkunden werden, wenn die Lieferanten ihnen zuhören und Mängel abstellen. Solche Lieferanten binden ihre Kunden fest an sich, erzielen Zusatzumsätze und senken die Kosten, weil Fehlerquellen durch Hinweise aus der Kundschaft schneller aufgespürt werden. Das bemerkenswerte Fazit von *impulse*: «Jede Reklamation ist ein Glücksfall für Ihre Firma.»

## Nochmals: Ihr Telefon

Im Kontakt zu bestehenden Kunden ist das Medium Telefon besonders leistungsfähig. So nutzen Sie es:

- Durch Service-Anrufe. Erinnern Sie daran, daß die Vorräte Ihres Kunden aufgestockt – oder daß das Abonnement, der Wartungsvertrag erneuert werden müssen.

- Bieten Sie an, die Menge der eingegangenen Bestellung zu erhöhen – zu besonders vorteilhaften Konditionen.

- Offerieren Sie *zusätzliche* Artikel – möglichst in sinnvoller Beziehung zur schon vorliegenden Bestellung. Sollte der Hausbesitzer, der 6000 Liter Heizöl geordert hat, seinen Tank nicht auch mit einem Reinigungsmittel vor Verschmutzung schützen? Solche telefonischen Zusatzverkäufe sind zumal dann sinnvoll, wenn der relativ niedrige Preis des Zusatzprodukts den persönlichen Besuch nicht lohnt.

- Machen Sie Sonderangebote bekannt. Aktuelle Muster sind eingetroffen. Ihr Lager muß geräumt werden. Ein Sonderposten ist günstig verfügbar. Geben Sie Ihrem Stammkunden per Telefon eine Vorzugsinformation.

- Wandeln Sie schriftliche Anfragen – zumal von «Randkunden» – in Verkäufe um.

- Führen Sie Nachfaßgespräche: «*Auf unseren Brief vom... haben wir bis heute noch nichts von Ihnen gehört.*»

## Training macht treu

In den sechziger Jahren wurde deutlich, daß der amerikanische Computer-Riese IBM den Datenverarbeitungsmarkt auch in der Bundesrepublik aufrollen würde. Siemens und Telefunken – ihrerseits auch keine Waschküchenbetriebe – sahen sich im Hintertreffen.

Was tun deutsche Großunternehmen, wenn sie dem Wettbewerb auf dem Markt nicht mehr gewachsen sind? Sie schreiben ein Memorandum an die Bundesregierung:

«Seit Jahren betätigt sich in Deutschland eine amerikanische Gesellschaft, die einen überwiegenden Marktanteil hält und deren gute Erträge es ihr ermöglichen, ein unerhört breit angelegtes Werbe- und Ausbildungsprogramm zu betreiben. Auf diese Weise ergibt es sich, daß automatisch von allen EDV-Fachleuten ein ständig wachsender Teil seine erste Ausbildung auf diesem Gebiet von dieser Gesellschaft erhalten hat. Das führt häufig wieder zur Beschaffung der den Betreffenden bereits bekannten oder durch Firmenaffinität in ihrer Funktion besonders leicht zu verstehenden Produkte der gleichen Gesellschaft.»

Kein Lehrbuch könnte es besser sagen. IBM trainiert Anwender. Anwender, die auf IBM trainiert sind, fühlen sich in der IBM-Welt zu Hause. Sie überlegen deshalb dreimal, bevor sie die Anschaffung eines anderen Systems empfehlen.

Sie sind nicht IBM. Dennoch gilt auch für Sie: Schulen Sie Ihre Anwender, und Sie stabilisieren Ihr Geschäft. Je mehr Ihre Kunden in den von Ihnen eingeführten Kategorien denken, desto schwerer fällt ihnen der Wechsel zur Konkurrenz. Für technische Zulieferer, deren Absatz von wenigen Hauptabnehmern abhängt, ist diese Art der Kundenbearbeitung eine der wenigen werblichen Möglichkeiten.

Solches Kundentraining ist besonders wichtig, wenn Sie ein neues Produkt oder eine neue Methode im Markt durchsetzen wollen. Die Braas & Co GmbH in Oberursel führte ein halbes Jahr lang das «Braas Flachdach-Seminar» durch – im Fernunterricht. 2000 Dachdecker erhielten sechsmal monatlich per Post eine Lern- und Arbeitsstufe zum Flachdach-Wissen allgemein und zu den Dachbahnen «Rhenapol fk» von Braas.

Die Teilnehmer sandten jeden Monat Testfragen beantwortet an Braas: «*Wie müssen Polystyrol-Hartschaumplatten beschaffen sein, wenn sie mit Heißbitumen verklebt werden?*»

Zu jedem Lern- und Arbeitsschritt verschickte Braas neue Motivationsanreize – von der speziell entwickelten Dachdecker-Tasche bis zum Zollstock. Über 80 Prozent der Dachdecker blieben bis zum Schluß dabei und bekamen ihre Urkunde.

## Kunden sind auch Menschen

Viele mittelständische Entscheider kennen die 60-Stunden-Woche nur zu gut. Wer mehr als die Hälfte seiner wachen Lebenszeit auf sein Geschäft verwendet, will in seinem beruflichen Umfeld auch soziale Erlebnisse finden. Wenn Sie solche Erlebnisse bieten, liefern Sie einen wertvollen persönlichen Zusatznutzen.

Das Hamburger Verlagshaus Gruner + Jahr lädt seine besten Kunden vor Weihnachten zum Tannenbaumschlagen in die jeweils benachbarten Wälder ein – mit Glühwein und Musik.

Eine Frauenzeitschrift geht mit einer Modenschau auf Kunden-Tournee; eine Werbeagentur lädt ihre Klienten Jahr für Jahr zum traditionellen Nikolaus-Empfang ein.

Sonderschauen, Informationstage, Open-House-Termine – Sie haben viele Möglichkeiten, Schwerpunkte in Ihr Werbe- und Verkaufsjahr zu setzen. Demonstrieren Sie Ihr neues Produkt. Eröffnen Sie Ihre neue Packstraße. Zeigen Sie – live oder in einer Tonbildschau –, wie Sie Tag für Tag arbeiten.

Laden Sie dazu alle Adressen ein, die Sie in Ihrer Datenbank gespeichert haben. Nutzen Sie die Chance, in nicht alltäglicher Atmosphäre mit wichtigen Kunden ins Gespräch zu kommen. Bieten Sie Ihren Gästen einen zusätzlichen Anreiz: einen Referenten mit zugkräftigem Namen – aber auch das rustikale Lunch, den Tanz in den Mai, die Tombola.

Sie müssen das nicht einmal kostenlos machen. Der Landmaschinenhersteller Claas in Harsewinkel verlangt für Werksbesichtigungen eine Selbstkostenbeteiligung – gestaffelt nach dem Umfang des gewählten Programms. Da vom Frühstück bis zu touristischen Attraktionen («Fahrt zur Brennerei Schierhölter in Glandorf») viel geboten wird, akzeptieren Landwirte und Landhändler das Claas-Angebot sehr gern.

Was auch immer Sie sich einfallen lassen, um Ihre Kunden ein bißchen zu verwöhnen – verschicken Sie Ihre Einladungen mindestens vierzehn Tage vorher. Fügen Sie eine Anfahrtskizze *(«So finden Sie uns auf Anhieb»)* und eine Antwortkarte bei.

## Haben Sie das Zeug zum Club-Gründer?

Die Kundenbindung, die Sie mit Veranstaltungen anstreben, können Sie noch festigen: Gründen Sie einen Club, dessen Mitglieder Sie bevorzugt behandeln.

Sie bauen damit den Dauerdialog zu Ihrer besten Kundschaft auf. Sie schaffen eine Beziehung, die Preisoffensiven

Ihres Wettbewerbers widersteht. Ihre Clubkarte gibt Ihrem Kunden das Gefühl, mehr als irgendein Käufer zu sein – er gehört dazu. Ihre Kundenzeitschrift oder Ihr Newsletter bekommen – als Club-Nachricht – eine höhere Qualität. Weil Ihr Adressat in Ihrer Post Vorabinformationen, Vorzugsangebote, spezielle Einladungen erwartet, wird er sie noch aufmerksamer lesen.

Fast jede Fluggesellschaft hat ihren «Airline-Club» für Stammkunden. Die Lufthansa vergibt ihre «Frequent Traveller Service Card» kostenlos an Fluggäste, die im letzten Jahr mindestens 20 000 Mark in Lufthansa-Flugscheine investiert haben. Diese Kunden bekommen Vorrang auf der Warteliste, sie dürfen – auch wenn sie Economy fliegen – am Business- oder First-Class-Schalter einchecken und umfangreiches Übergepäck mitnehmen.

Clubangebote, die Erfolg haben sollen, müssen
– Substanz haben, also handfesten Nutzen bieten,
– auf die Interessen der Zielgruppe genau abgestimmt sein,
– Bezug zum angestammten Tätigkeitsbereich des Unternehmens haben, das hinter dem Club steht.

Ein gutes Beispiel dafür ist die «IKEA Family» mit ihrem Angebot verschiedener familien- und haushaltsbezogener Leistungen: *«Es gibt eine Menge kleiner Probleme, die Ärger verursachen können. Probleme, bei denen IKEA Family Ihnen helfen will.»* Die Problemlösungen werden – richtig für ein Einrichtungshaus – in der Wohnung gefunden. Zum Beispiel gibt es einen Schloß- und Schlüssel-Service: *«Als IKEA Family-Mitglied kostet Sie dieser Service nur 8 Mark für 2 Jahre. Falls Sie und jemand aus Ihrer Familie sich jetzt aussperrt, bezahlt IKEA den Schlosser. Reichen Sie uns nur die Rechnung ein.»*

Der Dr. Oetker Back-Club steht seinen Mitgliedern rund

ums Backen mit Rat und Tat zur Seite. Die Clubzeitschrift «*Gugelhupf*» als zentrales Medium der Club-Kommunikation präsentiert kreative Rezepte – auch von Prominenten. Ein besonderer Service ist der heiße Draht zum Nulltarif direkt ins Dr. Oetker Backstudio. Auch ermäßigter Eintritt bei ausgewählten Veranstaltungen gehört dazu.

Was der Bahn AG mit ihrer BahnCard recht ist, ist dem Einzelhändler billig: Die Weinhandels-Kette InterCaves hat sich als Wein-Klub etabliert. Wer für 150 Mark eine Klubkarte erwirbt, bekommt fortan einen beachtlichen Rabatt: Nach einem Einkauf im Wert von 750 Mark hat sich die Karte bezahlt gemacht.

Club-Idee und Kundenkarte können auch auf Einzelhändler oder Handwerker zielen. Vielfach dient die Clubkarte dabei als Zahlungsmittel, genau wie eine Kreditkarte. Besonderer Service muß allerdings hinzukommen: Trainings-Seminare etwa oder kostenlose Beratung, Zugriff auf wichtige Adressen, Vorabinformationen über Sonderangebote.

Das alles ist teuer. Schon deshalb lassen sich viele Firmen zumindest einen Teil der Kosten über die Kartengebühr erstatten. Die Mitglieder des Porsche-Club Deutschland e. V. zahlen rund 200 Mark im Jahr. Dafür gibt es Korsos, Gala-Abende, Fahrtrainings, Rallyes – und sechsmal im Jahr das Club-Magazin.

### Die kleinen Extras, die so viel bringen

Persönliche Aufmerksamkeiten sind ein Trumpf, den Sie als mittelständischer Unternehmer voll ausspielen können. Denn das ist Ihre Stärke: Sie kennen Ihre Kunden. Und deshalb können Sie persönliche Beziehungen zu ihnen aufbauen.

Besonders die kleinen Gesten – die man nicht vermissen

würde, wenn sie ausbleiben – werden bemerkt. Es sind Gesten, die sich locker aus der Situation heraus entwickeln. Ein Handwerker mißt einen Raum aus und schenkt dem Kunden anschließend seinen Zollstock (mit Werbeaufdruck, versteht sich). Ein Werbeberater besorgt seinem Kunden ein Buch, das dieser nicht finden konnte. Das alles kostet nicht die Welt.

Schreiben Sie Ihrem Kunden hin und wieder einen Brief, der mit Ihrem aktuellen Geschäft nichts zu tun hat. Zum Jahresende oder zum Jahrestag der Geschäftsverbindung beispielsweise. Viele Anlässe sind einen kleinen Glückwunsch wert: der Geburtstag des Kunden sowieso. Aber auch der Geburtstag seiner Firma. Oder der ungewöhnliche Markterfolg, den diese Firma meldet. Und wenn Ihr Kunde in einer Fachzeitschrift einen Aufsatz geschrieben oder auf einer Tagung einen Vortrag gehalten hat, freut er sich ganz bestimmt über ein paar Zeilen von Ihnen.

Auch Ihre Geschäftsbriefe können immer wieder einmal ein persönliches Element enthalten. Teilen Sie Ihrem Kunden – etwa im P. S. – eine Beobachtung mit, die ihn interessiert. Fügen Sie eine Pressemeldung bei, die für ihn wichtig ist.

Man trifft alle Leute mindestens zweimal im Leben. Der Einkäufer, den Sie bei der Firma Müller gut bedient haben, wird auf Sie gern zurückkommen, wenn er zur Firma Meier gewechselt ist. Ein kurzer Brief «Viel Erfolg im neuen Job» kann den erneuten Kontakt beschleunigen.

Geben verpflichtet. In seinem Roman «Die Brücke von San Luis Rey» läßt Thornton Wilder eine kluge Äbtissin auftreten. Madre Maria de Pilar braucht Hilfe von einem jungen Mann. Als der sich weigert, fragt sie: «Aber mein lieber Manuel, erinnerst du dich nicht, wie ihr als Kinder so vielerlei für mich getan habt?»

Und der Autor fügt hinzu: «Eine andere Frau hätte gesagt: ‹Erinnerst du dich nicht, wieviel *ich für euch* getan habe?›»

Geben verpflichtet. Wenn Sie einmal einem Mitmenschen geholfen haben, geraten Sie in eine Rolle, die Sie nur schwer wieder aufgeben können. In einer merkwürdigen Umkehrung von Soll und Haben wird der Schützling wichtig für den Helfer.

Scheuen Sie nicht davor zurück, Ihren Kunden um Hilfe zu bitten. Suchen Sie seinen Rat – vor einer Entscheidung zu Ihrem Markt, zu Ihrem Produkt, zu einem Personalproblem. Fragen Sie ihn nach Informationen, die Sie brauchen.

Vielleicht kann Ihr Kunde auch ein kleines Referat auf Ihrer Außendienst-Tagung halten – das zeigt ihm, wie wichtig sein Wissen und seine Meinung für Sie sind. Ein schönes Honorar hat er dann selbstverständlich auch verdient; das muß nicht immer Geld sein.

# 12.

## Die Konkurrenz greift an – was tun?

Daß ein preisaggressiver Wettbewerber auf Ihre Kunden Eindruck macht, können Sie nicht verhindern. Das ist aber kein Grund, sich auf das Niveau des Angreifers einzulassen.

Überlegen Sie dreimal, bevor Sie Ihrerseits den Preis reduzieren. Wenn Sie jährlich 100 Aufträge haben und Ihren Preis um 20 Prozent senken, brauchen Sie schon 25 *zusätzliche* Aufträge, um Ihren bisherigen Umsatz nur zu halten. Wie gut ist Ihre Chance, diese zusätzlichen Aufträge in der neuen, verschärften Wettbewerbssituation zu bekommen?

Laufen Sie nicht hinter der Werbung Ihres Konkurrenten her. Gehen Sie Ihren eigenen Weg – lenken Sie die Aufmerksamkeit der Kundschaft auf Produktvorzüge, von denen der Wettbewerber nicht spricht.

### Kommen Sie jetzt selbst mit besonderen Angeboten – aber anders

Sagen Sie in Ihrer Werbung niemals «ich auch». Unter Konkurrenzdruck ist nicht Defensive, sondern Attacke angesagt. Starten Sie eigene Aktionen. Nutzen Sie die Technik der «limitierten Edition»: besonders ausgestattete Ware – im Preis nicht vergleichbar – steht nur in begrenzter Stückzahl zur Verfügung: «*Wer zuerst kommt, mahlt zuerst.*»

Schaffen Sie Höhepunkte im Verkaufsalltag: das Sommer-Festival, die Woche der offenen Tür, Lieferung vierzehn Tage zur Probe. Verteilen Sie Gutscheine zum Kennenlernen, bieten Sie eine besondere Gewährleistung an. Betonen Sie Ihre reiche Auswahl, Ihren prompten Service, Ihre intensive Beratung.

Nehmen Sie neue Artikel auf, renovieren Sie Ihre bewährten Produkte. Gliedern Sie als Händler Ihr Sortiment neu.

Das Angebot des angreifenden Konkurrenten mag auf den ersten Blick günstiger sein. Dennoch haben Sie immer noch etwas Wertvolles auf die Waagschale zu legen: Service, Garantien, Zusatzangebote. Weichen Sie aus dem Preisvergleich in Alternativen aus: Was geben Sie dazu? Wieviel schneller liefern Sie? Was nehmen Sie in Zahlung – zu welchen Konditionen?

Denken Sie daran: das objektiv beste Produkt gibt es nicht – es gibt nur das beste Produkt für die speziellen Bedürfnisse des Herrn Müller.

Plazieren Sie deshalb Ihr Angebot im Wertsystem des Herrn Müller: was ist gut *für ihn*? An den richtigen Bezugspunkten gemessen, kann Ihr Angebot auf einmal wieder gut dastehen. Vielleicht ist die Sicherheit, die Sie bieten, Herrn Müller doch mehr wert als der günstige Preis des angreifenden Wettbewerbers. Vielleicht sieht er ein, daß er die Formatvielfalt des konkurrierenden Laserdruckers eigentlich gar nicht braucht – und mit Ihrem DIN-Angebot (plus Ihrem überlegenen Formulartransport) besser bedient ist.

Ihre letzte Möglichkeit: Prüfen Sie die Chancen, die in neuen Zielgruppen liegen. Wenn Sie sich bislang nur an erfahrene Verbraucher gewandt haben – vielleicht können Sie bei den Anfängern noch einen Stich machen. Wenn Ihnen die preisorientierten Verbraucher weglaufen – sagen Sie, daß Sie die richtige Quelle für den Kenner sind, der das Besondere schätzt und auch bereit ist, ein bißchen mehr dafür zu zahlen.

Bedenken Sie aber, daß Sie zur Ansprache neuer Zielgruppen Ihre werbliche Strategie ändern müssen. Das kann bedeuten, daß Sie in den Köpfen der Kundschaft eine Position aufgeben, in die Sie viel Geld investiert haben. Überlegen Sie sich das besonders gut. Werden Sie, wie gesagt, nicht allzu schnell nervös.

## Machen Sie nie einen Konkurrenten madig

Abgesehen davon, daß Sie Ärger mit den Juristen bekämen – es wäre auch werblich unklug. Reagieren Sie souverän. Ein Kaufhaus heißt in seiner Zeitungsanzeige einen neuen Konkurrenten mit einem Blumenstrauß willkommen: *«Wir freuen uns, daß unsere Kunden jetzt noch besser vergleichen können.»*

Unter Liebhabern werblicher Chuzpe ist eine Anzeige der israelischen Fluglinie EL AL unvergessen. Sie begrüßte den neuen Luxusliner «Shalom» mit der Überschrift: *«Shalom, du bist so schön. Was sind wir froh, daß du nicht fliegen kannst!»*

# 13.

## Wie Sie Ihre Botschaft rüberbringen

Wenn Sie den richtigen Leuten zum richtigen Zeitpunkt die richtigen Gründe zum Kauf vorsetzen, sind Sie schon einen Riesenschritt weiter. Wie Sie das anfangen, haben Sie in den vorhergehenden Kapiteln gelesen.

Jetzt müssen Sie Ihre Botschaft so interessant vortragen, daß die Umworbenen aufhorchen.

Allerdings: Werbliche Machart ist ein Mittel zum Zweck – sie ist kein Zweck in sich. Ihr werblicher Auftritt muß dem Inhalt Ihrer Botschaft entsprechen – und den Zielpersonen, die Sie überzeugen wollen. Den «Stein der Weisen» gibt es in der Werbung ebensowenig wie irgendwo sonst. Lassen Sie sich nicht verführen von einer Werbemasche, die gerade «in» ist. Für Ihren Handwerksbetrieb oder Ihren Heizölhandel können Sie aus der Werbung à la Disco-Szene nichts lernen. Wann haben Sie das letzte Mal einen Preßlufthammer gekauft, weil Ihnen das Mädchen in der Anzeige so gut gefiel?

Ihr Auftritt muß zu Ihrem Unternehmen passen. Wenn Sie preiswert sind: Vermeiden Sie teuren Vierfarbdruck. Wenn Sie auf eine Elite zielen: Lassen Sie die Witze. Käufer von Stilmöbeln erwarten eine andere Ansprache als die Fans von Lack und Marmor.

## Gesehen werden, verstanden werden, geglaubt werden: die drei Schritte zum Kaufentschluß

Wenn sich bei Ihren Umworbenen etwas bewegen soll, können Sie auf keinen dieser drei Schritte verzichten. Bekanntheit allein bringt keinen Werbeerfolg – und Verständnis und Überzeugungskraft nützen wenig, wenn zu viele Umworbene Ihre Botschaft überblättern.

Damit, daß Sie die Leistungen Ihres Produkts aufzählen, ist es nicht getan. Sie müssen die Leute zunächst einmal stoppen.

Das erreichen Sie garantiert durch das Irreguläre – durch die Störung von Harmonie. Musik im Hintergrund kann lange unbemerkt bleiben – bis die Nadel des Plattenspielers über einen Kratzer fährt.

Irregulär ist alles, was nicht so ist, wie es sein soll: Verformungen, Unterbrechungen, Beschädigungen. Der amerikanische Agenturchef David Ogilvy erfand für *Hathaway*-Hemden den Mann mit der Augenklappe.

Irregulär ist alles, was nicht dort ist, wo es hingehört: Bata-Plakate zeigen einen Schuh auf dem Kopf eines Mädchens; weil er dort am falschen Platz ist, fällt er auf. Irregulär ist alles, was aus der Rolle fällt – so die steppende Kuh, die für Frischmilch wirbt.

Im Unterschied zu solchen eher mechanischen Blickfängen holen andere Beispiele ihre Schlagkraft aus dem Thema, aus dem Produkt selbst. Da wird nichts aufgesetzt, nichts hergeholt, nichts dekoriert. Gesagt und gezeigt wird, was Sache ist – das aber auf dramatische Art und Weise.

Solche Aufmerksamkeit erzielen Sie durch eine verblüffende Abbildung. In einer KODAK-Anzeige bläst ein kleiner Junge einen Luftballon zu stark auf. Das Foto zeigt den platzenden Ballon so, wie Sie ihn noch nie zuvor gesehen haben –

sichtbarer Beweis für die Leistungsfähigkeit des Filmmaterials: *«KODAK-Diafilme sehen den Knall besser als der Mensch.»*

Sie stoppen Leser durch eine provozierende Überschrift. Eine berühmt-berüchtigte STERN-Anzeige kündigte den Bericht über Kinderprostitution an: *«Es ist 13 Uhr. Wissen Sie, wo Ihr Töchterchen steckt?»*

Auch die ungewöhnliche Verbindung von Bild und Text wird bemerkt. Das «Informationszentrum Weißblech» propagiert die Recycling-Möglichkeiten des Materials durch die Abbildung eines blechernen Spielzeugfroschs. Überschrift: *«Ich war eine Dose.»*

## «Geht mich das was an?» Die Einflugschneise in den Kopf des Umworbenen

Aufmerksamkeit erzielen Sie nicht nur durch äußere Reize. Wichtiger noch als optische und sprachliche Schlagkraft ist die Einbeziehung des Lesers. Er muß schnell erkennen, daß Ihre Botschaft *ihn* angeht. Die Psychologen sprechen von «selektiver Wahrnehmung»: Interessen, Einstimmungen und Gewohnheiten, die in der Person selbst schon angelegt sind, bewirken, daß bestimmte Umweltsignale bevorzugt beachtet werden.

Sie lenken Ihre Botschaft in die richtige Einflugschneise, wenn Sie solche Voraussetzungen im Kopf Ihrer Leser aufgreifen. Ein Wort des amerikanischen Texters Howard Gossage wird in der Werbebranche gern zitiert: «Die Leute lesen keine Anzeigen. Die Leute lesen, was sie interessiert – und manchmal ist das eine Anzeige.»

Ein einfaches Mittel, Ihre Zielgruppe einzubinden: nennen Sie Ihre Wunschkunden beim Namen. Sagen Sie deutlich, für wen Ihr Angebot gedacht ist. Das Wirtschaftsmagazin *Capital* macht auf ein Sonderheft zur Baufinanzierung aufmerksam: «*Für Bauherren stehen alle Zeichen auf Grün.*»

Das Interesse Ihres Publikums können Sie schon dadurch steigern, daß Sie den Namen der Zeitung nennen, in der Ihre Anzeige erscheint. «*Ein Sonderangebot an die Leser der Rheinischen Post*» trifft diese Leser in ihrer aktuellen Situation.

Stellen Sie dem Leser eine Aufgabe; fordern Sie ihn heraus. «*Gehören Sie zu den Frauen, die man um ihre Kontaktfreudigkeit beneidet?*» fragt eine Anzeige von Avon Cosmetics. Durch die Antwort auf acht Fragen kann die Leserin ihr Talent selbst testen.

Sprechen Sie Bedürfnisse an. Eine vielbeachtete Anzeige der Bausparkasse Wüstenrot zeigte eine Kinderhand, die sich vergeblich nach dem chaotischen Klingelbrett einer Mietskaserne reckt. Das Versprechen: «*Wir holen Sie da raus.*»

Von BILD können Sie lernen, wie man Tatsachen in Lebenshilfe verwandelt. Die Zeitung schreibt nicht «Temperatursturz erwartet». Sie schreibt «Polarkälte kommt: Retten Sie Ihre Balkonpflanzen!»

Sprechen Sie also nicht nur über Ihr Produkt. Geben Sie Ihren Lesern einen guten, sofort verwendbaren Tip – Sie erhöhen die Zahl der Leute, die sich mit Ihrer Anzeige beschäftigen, erheblich. «*Wie man beim Einkaufen mehr als Schwein hat*», verrät eine Anzeige der REWE – und sie sagt der Hausfrau, wie sie vom westfälischen Knochenschinken bis zum Schinkenspeck acht Sorten unterscheidet. «*So entwaffnen Sie Ihr Finanzamt*», sagt eine Anzeige des Wirtschaftsmagazins *impulse* – und gibt dem Leser auf der Stelle wichtige Steuertips.

## Setzen Sie konsequent auf *einen* Punkt

Wie viele Tennisbälle können Sie gleichzeitig auffangen?

Wenn Sie nicht Rastelli sind: genau einen. Und so geht das Ihren Zielpersonen auch. Die Leute haben weder die Zeit noch das Interesse, sich mit Ihren werblichen Aussagen lang und breit zu beschäftigen – und viel behalten können sie auch nicht.

Deshalb müssen Sie das, was Sie zu sagen haben, konzentrieren. Sie brauchen eine «zentrale werbliche Botschaft».

Sie erleichtern die Wiedererkennung und die Erinnerung, wenn Sie konsequent bei dieser einen Botschaft bleiben. Das ist keine Empfehlung für den Holzhammer: Sie können den einen Punkt, auf den Sie setzen, aus verschiedenen Blickwinkeln beleuchten.

Die Keiper Recaro GmbH & Co in Kirchheim/Teck verkauft anatomisch gut geformte Autositze. Ihre Kampagne greift von Motiv zu Motiv unterschiedliche Aspekte des Produkts auf:

Schutz vor schneller Ermüdung. Überschrift: «*Luxus, Schnickschnack oder Sicherheits-Faktor?*»

Vorbeugung gegen Bandscheiben-Schäden. Überschrift: «*Wieviel km haben Sie auf den Bandscheiben?*»

Individuell richtige Sitzanpassung an die unterschiedliche Fahrer-Anatomie. Überschrift: «*Sind Sie ein Durchschnittstyp?*»

All diese Varianten kreisen ein und dasselbe Thema ein: Recaro-Sitze bieten einzigartige ergonomische Qualitäten. An diese zentrale werbliche Botschaft wird der Leser – ohne durch Wiederholungen gelangweilt zu werden – aus unterschiedlichen Richtungen herangeführt.

## Wichtigstes Element: Die Überschrift

Die erste Frage des Lesers bei der Begegnung mit Ihrer Anzeige heißt: «Ist das was für mich?» Wenn Sie ihm diese Frage nicht schnell beantworten, hat er schon weitergeblättert, ohne Ihnen eine zweite Chance zu geben. Sie haben einen möglichen Interessenten verloren.

Ihre Überschrift muß dem Umworbenen sofort signalisieren, weshalb er Ihre Anzeige – oder Ihren Brief – überhaupt lesen soll. Die Überschrift ist um so besser, je mehr der einzelne Leser das Gefühl bekommt, daß gerade er gemeint ist.

*«Wieviel km haben Sie auf den Bandscheiben?»* ist eine gute Frage, um aus dem allgemeinen Publikum die Vielfahrer herauszufiltern, die 30000 Kilometer und mehr im Jahr hinter sich bringen. Das sind die Fahrer, für die die Anschaffung eines Recaro-Sitzes überhaupt in Frage kommt – die anderen sind ohnehin nicht interessiert.

Versprechen Sie gleich in der Überschrift einen Nutzen: *«Der Film, auf dem Sie scharf sind.»* Schlagen Sie eine Brücke von Ihrem eigenen Interesse zu dem des Umworbenen: *«Sie brauchen einen Farbdrucker. Sie wollen eine Auflösung von über 700 dpi. Sie dürfen sich freuen.»* (Epson)

Teilen Sie Neuigkeiten mit. Vor allem dann, wenn Sie – eine unwiederbringliche Gelegenheit – ein neues Produkt einführen: *«Die erste Diät, die man nur dann bezahlt, wenn sie Pfunde kostet.»*

## Überraschen Sie die Leser: Der Wie-bitte-Effekt

Stoppen Sie die Leute mit einem verblüffenden Gedanken. Sagen Sie (das ist ein Tip von Schopenhauer) das Ungewöhnliche mit gewöhnlichen Worten – nicht umgekehrt. Das erreichen Sie, wenn Sie scheinbar Selbstverständliches in Frage stellen: «Haben Sie schon einmal überlegt, wie der Mann, der den Schneepflug fährt, *zum* Schneepflug fährt?» hieß eine klassische Frage für den VW-Käfer.

Sie kommen an einem Industriegelände vorbei und sehen einen Tank mit der Aufschrift «Ich bin zwei Öltanks». Verblüffender kann man Doppelwandigkeit nicht ansagen.

Den Wie-bitte-Effekt erzielen Sie, wenn Sie einen Gedanken gegen den Strich bürsten: «*Sie haben jetzt fünfmal in der Woche Gelegenheit, unseren Flug nach Hongkong zu verpassen*» (Cathay Pacific). Der Effekt stellt sich ein, wenn Sie gegen Erwartungen verstoßen: «*Warum sollten Sie 26 000 DM für einen Sechszylinder ausgeben, wenn Sie für das gleiche Geld einen Vierzylinder bekommen können?*» (Saab)

Zwischen dem Wie-bitte-Effekt und der Albernheit kann die Grenze dünn sein. Versuchen Sie nicht, die Aufmerksamkeit der Leute mit hergeholten Gags zu erschleichen. Es zahlt sich nicht aus.

Faule Witze wie «*Hingerichtet… sind aller Augen auf unser Sonderangebot*» gehören seit langem in die werbliche Mottenkiste. Optische Spielereien mit bildhaften Ausdrükken (Foto einer Glocke. Dazu: «*An die große Glocke hängen wir…*») finden sich aber immer noch – ebenso wie die «*sprechende*» Typografie: «*SERVICE wird bei uns großgeschrieben.*» Die Leser können bestenfalls müde darüber lächeln.

## Wenn die anderen brüllen – flüstern Sie

Durch Bescheidenheit können Sie schöne Wirkungen erzielen. In einer Werbewelt, in der jeder den anderen durch Lautstärke übertrumpfen will, gilt das gleiche Prinzip wie in einem Raum, in dem alle Anwesenden durcheinander reden. Wenn einer anfängt leise zu sprechen, sind Sie geradezu gezwungen, die Ohren zu spitzen.

Überzeugen Sie durch ungewöhnliche Aussagen – nicht durch Lautstärke. Vor dem UN-Gebäude am New Yorker East River darf keinesfalls geparkt werden. Was meinen Sie, was die Autofahrer davon abhält, es dennoch zu tun? «Strengstes Parkverbot»? Oder *«Sie sollten nicht mal dran denken, hier zu parken»*?

Abgesehen davon, daß sie rechtlich bedenklich sind: Superlative reißen kaum noch jemanden vom Stuhl. Und sie setzen auch niemanden drauf. Es mag ja Millionen weltweit geben, die auf einem Bandscheibendrehstuhl des Wendelsteiner Herstellers Platz nehmen – aber *«die ganze Welt sitzt auf Steifensand»*?

Statt zu behaupten, daß Ihr Produkt die Welt aus den Angeln hebt, sprechen Sie lieber glaubhaft über den kleinen Vorsprung, den Sie haben. McDonald's bezeichnet sich nicht als «gastronomische Revolution» (das wäre gebrüllt), sondern als *«Das etwas andere Restaurant»* (das ist geflüstert).

Gestehen Sie ruhig, daß es irgendwann, irgendwo eine bessere Lösung geben könnte als die, die Sie anbieten. Wenn Sie sich dabei an die unbestrittene Nummer Eins anlehnen, können Sie aus Ihrer Bescheidenheit Funken schlagen – wie es Volvo in den USA tut: *«Solange Ferrari keinen Kombi baut – nehmen Sie unseren.»*

Wenn die anderen brüllen – flüstern Sie. Im Umfeld der Friseurzeitschriften, in dem Glanz und Glamour vorherrschen, bleibt der Scherenhersteller Eicker ganz ruhig. Allerdings erzählen seine Schwarzweiß-Anzeigen interessante Geschichten: *«Schon beim Frühstück spricht Herr Eicker über seine neue Schere. Frau Eicker schweigt.»*

Und kommen Sie nicht mit «Dutzenden von Vorteilen» daher. Sie werden glaubwürdiger, wenn Sie genau nachzählen: «4 ½ *Gründe, weshalb Max Factor's neuer Ultra Lucent Blusher besser als Ihrer ist.»*

## Vom Bekannten zum Neuen – der Königsweg zum Verständnis

Das haben Sie auf Seite 49 gelesen: Wenn Sie an die «Erlebnisvorräte» der Umworbenen anknüpfen, werden Sie schneller verstanden.

Die Menschen haben ihre Erfahrungen. Selbstverständlich fällt es ihnen leichter, Meinungen und Vorschläge zu akzeptieren, die sie mit diesen Erfahrungen vereinbaren können.

Greifen Sie etablierte Denkmuster auf, und Sie gewinnen ein Schmiermittel, das neue Botschaften reibungslos in die Erlebniswelten der Umworbenen gleiten läßt. Kluge Lehrer erklären seit eh und je das Unbekannte durch das Bekannte. Vor dem Neuen, das «nichts anderes als» ein alter Bekannter mit ein paar zusätzlichen Eigenschaften ist, braucht man keine Scheu zu haben. «Eine Dampfmaschine», beginnt Professor Bömmel aus der ‹Feuerzangenbowle› seine Erklärung, *«das ist ein großer schwarzer Raum, der hat hinten und vorne ein Loch.»*

Auch ein Begriff wie «Pferdestärken» erklärt das Komplizierte durch das Einfache. Nicht nur zur Zeit des Carl Benz war diese Vergleichsgröße außerordentlich anschaulich. Obwohl heute nur noch wenige Leute wissen, wie stark ein Pferd ist, spricht alle Welt von PS. Oder kennen Sie jemanden, der die Leistung seines Autos mit den offiziellen «Kilowatt» beschreibt?

Wenn Sie also Ihren Umworbenen zu bestimmten Einsichten führen wollen: Beginnen Sie mit Voraussetzungen, die er akzeptiert. Wenn er zu den Voraussetzungen nickt, wird er auch Ihren Schlußfolgerungen zustimmen. Übersetzen Sie den Nutzen Ihres Angebots in ein Wertschema, das dem Umworbenen vertraut ist. Vergleichen Sie Ihre Leistung mit Dingen, die er schon kennt. Der Aktenvernichter intimus simplex wird als der «*elektronische Papierkorb*» angeboten – ein guter alter Bekannter, der nur etwas fortschrittlicher daherkommt.

## Sagen Sie den Umworbenen deutlich, was sie tun sollen

Machen Sie nicht vor der Ziellinie halt. Ihre Botschaft muß den Leuten zeigen, was sie jetzt tun sollen. Verlassen Sie sich nicht darauf, daß sie von selbst darauf kommen. Zeigen Sie Wege zur Aktion.

Fordern Sie zur Rücksendung der Antwortkarte oder des Coupons auf. Schicken Sie die Kundschaft ins Fachgeschäft: «*Gehen Sie zur Brilleninspektion, bevor Sie gänzlich die Fassung verlieren*» (Leistungsgemeinschaft Deutscher Augenoptiker). Sagen Sie den Interessenten deutlich, was jetzt der nächste Schritt ist: «*Lassen Sie sich eine unverbindliche Kostenanalyse erstellen.*»

Lassen Sie Ihren Wunschkunden nicht zwischen Ja und Nein wählen. Fragen Sie nicht, *ob* der Kunde Ihre Ware haben will – fragen Sie, *wieviel* er bestellen möchte. Das ist der uralte Reisenden-Trick: «Darf ich Ihnen zwanzig hierlassen oder genügen Ihnen zwölf?»

**14.**

## Siebzehn Rezepte zum Nach-Denken

Für Werbung, die sich auszahlt, gibt es keine Patentlösung. Gute Konzepte, gute Anzeigen, gute Fernsehspots sind nicht austauschbar. Im Gegenteil: sie sind um so besser, je präziser sie auf Ihre Ausgangslage und Ihre Ziele zugeschnitten sind.

Dennoch gibt es natürlich Techniken, die über den einzelnen Anwendungsfall hinaus wirken. Von diesen Techniken können Sie profitieren – trotz allem, was Sie von Ihren Kollegen in anderen Branchen unterscheidet. Hier sind 17 Rezepte für Sie – nicht zum blinden Nachahmen, sondern zum Übertragen, zum Nach-Denken und Um-Denken.

### 1. Nachrichten über Neuigkeiten

Neuigkeiten geben immer eine interessante Botschaft ab. Zuallererst natürlich die tatsächliche Produktneuheit. Das neue Produkt (*«Endlich ein Herd, bei dem man nie vergißt, die Kochplatten wieder auszumachen»*). Die Produktverbesserung (*«Neues Spannschloß verkürzt die Aufbauzeit um ein Viertel»*). Die Neueröffnung eines Geschäfts oder einer Abteilung.

Produktneuheiten fallen Ihnen praktisch in den Schoß, wenn Sie Programme vertreiben, die ständig aktualisiert werden: *«Herbst '96. Neu bei Rowohlt.»*

Wenn Ihr Produkt selbst keine Neuigkeit hergibt – nutzen

Sie äußere Anlässe. Sie finden solche Anlässe zum Beispiel in Ihrem Kalender: «*Heute ist der längste Tag des Jahres. Also genügend Stiegl-Bier besorgen.*»

Eine Nachricht sagt, was noch nicht jeder weiß. Auch aus allgemein bekannten Sachverhalten können Sie Nachrichtenwert herauskitzeln – wenn Sie der Sache auf den Grund gehen. Wenn Sie Ihre Bademoden «zum Sommeranfang» anbieten, haben Sie keine Nachricht. Wenn Sie dagegen melden, daß der Sommer 1996 am 21. Juni um 4.34 Uhr beginnt, haben Sie eine.

Sie können Nachrichten selbst produzieren: Starten Sie eine Aktion. Kaufhäuser erfinden eine «Japanische Woche». Hotelrestaurants holen einen Monat lang einen berühmten Gastkoch in ihre Küche.

«*Fakt hat Geburtstag*» oder «*Der 100000. Octanorm-Messestand*» – das sind selbstgeschaffene Wahrheiten, die dem Produkt zusätzliche Aktualität geben; sie heben die Ware für eine kurze Weile aus ihrem Tagaus-tagein-Dasein heraus.

## 2. Das Testimonial

Für den englischen Begriff «testimonial» finden Sie im großen Langenscheidt folgende Übersetzungen: Zeugnis, Beurteilung, Empfehlungsschreiben, Gutachten, Attest.

Sie nutzen die Technik des Testimonials, wenn Sie Dritte für Ihr Produkt Zeugnis ablegen lassen.

Eine solche Empfehlung durch Dritte steckt – bei Licht besehen – schon in jeder Konsumszene, in der Leute abgebildet werden. Verbraucher, denen der Leser gern ähnlich wäre, verwenden Ihr Produkt und finden offensichtlich Gefallen daran. Wenn Sie solche Vorbildverbraucher darstellen: wählen Sie solche aus, die in ihrem Aussehen und ihrem Lebensumfeld eine Stufe besser dastehen als der Kunde, den Sie anvisieren. Der Mensch strebt nach Höherem.

Ein Testimonial im eigentlichen Sinn setzen Sie aber dann ein, wenn jemand Ihr Produkt ausdrücklich empfiehlt. Er bestätigt, daß er zu Ihrem Produkt steht, daß er mit Ihrer Leistung zufrieden ist – und er begründet das womöglich.

Für Ihr Angebot «zeugen» können beliebte Personen, nach deren Meinung und Verhalten sich Ihre Zielpersonen gern richten. Gute Zeugen sind Experten, deren Urteil im jeweiligen Konsumfeld Gewicht hat. Eduard Zimmermann von «XY-ungelöst» erzielt hohe Beachtung und wirkt zugleich überzeugend, wenn er über die Diebstahlsicherheit der Traveller-Checks von American Express spricht.

Auch Boris Becker tritt in seinem natürlichen Produktfeld auf. Dem Vernehmen nach haben seine Testimonials den Umsatz von PUMA-Tennisschlägern und -Tennisschuhen innerhalb eines Jahres verzehnfacht. Die Botschaft nutzt nicht nur den «Hoflieferanten-Effekt», den Sie auf Seite 94 kennengelernt haben. Sie leiht sich auch das Interesse, das dem Tennis-Star gilt, für die ausgelobte Marke aus.

Was PUMA recht ist, ist dem Sportausstatter Jaspers in Düsseldorf billig: Er präsentiert über der Kasse eine Liste der Tenniscracks, deren Schläger er bespannt hat – mit Angabe der Bespannungsstärke.

Zitieren Sie Autoritäten. Männer im weißen Kittel beispielsweise: *«Von Zahnärzten am häufigsten empfohlen»*. Oder Institute: *«Beste Maschine im Test»*. Oder auch einen Ihrer wichtigen Händler: *«Den empfehle ich am liebsten»*, sagt Eberhard Strutz, Inhaber der Werksvertretung Bethge + Strutz GmbH, zum Toshiba-Kopierer BD 5620.

Und eine amerikanische Autofirma hat für eines ihrer Modelle auch schon einmal einen Pfarrer Zeugnis ablegen lassen. Da kann man nun wirklich ganz sicher sein: der Mann darf nicht lügen.

## 3. Das Fallbeispiel

Dem Testimonial benachbart ist das Fallbeispiel. Dabei stellen Sie nicht nur Leute vor, die Ihr Produkt verwenden und mögen. Sie beschreiben auch, welches konkrete Problem Ihr Produkt gelöst und welchen Nutzen es gebracht hat. Das ist interessant für Leser, die ähnliche Probleme haben.

So gehen Sie vor: Präsentieren Sie erstens eine Person oder eine Firma, die Ihr Produkt mit Erfolg anwendet. Nennen Sie zweitens Einzelheiten – in Mark und Pfennig, in Stückzahlen und Terminen. Versprechen Sie den Umworbenen drittens ähnliche Erfolge, wenn sie Ihr Produkt verwenden.

Das Wirtschaftsmagazin Capital stellt in seinen Anzeigen beispielhaft Leser vor, die mit Hilfe ihrer Zeitschrift zu Geld gekommen sind: «*Bennett Theimann kaufte im November '94 auf Capital-Rat 100 Ciba Geigy-Aktien zum Kurs von 746,– DM. Ebenfalls auf Capital-Rat verkaufte er sie im Oktober '95 zum Kurs von 975,– DM. Steuerfreier Gewinn 31 % bzw. 22 900 DM plus 2057,– DM Dividende.*»

Wählen Sie Ihr Fallbeispiel um so konkreter, je kleiner Ihre Zielgruppe ist. Wenn *viele* Leute als Verwender Ihres Produkts in Frage kommen, können sie ein allgemeines Beispiel leicht auf ihre eigene Situation übertragen. Ein enger begrenzter Kundenkreis hat in der Regel spezielle Probleme – und die muß er in einem genauer beschriebenen Fall wiedererkennen.

Für ein großes Publikum kann schon der Hinweis auf ganze Branchen, die Ihr Produkt benutzen, wirksam sein. Michelin zeigt ein Foto mit Dutzenden wartender Taxis und

schreibt dazu: «*Langlaufexperten schwören auf Michelin…*
*Fragen Sie mal Ihren Taxifahrer, wie kompromißlos er ent-*
*scheidet, wenn es um sein Geld geht.*»

Wenn breite Verbraucherschichten etwa für günstige An-
schaffungsdarlehen gewonnen werden sollen, kann eine anonyme Hausfrau als Fallbeispiel herhalten: «*Ich hätte nicht*
*gedacht, daß ich meine Waschmaschine bei der Sparkasse*
*kriege.*»

Die Firma rotring wendet sich an einen kleineren Kreis von
Konstrukteuren. Sie demonstriert die Leistungsfähigkeit ihrer CAD/CAM-Software am konkreten Beispiel des Ameri-
ca's Cup: «*Die Entscheidung fällt an Land!*» Denn mit den
Systemen von rotring werden «*optimale Rumpf- und Kielfor-*
*men entwickelt*».

Und Hewlett Packard nennt in seiner Werbung für sehr
spezielle Leistungen («*Qualitätssicherung und Prozeßopti-*
*mierung in der angewandten Verfahrenstechnik*») Roß und
Reiter: «*Seit 1970 arbeitet die Voith-Forschungsanstalt mit*
*HP-Computern… ‹Unser Zeitaufwand konnte um ca.*
*30 Prozent reduziert werden, obwohl wir heute mehr Daten*
*berücksichtigen.› Dr. Albrecht Meinecke, Bereichsleiter For-*
*schung und Entwicklung, J. M. Voith GmbH, Heidenheim.*»

## 4. Der Härtetest

Beim Härtetest zeigen Sie, daß Ihr Produkt Belastungen aus-
hält, die unter üblichen Betriebsbedingungen gar nicht vorkommen. Das Resultat ist Vertrauen: Wenn «*unsere Kurbel-*
*wellen in einer Stunde dreimal um die Welt gejagt*» werden
(Volkswagen), dann dürften sie für die normale Fahrpraxis
allemal ausreichen.

Um zu demonstrieren, daß ihre Produkte sich auch zur härtesten industriellen Anwendung eignen, legte die amerikanische Firma Rubbermaid ein halbes Pfund Dynamit in den Kunststoff-Container ihres Kippwagens. Das Anzeigenfoto zeigt den Augenblick der Explosion: der Steinbruch wackelt, aber der Wagen bleibt heil. Überschrift: *«Wenn Sie immer noch glauben, unsere Produkte seien nicht robust genug für Sie – wir haben gerade Ihre Theorie in die Luft gejagt.»*

Der schwedische Autobauer Saab nahm drei seiner 9000er Turbos aus der Standardproduktion und ließ sie 100 000 Kilometer nonstop fahren – Tag und Nacht, bei einer Dauergeschwindigkeit von 213 Stundenkilometern. Alle drei kamen in guter Verfassung ans Ziel.

Volvo zeigt in vier Phasenfotos einen Mann, der mit dem Feuerwehrschlauch den Motor seines Autos unter Wasser setzt – volle zehn Minuten lang. Auf dem vierten Foto fährt das Auto ab, als ob nichts gewesen sei. Überschrift: *«Ein bißchen Feuchtigkeit in der Luft kann einen Volvo nicht aufhalten.»*

Ob es ein Dauertest ist oder eine ungewöhnliche Belastungsprobe, ein arrangierter Versuch oder ein Beispiel aus dem Leben – Härtetests machen Eindruck. Und wenn sie live durchgeführt werden, zeugen sie auch von Mut: Vor der versammelten Vertriebsmannschaft schüttelten sich Produktions- und Verkaufschef die Hand – genau unter einem Volkswagen, den die Firma mit ihrem neuen Klebstoff an die Hallendecke geklebt hatte.

## 5. Der Vergleich zwischen vorher und nachher

Den Nutzen Ihres Produkts können Sie wirkungsvoll dadurch demonstrieren, daß Sie die Verwandlung von einem schlechten in einen guten Zustand zeigen. Ein Mann, der vorher sehr müde war, wird durch Ihr Produkt munter. Eine Frau, die vorher Kopfschmerzen hatte, kann jetzt wieder klar in die Welt schauen. Ein Autofahrer, der ohne Ihren Spezial-Rückspiegel nur einen mangelhaften Überblick hatte, hat die Verkehrssituation jetzt voll im Griff.

Für diese Technik eignet sich Fernsehwerbung natürlich besonders gut: Ihr Fernsehspot kann den Ablauf in der Zeit zeigen – eines nach dem anderen. Durch nebeneinandergestellte Fotos erreichen Sie den Vergleich zwischen «vorher schlecht» und «nachher gut» aber auch in Ihren Anzeigen. Die Firma Rowenta zeigt für ihr Kleidungspflege-Gerät «dress-fit» ein Jackett auf dem Bügel. Linke Seite «knittrig, faltig, muffig». Rechte Seite – mit dem Gerät behandelt – «taufrisch und glatt».

## 6. Die schlimme Alternative

Zeigen Sie, was passieren kann, wenn jemand Ihr Angebot *nicht* annimmt. Kontrastieren Sie die Annehmlichkeiten und die Sicherheit, die Ihr Produkt bietet, zu den Gefahren, denen sich der Umworbene aussetzt, wenn er nicht zugreift.

«Ölwechsel ist billiger als Motorwechsel», mahnt Texaco. Eine Kampagne der Zinkberatung zeigt einen Metallklumpen am Haken der Schrottpresse und sagt dazu: «Rost macht Ihr Auto erst richtig kompakt – die Alternative zu Rost heißt Zink.» Und Mikro-Diät formuliert die schlimme Alternative zu ihrem Angebot so: «Wer abnehmen will, muß leiden. Oder den Coupon ausschneiden.»

## 7. Der zentrale Begriff

Sie kennen das aus Gesprächsrunden: Wer als erster in die Diskussion einen Begriff einführt, der den Kern der Sache trifft, gewinnt sofort die Oberhand. Die anderen kommen nicht umhin, den Begriff ebenfalls zu verwenden; damit übernehmen sie notgedrungen auch das Denkmuster des Erfinders.

Was Sie mit einer Bezeichnung, mit einem sprachlichen Etikett versehen, geht leichter ein und schwerer verloren. Ein zentraler Begriff gibt Inhalten Bestand. Für Reporter in Vietnam war das eine absatzfördernde Erkenntnis: Wenn sie einer militärischen Operation (die meist zwischen irgendwelchen nichtssagenden Breiten- und Längengraden ablief) den Namen eines Hügels anhingen, lief ihre Story tagelang durch die Presse – unabhängig von der Bedeutung, die die Ereignisse für den Ausgang des Krieges hatten.

Schaffen Sie merkfähige Begriffe, und Sie ziehen die Orientierung der Kundschaft auf sich. Wenn die Bekleidungsfirma Boss ihren wattierten Wintermantel «*Eisbrecher*» (Icebreaker) nennt, ist dieser Mantel schon mal ganz was anderes als herkömmliche Mäntel. Er ist «eine Klasse für sich» – und wird dadurch unvergleichbar.

Zentrale Begriffe finden Sie oft in der Werbung. Jenaer Glas hat das «*Sichtkochen*» erfunden. Glemadur die «*Compactfarbe*». Produktvorteile werden gleich in den Markennamen eingebaut («*Drei-Wetter-Taft*»). Produkte werden personifiziert: Ata ist «*Der Fettlöser*». Und einen anschaulichen Begriff wie «*Allrad-Drucker*» (C. Itoh Electronics) behalten Sie mit Sicherheit besser als die Typenbezeichnung D 10-40.

Bringen Sie also Ihren Produktvorteil auf den Begriff. Sie

richten in den Köpfen der Umworbenen eine neue Schublade ein, in der sich außer Ihnen niemand findet – ein schöner Vorsprung vor der Konkurrenz.

## 8. Merkfiguren

Sie sind die visuellen Verwandten des zentralen Begriffs. Meister Proper, der Marlboro-Cowboy und die Tilly von Palmolive – sie alle geben den Produkten ein unverwechselbares Gesicht. Tiere werden gern bemüht: die lila Kuh von Milka, der Tiger im Tank, der Ikea-Elch – aber auch der U-Bahn-Dachs, der gestreßten Großstädtern aufgerissene Straßen schmackhaft machen soll. Eine Merkfigur als Sympathieträger kann sich manche Übertreibung leisten; obendrein ist sie ein gutes Vehikel für verkaufsfördernde Aktionen.

## 9. Vertauschungen

Normalerweise gelten Sie als klug, wenn Sie die Fragen, die man Ihnen stellt, richtig beantworten. Beim beliebten Fernsehquiz «Jeopardy» gewinnen Sie aber, wenn Sie zu vorgegebenen *Antworten* die passenden *Fragen* finden.

Sehen Sie die Dinge doch einfach mal «andersrum» – Sie können zu verblüffenden Resultaten kommen. Ihr Produkt einfach auf den Kopf zu stellen – das ist sinnlose Effekthascherei. Aber auch auf diesem Weg kommen Sie weiter, wenn Sie ihn zu Ende denken. Den Tropfen, der eine Bierflasche hinunterläuft, sehen Sie alle Tage. Der Tropfen dagegen, der die Flasche «hinaufläuft», läßt Sie aufmerken (Becks Bier, USA).

Sie können Zeit gegen Raum tauschen. Die israelische Fluglinie EL AL hat die Einführung ihrer schnelleren Maschinen dadurch dramatisiert, daß sie von einem Atlantik-Foto einen Streifen abriß: *«Der Atlantik ist jetzt ein ganzes Stück kleiner geworden.»* Lufthansa nennt die Frühmorgens- und Spätnachmittagsflüge in ihrem Flugplan *«Tagesrandverbindungen».*

Sie können Raum gegen Zeit tauschen. Ein Toupet-Anbieter spricht höflich vom *«späten Haaransatz»* und meint damit die Stirnglatze.

Sie können Zustand gegen Vorgang tauschen: *«Das Hochleistungshaus für die Familie mit Kindern.»*

Sie können Vorgang gegen Zustand tauschen. Der Intercity-Zugführer, der das Abbremsen seines Zugs unwirsch mit *«Jetzt geht er wieder in die Knie»* kommentiert, hat ihn zuvor nicht in Bewegung, sondern im Dauerzustand gesehen.

Sie können Ertrag gegen Investition tauschen. Finden Sie nicht auch, daß die amerikanische Sehweise *«Meilen pro Gallone»* die Ergiebigkeit eines sparsamen Motors stärker betont als unsere deutschen *«Liter auf Kilometer»*?

Sie können ein Merkmal gegen den Träger tauschen: *«Polo ist das einzige Loch mit Pfefferminz drumherum.»*

Sie können Bild gegen Schrift tauschen. Der Düsseldorfer Kreativ-Star Michael Schirner hat für den *Stern* eine stark beachtete Ausstellung *«Bilder im Kopf»* konzipiert, in der eben *keine* Bilder zu sehen waren. Statt dessen hingen 38 kurze Bildbeschreibungen an den Wänden: *«Marylin Monroe auf dem Subway-Luftschacht»* oder *«Die Explosion des Luftschiffs Hindenburg»*. Die Besucher erkannten die Bilder sofort wieder, *ohne sie zu sehen.*

Sehen Sie die Dinge andersrum. Eine leichte Übung zum Beginn: Tauschen Sie Nord gegen Süd. Drehen Sie die Europakarte an Ihrer Wand um 180 Grad. In Ihrem Kopf entstehen sofort ganz neue Reiserouten.

## 10. Miniaturisierung und Gigantisierung

Beide Techniken hat Renault in seiner französischen Kampagne für den R 5 ausgespielt. Anzeigen zum Thema «Benzinverbrauch» bilden das Auto so klein wie den Schuh des Tankwarts ab. Dagegen zeigen Anzeigen zum Thema «Geräumigkeit» das Auto groß wie einen Jumbo-Jet auf dem Flughafen – und Dutzende von Passagieren steigen über Rollfeld-Treppen ein.

Neben das, was Sie unter- oder überlebensgroß darstellen wollen, müssen Sie natürlich einen Maßstab setzen. Der Juwelier Wempe hängt eine Seiko-Uhr über einen Wolkenkratzer; ihr Armband reicht vom Dach bis zur Straße. Die Frankfurter Messe lädt Einkäufer durch Anzeigen ein, in denen Exponate der einzelnen Fachmärkte disproportional zum Menschen gestellt werden. Ein Mann jongliert auf einem riesigen Tintenfaß. Eine junge Dame turnt auf Messer und Gabel herum.

Aus Miniaturisierung und Gigantisierung lassen sich nicht nur im Bild, sondern auch im Text Effekte erzielen. *«Ich bin heut schwer in Förmchen»*, sagt ein kleiner Junge für Elefantenschuhe. Und eine PUMA-Anzeige jubelt ihrem Champion in der Überschrift *«Borissimo»* zu.

## 11. Die Übertreibung

Wenn Sie es mit Witz machen, können Sie ruhig ein bißchen übertreiben, um Ihren Produktvorteil zu dramatisieren. Die Leute werden die Übertreibung nicht wörtlich nehmen – aber sie bekommen den Punkt mit, auf den Sie setzen.

Ein Samsonite-Fernsehspot zeigt den stabilen Koffer, der nachts einsam an eine Häuserwand gelehnt ist. Ein Dieb kommt aus dem Dunkel, schnappt sich den Koffer und verschwindet. Und dann passiert's: Das Haus bricht – seiner Stütze beraubt – zusammen.

Übertreiben Sie die schlimme Alternative. Ein Fernsehspot für die leichte Quarkspeise «Gervais Obstgarten» zeigt einen Gast, der in einem Restaurant ein allzu schweres Mahl verzehrt. Ergebnis: Er bricht durch den Boden.

## 12. Vervielfältigung. Vervielfältigung

Doppelte Lottchen fallen auf. Die Präzision der Kessler-Zwillinge hätte niemand bemerkt, wenn Alice oder Ellen solo getanzt hätten.

Versuchen Sie es mit Verdoppelung, Verdreifachung, Vervielfältigungen: Ihre Chancen, daß die Leute hinschauen, steigen. Die Frauenzeitschrift *Für Sie* setzt vier schick gekleidete junge Damen auf ein überlanges Fahrrad, um zu verdeutlichen, *«was man aus Wolle alles machen kann»*.

Auch im Text haben Sie gute Möglichkeiten, Ihre Leistung durch Vervielfältigung zu betonen. Die amerikanische Fluggesellschaft Aloha Airlines kündigt die Anschaffung einer neuen Frachtmaschine mit zwei nebeneinandergestellten Überschriften an: *«Aloha verdoppelt ihre Frachtkapazität. Aloha verdoppelt ihre Frachtkapazität.»*

Und nach dem legendären *«Er läuft und läuft und läuft»* finden Sie in Zeitschriften nun auch die Botschaft: *«Kunststoff und Gummi schön wie neu. Lange. Lange. Lange.»* (Armor All Tiefenpfleger)

## 13. Der Vergleich

Der Königsweg zum Verständnis führt vom Bekannten zum Unbekannten. Vergleichen Sie deshalb die Leistung Ihres Produkts mit einem Sachverhalt, den Ihr Umworbener schon kennt – und anerkennt.

*«Elefantenschuhe sind wie Barfußlaufen im Sand.»* Bei einer Mutter, die diese Überschrift liest, werden gute Erinnerungen an den letzten Nordsee-Urlaub aktiviert – und viele kinderärztliche Empfehlungen obendrein.

Der Krupp Spezialmaschinenbau will seinem Fachpublikum einen anschaulichen Begriff von der Reichweite seines Teleskop-Fahrzeugkrans 500 GMT vermitteln. Die Anzeige zeigt diesen Kran vor dem Wahrzeichen von Köln. Überschrift: *«Nicht ganz so hoch wie der Kölner Dom. Aber 65 km/h schneller.»*

Vergleiche können voll ausformuliert daherkommen: *«Kabelanschluß ist wie Lachs – aber zum Preis von Rollmops»* (Telekom). Sie können aber auch darauf vertrauen, daß der Leser einen Gedanken selbst zu Ende führt: *«Natürlich hat eine S-Klasse auch nicht mehr Räder als andere Autos. Aber eine Stradivari hat ja auch nicht mehr Saiten als andere Geigen»* (Mercedes-Benz).

## 14. Anzeigen zum Anfassen

Bei dieser Technik – manchmal auch «pragmatische Werbung» genannt – beziehen Sie die Situation, in der sich Ihr Leser hier und jetzt befindet, ganz direkt in Ihre Ansprache ein. Sie spielen mit der unbestreitbaren Tatsache, daß er just in diesem Moment Ihre Anzeige liest.

Erste Möglichkeit: Das Blatt, das der Leser vor sich hat,

wird als Vergleichsmaßstab genutzt. «*Das Geräusch, das diese Zeitschrift beim Umblättern macht, ist lauter als der Honda Accord LXi bei 70 Stundenkilometern.*»

Eine Ankündigung zur neuen Spielzeit bildet 1 : 1 die enorm große Hand des Basketball-Stars Ellsworth Clayton ab. Überschrift: «*Wenn Sie sich wundern, wieso Ellsworth Clayton einen Ball mit einer Hand halten kann und Sie nicht – legen Sie mal Ihre Hand auf diese Anzeige.*»

Zweite Möglichkeit: Die Zeitung wird zweckentfremdet. Die Anzeige einer amerikanischen Wohlfahrts-Organisation fordert den Leser auf: «*Wenn Sie immer noch überlegen, warum es United Way gibt, benutzen Sie mal eines Nachts diese Zeitung als Bettdecke auf einer Parkbank.*»

Scotch 3M Klebeband bedruckt kurz vor Weihnachten eine ganze Zeitungsseite mit einem Geschenkpapier-Motiv. Text: «*Wenn Ihnen das Geschenkpapier ausgeht, nehmen Sie dieses. Was aber, wenn Sie kein Klebeband von 3M mehr haben?*»

## 15. Der Kontrapunkt

Sie geben Ihrer Botschaft Pfiff, wenn Sie Spannung zwischen Bild und Text aufbauen. Das ist die Technik des Kontrapunkts: Zeigen Sie ein Bild und setzen Sie Ihre Überschrift in Gegensatz dazu.

Wenn Becks Bier zur Überschrift «*Becks Bier löscht Männerdurst*» eine alte Dame zeigt, die sich ein großes Bier schmecken läßt, begreifen Sie, daß mit Männerdurst «richtig großer Durst» gemeint ist.

Eine Aufklärungskampagne von McDonald's will Vorurteile (darunter «Ausbeutung von Teilzeitkräften») abbauen. Zu einer Anzeigen-Überschrift in durchaus negativem Tonfall («*Das hat man nun von der Teilzeit*») zeigt McDonald's eine junge Mutter, die nachmittags mit ihrem kleinen Kind ausgiebig spielen kann.

In Ihrem Fernseh- oder Kinofilm können Sie Kontrapunkt-Effekte auch durch den Kontrast von Bild und Ton erzielen: Eine Schafherde zieht durch die Wiese – zu schmetternder Militärmusik.

## 16. Checkliste und Quiz

Die Checkliste trägt Ihre Botschaft nicht in einem zusammenhängenden Text vor, sondern listet Punkt für Punkt nacheinander auf. Der Leser hakt gedanklich ab, was er weiß und was er wichtig findet. Bei dieser Technik können Sie besonders durch die Fülle Ihrer Produktvorzüge beeindrucken – und zum Vergleich mit weniger gut ausgestatteten Konkurrenten herausfordern.

Beim Quiz beantwortet der Leser – zumindest für sich selbst – Fragen, die Sie ihm stellen. Das ist eine gute Möglichkeit, den Umworbenen zu engagieren. Wenn Sie Ihr Quiz interessant aufbauen, verweilt der Leser länger als üblich auf Ihrer Anzeigenseite. Legen Sie Ihr Quiz so an, daß Sie die Leute, die als Interessenten für Sie in Frage kommen, aus dem allgemeinen Publikum herausfiltern. «*Testen Sie Ihre unternehmerischen Fähigkeiten*», schreibt ein Fachmagazin. «*Schon wenn Sie drei oder mehr Fragen mit JA beantworten, besitzen Sie Fähigkeiten, die erfolgreiche Unternehmer auszeichnen. Lassen Sie Ihre Stärken nicht ungenutzt.*»

## 17. Der offene Brief

Der offene Brief will nicht nur den Angeschriebenen selbst erreichen – die ganze breite Öffentlichkeit soll mitlesen. Das dient bei politischen Meinungsäußerungen in der Regel dazu, den Angeschriebenen unter Druck zu setzen: Er weiß, was von ihm gefordert wird – und daß Millionen Zeitgenossen das auch wissen.

In der Werbung lassen sich mit offenen Briefen erstens Zielgruppen direkt ansprechen. Eine Anzeigenkampagne von Continental-Reifen meldet: «*Liebe Elektriker, Fliesenleger, Gebäudereiniger, Klempner, Maler, Metzger, Schlosser, Stukkateure: Conti hat einen neuen Transporterreifen.*»

Zweitens verschaffen sich solche Botschaften zusätzliches Interesse dadurch, daß sie sich (tatsächlich oder vermeintlich) an eine ungewöhnliche Gruppe wenden. Ein Hersteller von WC-Sitzen wirbt für seine collection pagette mit der Überschrift: «*Sehr geehrter Porschefahrer… wie sitzen Sie, wenn Sie müssen?*»

Dabei muß der Angesprochene überhaupt nicht gemeint sein. Es muß ihn noch nicht einmal geben. CLARK Gabelstapler schreiben an die Comic strip-Figur Dagobert Duck – bekanntlich die reichste Ente der Welt. «*Sehr geehrter Herr Duck, wir danken Ihnen für Ihr Schreiben… Ihrer Bitte, Ihnen geeignete Gabelstapler für die Umlagerung der vielen Taler in Ihre drei neuen knacksicheren Geldspeicher vorzuschlagen, entsprechen wir hiermit. Da das Gewicht der gefüllten Geld-Container 3 t betragen wird und da Sie besonderen Wert auf hohe Produktivität und Zuverlässigkeit legen, möchten wir den Clark C 500 YS 60 D empfehlen.*»

Bleiben Sie Ihren Einfällen auf der Spur. Die 17 Rezepte, die Sie auf den vorangegangenen Seiten gelesen haben, können für Sie nur Anregungen sein.

Die Denkmuster können Sie übernehmen. Die Botschaften, die Ihr eigenes Produkt Ihrer eigenen Zielgruppe schmackhaft machen, müssen Sie selbst erarbeiten. Natürlich kann das auch eine Werbeagentur für Sie tun. Jeder gute Berater wird Ihnen aber dankbar sein, wenn Sie ihm verraten, was Sie selbst schon überlegt haben. Weil Sie in Ihrem Geschäft am besten zu Hause sind, können Sie ihn auf viele gute Ideen bringen.

Holen Sie deshalb heraus, was an Einfällen in Ihnen steckt – und bleiben Sie diesen Einfällen auf der Spur.

Sammeln Sie Werbung, die Ihnen auffällt. Auch die Werbebriefe, die Sie in Ihrer Eingangspost finden, gehören nicht in den Papierkorb, sondern in Ihre Sammlung.

Sammeln Sie vor allem die Anzeigen Ihrer Konkurrenten. Wenn Ihr Wettbewerber per Coupon-Anzeige Informationsmaterial anbietet: lassen Sie sich das Material kommen.

Notizen sind immer ein gutes Stimulans. Schreiben Sie jede Idee auf – auch wenn Sie jetzt noch nicht wissen, wozu Sie sie brauchen können. Sammeln Sie Ihre Einfälle, ordnen Sie sie, sortieren Sie sie immer wieder einmal neu. So kommen Sie über kurz oder lang zu einem Fundus von unschätzbarem Wert.

Wenn Sie im Auto unterwegs sind: nehmen Sie ein kleines Diktiergerät mit – und übertragen Sie zu Hause Ihre gesprochenen Einfälle in Ihren Zettelkasten oder Ihren PC.

**15.**

# Und jetzt gehen Sie an die Gestaltung

Die Formel ist so alt wie Methusalem, liefert aber nach wie vor eine gute Leitlinie für den Aufbau von Werbung. Nach den Anfangsbuchstaben des amerikanischen Wortlauts heißt sie «AIDA-Formel». Danach sollten Sie folgenden Ablauf beim Leser auslösen:

– Aufmerksamkeit (Attention)
– Interesse (Interest)
– Kaufwunsch (Desire)
– Aktion (Action)

Als erstes müssen Sie also dafür sorgen, daß Ihre Anzeige überhaupt bemerkt wird – sonst ist alle Mühe vergebens.

Gehen Sie davon aus, daß der Leser zuerst das Bild in der Anzeige wahrnimmt – dann die Überschrift und die Unterzeile, dann den eingeklinkten Informations-Kasten, die Bildunterschrift, die Zwischenüberschriften und schließlich den Fließtext.

### Bilder beachtet der Leser zuerst

Bilder, die wirken, sind ungewöhnlich. Sie zeigen Ihr Produkt von seiner besten Seite, dramatisieren seine Vorzüge oder das Problem, das es löst.

Setzen Sie das Bild nicht als bloßen Blickfang ein, sondern um Ihre Idee zu dramatisieren. Der Bundesliga-Star oder die kurvenreiche Schönheit mögen den Blick des Lesers auf sich ziehen – wenn sie aber mit dem Produktnutzen nichts zu tun haben, wirken sie aufgesetzt.

Es mag nicht sonderlich originell sein, aber es ist auch niemals falsch, zufriedene Verbraucher abzubilden: Ein freundliches Gesicht erzeugt Emotionen – und die sind ein gutes Gleitmittel für das Produktinteresse. Wenn Sie ein Fotomodell verpflichten: Es sollte Ihrem typischen Kunden ähnlich sehen, allerdings eine Nuance attraktiver sein. Überlegen Sie auch, ob Sie der abgebildeten Person nicht ein bezeichnendes Detail mitgeben können – der Hausfrau einen überdimensionierten Kochlöffel, dem Ingenieur einen ungewöhnlichen Rechenschieber, dem Urlauber ein exotisches Boot.

Wenn die äußere Gestalt Ihres Produkts den Verbraucher interessiert – bei Autos zum Beispiel oder Trenchcoats oder Büromöbeln – sollten Ihre Fotos das Produkt präsentieren. «Das Produkt zum Helden machen» ist eine Kategorie, in der Werbeleute denken. Noch wirkungsvoller sind Bilder, die zeigen, wie das Produkt gebraucht oder eine Dienstleistung genutzt wird. Sie machen die Fertigsuppe zum kleinen Familienfest, die Kosmetik zum glücklichen Moment, die Kreditkarte zur unbeschränkten Bewegungsfreiheit.

Wenn die Fotos für Ihre Anzeige geschossen werden, sollten Sie dabei sein. Auch einem gut eingearbeiteten Außenstehenden kann eine technische Unstimmigkeit entgehen, die Ihnen auffällt – Sie kennen Ihr Produkt am besten.

Dienstleister brauchen Bilder, die abstrakte Aussagen ins Anschauliche übersetzen: *«Die Vereinte läßt Sie mit Ihrer Zukunft nicht allein»*, sagt die Versicherung und zeigt dazu sechs Füße unter der Bettdecke – die der Eltern und die ihres Babys.

Müssen Bilder immer farbig sein? Keineswegs. Ein gut gestaltetes Schwarzweißmotiv kann auch in einem überwiegend farbigen Umfeld durchaus einschlagen. Preiswert können Sie Effekte dadurch erzielen, daß Sie ein Schwarzweißfoto verfremden – durch starke Aufrasterung oder «Solarisation» (fragen Sie Ihren Grafiker).

Fotos, die in Ihrem Prospekt nur als Zutat eine Stimmung oder eine allgemeine Anwendung darstellen sollen, können Sie preiswert kaufen. In den Bildarchiven lagern Millionen guter Dias. Man schickt Ihnen gern eine Auswahl, wenn Sie Ihre Wünsche beschreiben. Das Honorar für das Foto, das Sie dann veröffentlichen, richtet sich nach der Abdruckgröße und nach der Auflagenhöhe der Zeitung oder Zeitschrift, in der Ihre Anzeige erscheint. Bei Wiederholung gibt es Rabatt.

## Die Schlagzeile

Während das Bild die Leser in Ihre Anzeige hineinzieht, sagt ihnen die Schlagzeile, warum sie den folgenden Text unbedingt lesen sollen. Das leistet die Schlagzeile dann, wenn sie exakt auf Ihre Zielgruppe zugeschrieben ist. Wenn sie die Frage des Lesers «Ist das was für mich?» sofort beantwortet, sortiert sie zugleich die Leute aus, die mit Ihrem Angebot nichts anfangen können. Eine gute Überschrift bündelt den konzeptionellen Ansatz wie ein Brennglas und besitzt deshalb «Trennschärfe».

Wenn Ihre Schlagzeile (im Fachjargon «Headline») den Leser nicht interessiert, wird er den nachfolgenden Fließtext kaum noch beachten. Um so erstaunlicher ist es, daß Sie immer noch Headlines nach dem Muster «Tradition und Fortschritt» begegnen, die nun wirklich niemandem etwas zu sagen haben – und so den Erfolg von vornenherein zunichte machen.

Es genügt nicht, daß die Schlagzeile richtig ist – sie muß den richtigen Gedanken auch aus einem ungewöhnlichen Blickwinkel vortragen. Vergleichen Sie, wie durch zugespitzte Formulierungen der Schritt vom Sachlichen zum Werblichen gelingt:

Sachlich:

«Wir bringen Sie bei jedem Wetter zuverlässig ans Ziel.»

*Werblich:*

*«Alle reden vom Wetter – wir nicht.»*

Sachlich:

«Dentaltechnik im Dienst der Patienten.»

*Werblich:*

*«Beim Zahnarzt darf wieder gelacht werden.»*

Sachlich:

«Solide Verarbeitung in jedem Detail.»

*Werblich:*

*«Wenn einer uns fragt, wie lange unsere Wagen halten, schlagen wir die Tür zu.»*

Sachlich:

«Früh-Kölsch. Das Bier, das man in Köln gern trinkt.»

*Werblich:*

*«Der Kölner an sich verreist ungern.»*

Bemerken Sie bitte, daß keines dieser werblichen Beispiele hochtrabende Begriffe bemüht – keine «innovativen Systemlösungen» und keine «wachsende Komplexität». Vielmehr drücken die Schlagzeilen ungewöhnliche Gedanken mit ganz gewöhnlichen Worten aus – das macht sie so gut lesbar.

Gute Headlines tragen Kaufgründe vor; sie sprechen den Leser direkt an und beziehen ihn mit seinen Wünschen, seinen Vorlieben und Abneigungen ein. Das läßt sich durch Fragen gut erreichen:

«*Wann hat Ihnen das letzte Mal eine Frau ein Kompliment gemacht?*» (Toni Gard Men)

«*Sind Sie es leid, beim Geldanlegen im Trüben zu fischen?*» (Bundesobligationen)

## Beginnen Sie mit Problemen und Wünschen des Lesers

Im Fließtext schildern Sie zunächst kurz die Situation des Lesers und sein Problem – dann sagen Sie, wie Ihr Produkt das Problem löst:

«*Sie haben gut zu tun. Neue Aufträge sind im Haus. Die wirtschaftliche Zukunft scheint gesichert. Was ist, wenn es doch anders kommt, als Sie denken. Wenn ein Schaden entsteht, der an die Substanz geht? ...*» (Gerling-Branchenversicherung)

Überzeugend beschreiben Sie die Wünsche des Lesers aus seiner eigenen Perspektive:

«*Ich will das Topspiel sehen – nicht nur ein paar Szenen. Deshalb habe ich Premiere. Da läuft Fußball nur live und exklusiv ...*» (Premiere)

Kommen Sie zur Sache; spielen Sie keine unnötigen Ouvertüren. Hier ist ein abschreckendes Beispiel: «*Es ist schon verblüffend, was sich mit Noten so alles anstellen läßt: Vom Volkslied bis zur Oper, vom schrägen Jazz bis zum wilden Rock'n'Roll – es sind spielerische Variationen der gleichen Töne ...*»

Warum erzählt der Chemiekonzern Dupont uns das in einem Prospekt zu seinem Mineralwerkstoff? «*Ebenso wie die Noten lassen sich Elemente aus CORIAN beinahe spielerisch zusammenfügen.*»

## Warum soll der Leser Ihnen glauben?

Begründen Sie, was Sie versprechen:
*«Jetzt gibt es einen Grund, sich für dieses rundum gelungene Auto zu entscheiden: mehr Wirtschaftlichkeit. Denn den Mazda 626 GLX bekommen Sie ab sofort auch mit 66 KW (90 PS). ...»*

Neue Argumente für die versprochene Produktleistung finden Sie nur, wenn Sie das Produkt sehr genau kennen. Mit gründlicher Recherche lassen sich dann auch unwahrscheinliche Erzeugnisse in wertvolle Ware verwandeln. Dieses Angebot in Gärtnerei-Fachzeitschriften beweist es: *«California Rinderdung – aus sonnengetrockneten Fladen südkalifornischer Vorzugsmilchkühe.»*

Mit der Aufzählung guter Argumente ist es nicht getan. Sie müssen veranschaulichen, begründen, dem Leser auf die Sprünge helfen. Hier sind auch Testimonials und Referenzen am Platz. Ein großer Markenartikler wie Blend-a-med stützt eine ganze Kampagne auf die Botschaft *«Die gibt der Zahnarzt seiner Familie»*. Vieles spricht dafür, daß in lokalen Tageszeitungen Empfehlungen lokaler Persönlichkeiten besonders effektiv sind.

Anzeigen werden zunächst einmal gelesen, weil sie spannend geschrieben sind. Solche Spannung kann Ihr Text dadurch gewinnen, daß Sie die Sachverhalte negativ ausdrücken. Wenn Sie sagen, was Ihr Produkt *nicht* hat oder *nicht* tut, öffnen sich Ihnen reiche Möglichkeiten. Denn ein Produkt kann nur wenige Eigenschaften besitzen, aber alles mögliche *nicht* haben. Es wird beispielsweise ohne Farbstoff geliefert, ohne Leim, ohne komplizierte Austauschteile, es schmilzt nicht in der Sonne, es tut den Zähnen nicht weh.

Sie vermeiden so übliche – und deshalb langweilige – Vokabeln und gewinnen Anschaulichkeit. Sie bieten nicht «maßgeschneiderte Konzepte» an, sondern «*keine Konzepte von der Stange*». Das Handelsblatt schreibt nicht: Die Führungskräfte der Wirtschaft haben ihren Weg mit Entschlossenheit und Energie gemacht, sondern: «*Die Leute auf den oberen Etagen sind nicht mit dem Fahrstuhl dahingekommen.*» Mit der Aussage «*Kein Medium für Gummibärchen*» profilieren sich die VDI nachrichten bei ihren Anzeigenkunden.

## Fordern Sie zur Aktion auf

Am Schluß Ihres Anzeigentextes kommt das A (für action) aus der AIDA-Formel an die Reihe. Jetzt fordern Sie den Leser zum Handeln auf. Sagen Sie ihm genau, was er jetzt tun soll: anrufen, faxen, einen Prospekt anfordern oder per Post bestellen? Soll er sofort vorbeikommen, weil just heute frische Ware eingetroffen und die Auswahl am größten ist?

Dabei empfiehlt es sich, schnelle Reaktionen zu belohnen. Oft können Sie die Zugkraft einer Anzeige dadurch steigern, daß Sie Ihr Angebot zeitlich begrenzen. Der Einzelhandel wirbt mit Sonderangeboten oft in Verbindung mit einem Verfallsdatum. Machen Sie also auch Ihre Couponanzeige dringend: «Wir haben 1111 sportliche Quarzuhren reserviert – für die Händler, die als erste das neue Duschgel ordern.»

Die «limitierte Edition» greift auch bei Dienstleistungen: «*Ein so umfassender und schneller Kundenservice, wie wir ihn bieten, kann natürlich nur funktionieren, wenn die Zahl der zu betreuenden Kunden überschaubar bleibt. Aus diesem Grund müssen wir die Full-Support-Verträge mit den garantierten kurzen Servicezeiten und Ersatzgeräten in der Zahl beschränken. Die Vergabe dieser Wartungsverträge erfolgt daher ‹solange Vorrat reicht›.»* (All-Support-Computerservice, Bonn)

Bei manchen klassischen Image-Anzeigen finden Sie einen «Abbinder», der die werbliche Aussage zusammenfassen soll. *«Kompetenz und Verantwortung»*, sagt Bayer. *«Als ob Sie es selbst hinbringen»*, sagt der Express-Service UPS. *«Für Ihre Gesundheit machen wir uns stark»*, sagt die AOK.

Sie dürfen solche Abbinder nicht überbewerten. Weil ein immer wiederkehrender «Slogan» unter ganz verschiedene Motive passen muß, ist er zwangsläufig allgemein formuliert – ohne einen Griff, an dem die Erinnerung sich festhalten könnte. Folgerichtig langweilt er den Leser fast immer.

Wichtiger sind die Headlines, die von Motiv zu Motiv wechseln – und damit für Abwechslung sorgen. Diese Headlines verdienen Ihren ganzen Einfallsreichtum – und auch eine deutlich hervorgehobene Schrift.

## Ihr bestes Deutsch, bitte

Mit Schlagworten ist es nicht getan. *Traumchancen* und *Rekordrenditen*, *Superspaß* – das sind nur noch hohle Schalen, in denen nichts mehr lebt. Und was nicht lebt, kann nichts bewegen. Besser: Sprechen Sie den Leser direkt an, klar und ungekünstelt – am besten in Straßendeutsch. Stellen Sie sich einen guten Bekannten vor, der Ihnen gegenübersitzt und Ihnen zuhört. Mit ihm sprechen Sie ja auch nicht von der «Witterung» oder gar den «Witterungsverhältnissen», sondern schlicht vom «Wetter». Und im Text haben Sie damit schon wieder 17 Buchstaben gespart. Sprechen Sie nicht von sich selbst in der dritten Person («Die Meier GmbH hat…»), sagen Sie statt dessen «Wir haben…», das ist natürlicher.

Vermeiden Sie unnötige Fremdwörter – nicht aus Deutschtümelei, sondern weil Sie sich so mehr Leuten verständlich machen. Manche Werbeleute raten, den Text so zu schreiben, daß er von Schülern der sechsten Klasse verstanden wird. Auch Menschen mit höherer Bildung, sagen sie, haben gegen einfache Sprache nichts einzuwenden – einfache Sprache ist aber die einzige, die von den meisten Menschen verstanden wird. Opfern Sie aber nicht zugunsten der allgemeinen Verständlichkeit die Präzision Ihres Ausdrucks – Ihr höchstes Ziel ist es ja, von den Angehörigen Ihrer Zielgruppe verstanden zu werden und nicht von jedermann.

Versuchen Sie nicht, den Leser durch «schöne» Texte zu gewinnen – fesseln Sie ihn durch Anschaulichkeit. Bildhafte Sprache ist gut – allerdings müssen die Bilder stimmen. Wenn ein Tennis-Lehrbuch Ihnen sagt, der Schläger dürfe nicht *«wie ein Ast in der Hand liegen»*, wissen Sie nicht, was gemeint ist: Soll er nicht zu dick oder nicht zu dünn sein? Suchen Sie das treffende Wort: *«Sattelschlepper»* ist genauer als «LKW», *«Herzklopfen»* genauer als «Erregung», *«Onkel und Tanten»* genauer als «Verwandte» – man sieht sie förmlich vor sich auf dem Sofa sitzen.

Um zu einer starken, anschaulichen Sprache zu kommen: Suchen Sie in Ihren Sätzen nach dem Wort «nicht» und ersetzen Sie es dann – Sie kommen garantiert zu einem kräftigeren Ausdruck. «Zweifeln» ist stärker als «nicht glauben». «Verhindern» ist deutlicher als «nicht zulassen».

Erzählen Sie Beispiele statt Allgemeinheiten. Die Hypothekenbanken werben für ihre Pfandbriefe nicht mit der Aussage «Pfandbriefe bringen laufend feste Zinsen». Vielmehr zeigen sie einen aufgeweckten Schüler mit der Schlagzeile *«Opa will mir die Uni bezahlen. Dafür hat er sämtliche Banken genervt»*.

Schreiben Sie kurze, präzise Sätze. Formulieren Sie aktive

statt passiver Aussagen: Weil er genaue Information über den Handelnden vermittelt, ist der Satz «Deutsche Nahrungsmittel-Chemiker haben jetzt diese Gelatine entwickelt» besser als «Jetzt wurde diese Gelatine entwickelt» – eine Formulierung, die nicht verrät, wer dahintersteckt.

Anzeigen für allseits bekannte Konsumgüter werden oft nur flüchtig beachtet. Hier müssen Sie sich in der Gestaltung auf deutliche Bildmotive und auf kurze Textbotschaften beschränken. Es kann in einem solchen Fall auch sinnvoll sein, auf erklärenden Text völlig zu verzichten und alles, was Sie zu sagen haben, in die Bildunterschrift zu legen. Je weniger zusätzliche Elemente enthalten sind, um so besser wird die eigentliche Botschaft wahrgenommen.

Wenn Sie aber viel zu sagen haben – dann sagen Sie es auch. Die Zeitschrift *Stern* hat ermittelt, daß auch sehr textlastige Anzeigen noch von rund einem Zehntel ihrer Leser zur Hälfte oder mehr gelesen werden. Mit einem anspruchsvollen Produkt wird Ihnen in der Regel auch nicht an Hinz und Kunz gelegen sein – vielmehr sind qualifizierte 10 % von zwei oder vier oder acht Millionen Lesern eine Menge, die für Ihr Geschäft durchaus zu Buche schlägt.

Professionelle Texter schreiben zunächst ohnehin viel mehr, als sie für den verfügbaren Raum brauchen. Statt 100 Worten schreiben sie 200 oder 600 oder auch 1000 und laden sich so erst einmal ihre Einfälle von der Seele. Anschließend durchforsten sie das Geschriebene und verdichten es zur Botschaft aus einem Guß.

## Ein paar formale Empfehlungen

Grafiker ordnen die einzelnen Anzeigenelemente – Bild(er), Headline, Text – in einem «Layout» an. Dafür gibt es bewährte Richtlinien, denen Sie folgen sollten. Versuchen Sie nicht um jeden Preis, ein neues Layout zu erfinden. Gewohnte Gestaltungsformen stören Ihre Leser überhaupt nicht – eher erleichtern sie ihnen das Verständnis der Botschaft.

An erster Stelle steht die Empfehlung, Ihre Anzeige nicht zu überladen. Widerstehen Sie der Versuchung, jede Ecke der Papierfläche, die Sie bezahlen, auszunutzen. Lassen Sie der Schlagzeile, dem Text und den anderen Elementen ein bißchen Raum zum «Atmen».

Wenn Ihre Anzeige Bild- und Textelemente enthält, dann werden Schlagzeile und Text leichter wahrgenommen, wenn sie unter dem Bildteil plaziert sind. Denn das Bild fängt den Blick zuerst – dem es dann schwerfallen würde, nach der Bildbetrachtung wieder nach oben zur Schrift zu wandern. Deshalb sind erfolgreiche Anzeigen sehr oft so aufgebaut: Bild oben, darunter die Schlagzeile, darunter der Text. Die Marke, der Absender oder ein zusammenfassender Slogan werden gern unten rechts plaziert, weil der Blick vor dem Umblättern an diese Stelle wandert.

Stellen Sie Bild und Text in ein Spannungsverhältnis zueinander, wiederholen Sie nicht im Text, was im Bild bereits zu erkennen ist. Ob das Bild oder der Text dominieren sollen, hängt davon ab, was für das schnelle Verständnis der Botschaft wichtiger ist.

## Die Typografie

Schrift muß erstens gut lesbar sein und zweitens dem Charakter Ihres Angebots entsprechen. Für Dessous empfiehlt sich eine andere Schriftart als für Betonmischer.

Die Schrift, die Sie wählen, soll dem Leser das Verständnis des Textes erleichtern. Vermeiden Sie deshalb in der Satzschrift alles, was die Leute unnötig anstrengt. Der englische Schrift-Designer Stanley Morison (er entwickelte immerhin eine so bekannte Schrift wie die «Times») ging so weit zu sagen: «Selbst langweiliger und einförmiger Satz ist für den Leser bedeutend weniger störend als exzentrische oder verspielte Typografie.»

Nehmen Sie sich ein Beispiel an Zeitungen und Zeitschriften: Ebenso wie das Buch, das gerade vor Ihnen liegt, verwenden sie sogenannte Serifen-Schriften.

Dies ist eine Serifen-Schrift.

### Dies ist keine Serifen-Schrift («Sans-serif»)

Sie sehen, die Serifen – die kleinen Häkchen an den Ober- und Unterlängen – formen eine Linie in der Zeile und geben dem Auge mehr Halt; es genügt, schon die obere Hälfte der Buchstaben zu lesen. Deshalb werden seit Jahrhunderten alle Bücher in Serifen-Schriften gesetzt. Und weil auch das seit Jahrhunderten so gemacht worden ist: Setzen Sie Schrift schwarz auf weiß – nicht umgekehrt. Setzen Sie auch keine Schrift in die Bilder hinein – schreiben Sie statt dessen Bildunterschriften und schreiben Sie sie sorgfältig, denn sie werden besonders stark beachtet.

Wählen Sie eine ausreichende Schriftgröße. Das gilt zumal dann, wenn Sie auch ältere Leser ansprechen wollen, die nicht mehr so gut sehen. Der Text des Buches, das Sie gerade in der Hand halten, ist in einer Größe von 10,5 Punkt gesetzt.

Setzen Sie Schlagzeilen in gemischter Schrift, niemals nur in Großbuchstaben (Versalien). Schreiben Sie auch den Namen Ihrer Firma nicht in Großbuchstaben. Das ist, als ob Sie in einer Unterhaltung jedesmal aufstehen, wenn Sie «ich» sagen.

Schreiben Sie kurze Absätze. Gliedern Sie längere Texte durch Zwischenüberschriften in überschaubare Portionen – sie laden auf diese Weise zum Weiterlesen ein.

## 16.

## Wie Sie den richtigen Berater finden – und behalten

Es gibt in Deutschland mehr als 3000 kreative Dienstleister, die Ihnen bei der Konzeption, Gestaltung und Abwicklung Ihrer werblichen Maßnahmen helfen können. Wie finden Sie den richtigen?

Überlegen Sie zunächst, welche Art von Hilfe vordringlich für Sie ist. Brauchen Sie vor allem gestalterische Ideen – oder soll die Beratung der Werbeagentur auch in Ihre vorgelagerten Marketing-Überlegungen hineingreifen?

Brauchen Sie einen Einzelberater als Gesprächspartner oder einen ausgebauten Agenturapparat, der Ihre werblichen Maßnahmen auch im Detail abwickelt? Brauchen Sie eine Agentur mit Spezialwissen – etwa in der Direktwerbung oder im technisch-industriellen Bereich?

Schauen Sie mal in das «Jahrbuch der Werbung» (Econ-Verlag). Da finden Sie viele interessante Beispiele und Adressen.

Fragen Sie Kollegen aus anderen Branchen, deren gute Werbung Ihnen aufgefallen ist, wer für sie gearbeitet hat. Auch Drucker und Anzeigenvertreter können Ihnen bisweilen gute Beratungsadressen empfehlen.

## Große oder kleine Agentur?

Ihre Werbeagentur sollte ebenso beweglich sein wie Sie selbst. Das Team, das Ihre Aufgabe in die Hand nimmt, muß sich um diese Aufgabe mit immer wieder neuer Energie kümmern. Wählen Sie deshalb eine Agentur, für deren Geschäft Ihre Aufträge so wichtig sind, daß sie sich nach Kräften für Sie einsetzt. Bei einer Agentur, die eine Nummer zu groß für Sie ist, landen Sie leicht unter «ferner liefen».

Ganz gleich, ob eine Agentur 10 oder 100 Mitarbeiter hat – für Sie ist wichtig, welcher Mann (oder welche Frau) Ihnen als Gesprächspartner gegenübersitzt. Achten Sie darauf, daß Sie einen Berater finden, der Freude daran hat, seinen Kunden nach vorn zu bringen. Vorsicht, wenn jemand in der ersten Viertelstunde nach der Höhe Ihres Werbeetats fragt.

## Präsentation im Wettbewerb?

Wenn Ihnen die Mannschaft, die Ihnen gegenübersaß, gefallen hat, können Sie noch eins tun: rufen Sie zwei oder drei der derzeitigen Agenturkunden an und erkundigen Sie sich, wie sich die Agentur in der Tagesarbeit bewährt.

Wenn Sie aus diesen Vorgesprächen die Überzeugung mitnehmen, daß die Agentur Ihre Aufgaben mit Ehrgeiz und Sachverstand lösen wird: geben Sie ihr den Auftrag zur Ausarbeitung eines Konzepts zum marktstrategischen Vorgehen, zur Entwicklung von Gestaltungsvorschlägen und zur Aufstellung eines Media- und Kostenplans. Lassen Sie sich diese Arbeiten 8 bis 10 Wochen später präsentieren.

Selbstverständlich müssen Sie diese Präsentation bezahlen. Sie können aber vereinbaren, daß das Präsentationshonorar zumindest teilweise mit den Einkünften verrechnet wird, die

die Agentur in der folgenden laufenden Zusammenarbeit erzielt – zum Beispiel aus der Mediaprovision, die sie von den Werbeträgern bekommt.

Wenn Sie zwei oder gar mehrere Agenturen zu einer Wettbewerbspräsentation auffordern, bekommen Sie zwar unterschiedliche Lösungen zu sehen – Sie verlieren aber auf alle Fälle Geld. Die Agentur, die Ihren Zuschlag *nicht* bekommt, nimmt ihr Präsentationshonorar natürlich voll mit – und das können 10 000 Mark und mehr sein.

Vieles spricht dafür, daß Sie sich von vornherein *einen* Agenturpartner aussuchen und mit ihm Schritt für Schritt gemeinsam den Weg zum Erfolg gehen.

Ihre Agentur muß von Ihnen ebensoviel lernen wie Sie von ihr. Im fortgesetzten Dialog hat Ihre Firma bessere Chancen, den besten Auftritt im Markt zu finden, als in einer – oft auf Effekt getrimmten – Wettbewerbspräsentation.

## Muß Ihre Agentur schon Erfahrung auf Ihrem Gebiet haben?

«Ich muß nicht ein Ei in der Pfanne gewesen sein, um ein Ei in der Pfanne beschreiben zu können.» Der schöne Satz des Romanciers Gustave Flaubert schwebt als unsichtbares Motto über den Bildschirmen der Texter.

Natürlich beschleunigt es die Arbeit, wenn ein Texter, der über rechnergesteuerte Systeme schreiben soll, schon selbst einmal einen Programmablauf geschrieben hat. Dennoch muß das Team, das Sie auswählen, nicht unbedingt schon Erfahrung in Ihrer Branche haben. Es muß aber schnell erkennen, was es zu lernen gilt – und dann zeigen, daß es Ihr Problem genau versteht.

Ihr Geschäft kennen Sie selbst am besten. Ergänzen Sie

diese fachliche Kenntnis mit den Erfahrungen, die Ihr Werbeteam auf den unterschiedlichsten Gebieten gesammelt hat. Gute Werbeleute «übersetzen» die Leistung Ihrer Firma für die Menschen auf dem Markt. Weil sie nicht betriebsblind sind, erkennen sie bisweilen besser den Punkt, der für das Publikum kaufentscheidend ist. Dagegen bleiben sie unter Umständen kalt gegenüber Qualitäts-Argumenten, auf die Sie immer so stolz waren.

Geben Sie den Profis Ziele und Zielgruppen vor. Beschreiben Sie – in einem sogenannten «Briefing» – Ihr Produkt genau: Was tut es, wie arbeitet es, wie wird es hergestellt, wie wird es geliefert, weshalb wird es gekauft, was schätzen die Leute daran, weshalb wird es vor dem Konkurrenzangebot bevorzugt – oder warum leidet es unter der Konkurrenz? Legen Sie eine Liste der Punkte vor, auf die es Ihnen ankommt. Gewichten Sie diese Punkte: Welche haben Priorität, und auf welche können Sie notfalls verzichten?

Ein Texter, der sein Geld wert ist, wird sich zusätzlich auf dem Markt umhören. Er wird die Fachzeitschriften Ihrer Branche studieren. Er wird mit Händlern sprechen und sie nach Ihrem Produkt und seinen Wettbewerbern fragen. Ein Gespräch von zehn Minuten kann ihm schon gute Informationen liefern – über die typischen Käufer, die ergiebigsten Kunden, die Vor- und Nachteile der unterschiedlichen Erzeugnisse.

## Geben Sie Ihrem Team Zeit

Heiße Nadeln nähen schlecht. Ein Team, das ungewöhnliche Vorschläge präsentieren soll, braucht Zeit, um mehrere Alternativen durchzudenken – und es muß auch eine Nacht über einer Idee schlafen können. Bedenken Sie auch, daß die

Agentur, der Sie heute nachmittag einen Auftrag geben, nicht gleich morgen früh mit der Arbeit für Sie beginnen kann. Sie hat, wenn sie gut ist, noch andere Jobs auf dem Tisch.

Wenn die Vorschläge der Agentur so griffig sind, daß Sie sie mit nur wenigen Änderungen oder Ergänzungen genehmigen können, dürfte der folgende Zeitplan für die Entwicklung einer größeren Anzeigenkampagne reichen.

| | | |
|---|---|---|
| A | Recherche und Konzept | 5–8 Wochen |
| B | Layouts und Überschriften | 1 Woche |
| | Erstes Abstimmungsgespräch | |
| C | Texte im Detail | 2 Wochen |
| D | Fotografie, Illustration, | zeitlich parallel zu C |
| | Zweites Abstimmungsgespräch | |
| E | Satz und Reinzeichnung | 1–2 Wochen |
| | Abstimmung der Druckunterlagen | |

Die Druckunterlagen müssen bei Tageszeitungen im allgemeinen zwei Arbeitstage vor dem Erscheinungstermin eintreffen. Bei Zeitschriften müssen Schwarzweiß-Anzeigen rund vierzehn Tage vor dem Erscheinungstermin vorliegen, Farbanzeigen in der Regel drei bis vier Wochen vorher.

Zwischen Beauftragung und Fertigstellung der Druckunterlagen vergehen also zwischen neun und dreizehn Wochen. Die Vorlaufzeit, die die Zeitungen und Zeitschriften brauchen, kommt hinzu.

Moral: Kommen Sie nicht auf den letzten Drücker. Melden Sie sich rechtzeitig.

## So bewerten Sie, was man Ihnen vorschlägt

Wenn Sie Ihre Werbung nicht selbst in die Hand nehmen, sondern eine Agentur beauftragen: Achten Sie zunächst darauf, ob in den Vorschlägen eine starke Idee steckt. Beurteilen

Sie die Gesamtwirkung; gehen Sie nicht sofort in die Einzelheiten.

Prüfen Sie statt dessen drei Dinge:

Erstens: Ist die Botschaft klar? Betrachten Sie die Entwürfe Ihrer Agentur mit den Augen Ihrer Kunden. Am besten stellen Sie sich drei oder vier Personen vor, die Sie gut kennen – werden der Einkäufer, der Techniker, die Hausfrau erkennen, worauf es Ihnen ankommt? Wenn die Agentur Ihnen die Anzeigen erst lange erklären muß, taugen sie nichts. Auch Ihre Leser müssen die Botschaft ja ohne mitgelieferte Erklärung verstehen.

Zweitens: Achten Sie auf Austauschbarkeit. Könnte derselbe Text auch für Ihr Konkurrenzprodukt werben?

Drittens: Angenommen, die Umworbenen verstehen und glauben die Botschaft – werden sie dann an Ihrem Produkt stärker interessiert sein als zuvor?

Zögern Sie nicht, Einspruch zu erheben, wenn Sie spüren, daß eine Kampagne in die falsche Richtung läuft. Genehmigen Sie Werbemittel in Stufen – von der Idee über den ersten Entwurf bis zur Reinzeichnung. Je früher Sie Änderungswünsche anmelden, desto preiswerter kommen Sie davon. Wenn Ihre Anzeige erst einmal so weit gediehen ist, daß sie kurz vor dem Druck steht, werden Änderungen sehr teuer.

## Schlechte Erfahrungen – und wie Sie sie vermeiden

Hier ist ein Briefwechsel aus der Praxis. Die Sanatur Gesellschaft für Naturprodukte GmbH in Engen hat unangenehme Überraschungen mit Werbeagenturen erlebt. Sie schreibt:

«Hier zusammengefaßt unsere mehrjährigen Erfahrungen: 1. Ein kleiner Etat wird abkassiert. Ein strategisches Denken, daß aus einem kleinen auch einmal ein großer Etat werden könnte, ist nicht vorhanden. Kleine Fische bearbeitet der Lehrling bzw. der ‹Junior-Kontakter›.

2. Der Denkeinsatz ist relativ gering. Es werden mit Vorliebe die eigenen Vorstellungen in teure, bunte Bilder gemalt ‹zurückverkauft›. Eine Eigenleistung im Sinne Strategie oder eines Konzepts konnten wir nicht bemerken.

3. Die hervorstechendsten Leistungen waren unverschämte Rechnungen. Wie würden Sie folgendes beurteilen?

Erstes Beispiel: Sie geben einen Basistext zur werblichen Aufbereitung einem ‹Experten›. Dieser stellt einige Sätze um und macht aus einem ‹und› ein ‹oder›. Für diese ‹werbliche Leistung› werden Sie dann fürstlich zur Kasse gebeten.

Zweites Beispiel: Sie geben Informationsmaterial an die ‹Experten› und erhalten dann Vorschläge, in denen die Bilder aus diesem Material, zwar sehr schön bunt und gekonnt, abgezeichnet sind. Wie würden Sie in solchen Fällen das verlangte ‹Entwurfshonorar› bewerten?

Drittes Beispiel: Ein ‹Werbeexperte› bietet Ihnen feste Preise an. Trotzdem berechnet er Ihnen später einige tausend DM für ‹Literaturstudium›.

4. Auch haben wir die sogenannten ‹Bestätigungswerber› kennengelernt. Das bedeutet: Bei einem Treffen werden die Vorschläge vorgestellt, als sei dies der letzte Schluß der Weisheit. Da wir im Rahmen der Umerziehung gelernt haben, nicht mehr direkt zu sagen, was wir denken, lehnen wir die ganze Sache nicht gleich ab, sondern meinen, dies oder jenes könne man als Diskussionsgrundlage zur Weiterarbeit benutzen. Solche Haltung führt regelmäßig dazu, spätestens zwei Tage später ein Schreiben von den Werbern zu erhalten, das ausdrückt, daß man während

der letzten Besprechung die ganzen Vorschläge, einschließlich des ‹Wiederverkaufs› der eigenen Unterlagen,
begeistert angenommen hätte. Im ungünstigsten Fall liegt
einem solchen Schreiben gleich die Rechnung bei.

Viele meiner Kunden und Lieferanten berichten über ähnliche Erfahrungen. Die geschilderten Tatbestände sind keine
Ausnahmen. Leider lassen sich viel zu viele Unternehmen zuviel gefallen. Dies habe ich zwar nicht getan, jedoch löst sich
dadurch nicht das Problem, werblich richtig aufzutreten.

Vielleicht wissen Sie da einen Ausweg?

Es sei denn, das Lesen dieses Briefes wäre bei Ihnen schon
Literaturstudium, das honoriert werden müßte.

Mit freundlichen Grüßen»

## Antwort

«All das, was Sie beschreiben, kommt in der Tat vor. Es gibt
Berater, die einen kleineren Kunden am Rande ‹mitnehmen›
– und dann versuchen, mit minimalem Aufwand eine schnelle
Mark zu machen. Es gibt Agenturen, die Vorgespräche, die
zunächst nur die Ausgangslage klären sollten, bereits berechnen. Und es gibt Kontakter, die in Besprechungsberichten
dem Kunden eine Zustimmung unterjubeln wollen, die er nie
gezeigt hat.

Nur: All das müssen Sie natürlich nicht hinnehmen. Und es
ist einfach, sich dagegen zu wehren:

• Unterschreiben Sie keinen Vertrag, der Sie für eine bestimmte
Zeit an die Agentur bindet. Beauftragen Sie die Agentur statt des-
sen mit der Durchführung genau definierter einzelner Projekte.
Legen Sie in Ihrem Bestätigungsschreiben auch fest, wer in den
Beratungsgesprächen Ihr Gesprächspartner von der Agenturseite

sein wird; auf diese Weise vermeiden Sie es, vom Lehrling bedient zu werden (dagegen, daß Ihnen auch mal ein pfiffiger Lehrling einen Andruck bringt, werden Sie gewiß nichts einzuwenden haben).

- Vereinbaren Sie bereits beim allerersten Gespräch, daß nur die von der Agentur exakt vorauskalkulierten – und von Ihnen schriftlich genehmigten – Kosten von Ihnen bezahlt werden. Zwingen Sie die Agentur zu einem detaillierten Kostenvoranschlag. Nachträgliche Forderungen für ‹Literaturstudium› sind dann nicht mehr drin.

- Vereinbaren Sie, daß die Agentur ihre Arbeiten in zwei Stufen vorstellt. Lassen Sie sich zunächst die Ideen erläutern – anhand von groben Skizzen und Überschriften. Wenn Ihnen die konzeptionelle Leistung der Agentur zu mager erscheint, fordern Sie sie auf, nochmals darüber nachzudenken. Erst wenn die gedankliche Basis stimmt, fordern Sie die zweite Stufe ab – nämlich die Umsetzung in ein Reinlayout mit kompletten Texten.

  Vereinbaren Sie für die beiden Stufen getrennte Honorierungen – und legen Sie fest, daß Sie die Zusammenarbeit abbrechen können, wenn die Agentur die erste, konzeptionelle Stufe auch im zweiten Anlauf nicht packt. Auf diese Weise verhindern Sie, daß Sie für eine Agenturleistung zahlen, die sich im ‹schön bunten Abzeichnen› Ihres eigenen Informationsmaterials erschöpft.

- Schicken Sie Besprechungsberichte zurück, deren Inhalt Sie nicht zustimmen. Verlangen Sie die Korrektur. Im allgemeinen gelten Besprechungsberichte erst dann als genehmigt, wenn der Kunde innerhalb von acht Tagen nicht widersprochen hat.

Bedenken Sie bitte aber auch, daß eine Agentur ihre Zeit nicht verschenken kann – denn sie hat nichts anderes zu verkaufen. Auch die Überlegung, daß man in einen kleinen Etat zunächst investiert, um erst später – wenn der Kunde größer geworden ist – Geld zu verdienen, hat deshalb Grenzen.

Mit freundlichen Grüßen»

## Was Ihnen guter Rat wert sein muß

Werbeagenturen berechnen ihre Leistungen – von Spezialfällen abgesehen – aufgrund dreier Modelle:

## 1. Agenturprovision

Das ist eine beliebte und bequeme Regelung.

Von den Werbeträgern bekommt Ihre Agentur eine Provision von 15 Prozent. Das bedeutet: Wenn Sie zum Beispiel – den Preislisten der Verlage entsprechend – für Anzeigenaufträge 100 000 Mark ausgeben, zahlen Sie diese 100 000 Mark an die Agentur. Die gibt aber nur 85 000 Mark an die Werbeträger weiter; die restlichen 15 000 Mark bleiben bei ihr.

Auf den Teil Ihres Werbeetats, den Sie nicht in provisionszahlende Werbeträger investieren, berechnet die Agentur *Ihnen* ein sogenanntes Abwicklungshonorar *(handling fee)* von 15 Prozent. Wenn Sie also für 30 000 Mark Prospekte drukken lassen, zahlen Sie – über die Agentur – 30 000 Mark an die Druckerei und zusätzlich 4500 Mark an die Agentur.

Dieses *handling fee* wird fällig auf alle – von Ihrer Agentur vorauskalkulierten und geprüften – technischen Fremdkosten, die Ihnen dritte Lieferanten berechnen. Die Rechnung des Fotografen gehört ebenso dazu wie die des Belichtungsstudios, der Druck von Broschüren ebenso wie Frachtkosten. Der Grund für diese Regelung leuchtet ein. Wenn Ihr Geld in nicht-provisionsbringende Prospekte statt in provisionsträchtige Anzeigen fließt, ist der Arbeitsaufwand für die Agentur mindestens der gleiche.

Übrigens: Sie müssen die wichtigsten Fremdkosten vorher genehmigen – aber nicht alle. Ihr O. K. ist nötig, wenn die Angebote einen großen Spielraum aufweisen können – zum

Beispiel bei der Fotografie oder bei TV-Produktionen. Bei Routinearbeiten, ohne die das Werbemittel nicht hergestellt werden kann und deren Kosten keinen großen Schwankungen unterliegen (zum Beispiel Belichtungen), sollten Sie Ihre Agentur selbstverantwortlich entscheiden lassen – das erspart beiden Seiten Zeit und Arbeit.

Aus den 15 Prozent finanzieren sich in der Regel die Entwurfsleistungen (Konzept, Layout, Text), die Media-Abwicklung (Beauftragung, Kontrolle und Abrechnung) sowie der Kontakt zu Ihnen.

Zusätzlich berechnet Ihnen die Agentur ihre eigenen technischen Arbeiten wie beispielsweise die elektronische Seitengestaltung – von Vorlagen also, die die Zeitungen oder Zeitschriften brauchen.

Mit den 15 Prozent kann eine Agentur im allgemeinen leben, wenn Ihr Etat die Größenordnung von 400 000 überschreitet. Wenn er darunter bleibt, wird es schwierig. Für weniger als 60 000 Mark im Jahr – oder 5000 Mark im Monat – kann auch eine schlanke Agentur ihre Leistungen kaum noch vorhalten.

In solchen Fällen kann sich das Modell Nr. 2 empfehlen.

## 2. Pauschalhonorar

Gemeinsam mit Ihnen kalkuliert die Agentur zu Beginn eines Werbejahres die durchzuführenden Maßnahmen. Bei einem detailliert aufgestellten Werbeplan läßt sich absehen, wieviel Arbeit auf die Agentur zukommt. Sie vereinbaren, daß Ihre Agentur für diese Arbeit ein monatliches Pauschalhonorar bekommt.

Eine solche Vereinbarung ist auch dann zweckmäßig, wenn sich Ihre Überlegungen noch in der Entwicklungsphase befinden. Solange Sie überhaupt noch kein Geld für die Produktion und den Einsatz von Werbemitteln ausgeben, kann die Beratungsleistung der Agentur zunächst auf diese Weise vergütet werden.

Mischformen zwischen Modell 1 und Modell 2 sind gang und gäbe. Stabile Verhältnisse werden auf zweierlei Weise erreicht. Entweder: Sie ergänzen das Einkommen der Agentur, das allein durch Provisionen nicht die nötige Höhe erreicht, durch zusätzliche Honorarzahlungen – Sie garantieren der Agentur also ein monatliches Mindesteinkommen. Oder: Die Agentur gibt ihre Provision an Sie zurück und finanziert ihre Arbeit voll und ganz aus dem Pauschalhonorar.

In beiden Fällen weiß die Agentur von vornherein, woran sie ist; sie kann ihre eigenen Investitionen – für Personal oder Technik – besser planen. Hier kann aber auch ein Grund zur Zwietracht liegen. In arbeitsintensiven Monaten, in denen die Agenturleute Tag und Nacht für Sie rotieren, können sie leicht das Gefühl bekommen, benachteiligt zu werden. In ruhigen Zeiten könnten Sie als Auftraggeber versucht sein, sich zu fragen, «wofür Sie eigentlich der Agentur Monat für Monat diese Pauschale überweisen». Die Regelung setzt langfristige Zusammenarbeit und eine gehörige Portion Vertrauen voraus.

## 3. Berechnung von Einzelleistungen

Bei diesem Modell legt die Agentur Ihnen zu jedem einzelnen Projekt einen detaillierten Kostenvoranschlag vor. Er umfaßt die Fremdkosten – plus *handling fee* – sowie Agenturhonorare für Konzeption, Text, Layout, Montage, Reisekosten. Sie zahlen, was Sie bekommen – und die Agentur bekommt bezahlt, was sie erarbeitet. Diese Regelung empfiehlt sich besonders dann, wenn Sie noch keinen ausgefeilten Jahresplan erstellt haben, sondern es einmal mit einer ersten Werbeaktion versuchen.

Es gibt andere Möglichkeiten der finanziellen Übereinkunft. Für besondere Aufgaben – Gestaltung eines Messestands, Verkaufsförderungs-Aktionen, Public-Relations-Maßnahmen – werden in der Regel Vergütungen außerhalb des eigentlichen Honorarrahmens vereinbart. Die Lösung außerordentlich schwieriger, arbeits- oder reiseintensiver Probleme hat auch außerordentliches Entgelt verdient.

Sie werden sich schon einigen. Ihre Agentur wird für Sie dasein, solange sie Gewinn macht. Sie werden kein Problem haben, ihr diesen Gewinn zu verschaffen, solange die Leistung, die Sie bekommen, stimmt.

# 17.

## Mittel und Wege:
## Vom Werbebrief bis zum Fernsehspot

Noch bevor Sie – oder Ihre Agentur – an die Gestaltung Ihrer werblichen Botschaft gehen, ist ein gründliches Gespräch über Auswahl und Einsatz der Werbeträger fällig.

Um bei dieser Auswahl die besten Entscheidungen zu treffen, müssen Sie drei Fragen beantworten:

* Wie erreichen Sie die richtigen Leute – und möglichst alle anderen nicht?
* Wie erreichen Sie die richtigen Leute zum günstigsten Preis?
* Wie erreichen Sie die richtigen Leute zum richtigen Termin?

Damit kommen Sie in einen Bereich, in dem das scharfe Rechnen sich besonders lohnt. Sie müssen mit Ihren verfügbaren Mitteln den größten Effekt erzielen.

### In der Mediawelt gelten zwei Kosten-Prinzipien

Das erste: Je breiter Ihre Werbekampagne angelegt ist, desto höher ist der Kostenanteil, den Sie in die Werbeträger investieren.

Bei einer Werbeaussendung – mit einem Brief, einem Prospekt und einer Antwortkarte – an 5000 Adressen kosten Gestaltung und Produktion vielleicht 25 000 Mark; das Porto 2500 Mark. Das Verhältnis der Herstellungs- zu den Transportkosten beläuft sich also auf rund 10:1.

Bei einer Schwarzweiß-Anzeige, mit der Sie 5 Millionen Leser erreichen, kosten Gestaltung und Produktion rund 10000 Mark und die Einschaltung rund 40000 Mark. Verhältnis Herstellung zu Transport: 1 : 4.

Zweites Kosten-Prinzip: Weitreichende Werbeträger sind *relativ billig*, aber *absolut teuer*. Gezielte Maßnahmen sind *relativ teuer*, aber *absolut preiswert*.

Die 5 Millionen Leser, die Sie mit Ihrer 40000-Mark-Anzeige ansprechen, kosten Sie pro Kopf 0,8 Pfennig (die Media-Experten sprechen von einem «1000-Leser-Preis» von 8,– Mark). Wenn Sie die Gestaltungs- und Produktionskosten hinzurechnen, kommen Sie immer noch auf einen relativ niedrigen Preis von einem Pfennig pro Kopf.

Die Ansprache der 5000 Adressaten Ihrer Werbe-Aussendung kostet Sie dagegen 5,50 Mark pro Kopf. Und das kann für Ihre mittelständische Firma genau das richtige sein, wenn Sie Ihre überschaubare Zielgruppe namentlich im Griff haben und wenn die Summe, die Sie in Ihre Werbung investieren können, nicht gleich sechsstellig ist.

Was Sie im einzelnen tun, hängt von Ihren Zielen ab:

Wollen Sie viele Leute einmal erreichen oder weniger Leute öfter? Wollen Sie vielen Verbrauchern etwas bekanntmachen, oder wollen Sie sofort Käufer produzieren? Wie schnell müssen die Interessenten auf Ihr Angebot reagieren? Haben Sie nur Endanwender als Zielpersonen – oder auch Händler?

Beobachten Sie die Werbung Ihrer Konkurrenz. Unbesehen die Zeitungen zu buchen, in denen auch ihr Konkurrent wirbt, ist kein Erfolgsrezept; vielleicht weiß der Mann ja gar nicht, was er tut. Wenn Sie aber sehen, daß ein Wettbewerber, der seinen Erfolg per Coupons genau kontrolliert, einen Werbeträger wiederholt nutzt – dann können Sie keinen Fehler machen, wenn Sie diesen Werbeträger auch einmal ausprobieren.

## Lieber öfter und klein oder seltener und groß?

Wie groß soll Ihre Anzeige sein? Keinesfalls findet eine ganze Seite – die das Doppelte kostet – doppelt soviel Beachtung wie eine halbe Seite. Dennoch kann für Ihr wenig bekanntes Unternehmen der Auftritt in einem größeren Format richtig sein: Es steigert das Vertrauen der Leser.

Der berühmte amerikanische Texter und Agenturchef Bill Bernbach gab der Schlagkraft den Vorrang vor der Häufigkeit: «Die Leute zählen nicht die Anzeigen, die Sie veröffentlichen. Sie reagieren auf den Eindruck, den Ihre Anzeigen machen.»

Aber: Ihre Werbung muß dann wirken, wenn die Entscheidung für den Kauf getroffen wird. Wenn Sie Wintersportausrüstungen verkaufen, kennen Sie diesen Zeitpunkt. Wenn Elektro-Installationen oder Kochtöpfe Ihr Geschäft sind, kennen Sie ihn nicht.

Sie treffen Ihre Zielpersonen nicht immer in der richtigen Stimmung an. Vielleicht haben sie im Augenblick kein Geld – oder sie haben sich gerade bei der Konkurrenz eingedeckt.

Der einmalige Anstoß reicht dann nicht aus. Die Menschen haben ein kurzes Gedächtnis. Tragen Sie deshalb – mit einer Kampagne, die die Vorzüge Ihres Produkts aus verschiedenen Richtungen beleuchtet – Ihr Angebot kompakter, aber öfter vor.

Denken Sie auch an die Mengen- und Wiederholungsrabatte, die die Werbeträger Ihnen einräumen. Eine sechste oder zwölfte Anzeige ist unverhältnismäßig preiswert gegenüber der fünften oder der elften. Sie können sicher sein, daß der Anzeigenvertreter oder Ihre Agentur Sie daran erinnern.

## Zeitungen und Zeitschriften sind trennscharfe und schnelle Medien

Zeitungen und Zeitschriften erfassen ganz bestimmte Verbrauchersegmente. Das ist nicht selbstverständlich: Vor dem Werbefernsehen zum Beispiel sitzt ein sehr gemischtes Publikum. Plakate sprechen jeden an, der des Wegs daherkommt. Eine Zeitschrift dagegen erreicht Leser mit einem gemeinsamen Interesse – das kann die aktuelle Politik sein oder die Wirtschaft, die Mode oder der Maschinenbau. Und die lokale oder regionale Zeitung erreicht eben nur Leute, die im Einzugsbereich eines lokalen oder regionalen Anbieters leben – und alle anderen nicht.

Gegenüber den elektronischen bieten Ihnen Printmedien einen weiteren Vorteil: Die Leser bestimmen selbst, wann sie sie nutzen wollen – wie lange und wie oft. Deshalb ist die Anzeige dem Fernseh- oder Hörfunkspot in einem Punkt deutlich überlegen: Ihre Wunschkunden können sich Zeit lassen, um sich ausführlich damit zu beschäftigen. Das kommt Botschaften zugute, die Verständnis erst einmal aufbauen sollen – und es ist auch im Direktmarketing wichtig.

Hinzu kommt: Kunden können Anzeigen ausreißen und zur Erinnerung aufbewahren, um bei nächster Gelegenheit damit im Laden aufzutauchen.

Schließlich sind Anzeigen relativ schnell zu produzieren und einzuschalten. In Tageszeitungen geht das von heute auf übermorgen. Auch bei Zeitschriften hat sich die Zeitspanne zwischen Anzeigenschlußtermin und Erscheinungsdatum immer weiter verkürzt.

Alle diese Vorteile machen die Anzeige nach wie vor zum Werbemittel Nummer eins in Deutschland. Für Sie kommt es darauf an, diese Vorteile bestmöglich zu nutzen.

## Ihre Anzeige in der Tageszeitung

Die abonnierte Tageszeitung gilt ihren Lesern als glaubwürdige Informationsquelle. Sie kommt oft schon jahrelang ins Haus. Dabei haben sich die Abonnenten in der Regel die Tageszeitung ausgesucht, die mit ihrer Sicht der Welt übereinstimmt.

Die Regelmäßigkeit der Tageszeitungslektüre führt dazu, daß Sie bei mehrmaliger Einschaltung Ihrer Anzeigen fast immer wieder dieselben Leute erreichen.

Die Abonnementszeitung wird – vorwiegend morgens – zu Hause gelesen; die Kauf- oder Boulevardzeitungen auf dem Weg zur Arbeit und am Arbeitsplatz. Die Leser sind gewohnt, sich in ihrer Zeitung auch über den Markt zu informieren. Hausfrauen studieren Anzeigen zumal donnerstags – vor dem Wochenendeinkauf.

Für aktuelle Angebote am Ort ist die Tageszeitung ein gutes Medium. Sie informiert kurzfristig, und sie aktiviert die Leser. Der Übermittlung aktueller Botschaften kommen auch die kurzen technischen Vorlaufzeiten zugute: In drei bis vier Tagen kann die Botschaft, die Sie sich ausdenken, bei den Lesern wirken.

Sie haben in der Regel gute räumliche Auswahlmöglichkeiten – Sie können einzelne Ortsausgaben belegen. Bei der Belegung von Anzeigenblättern können Sie oft sogar bestimmte Stadtteile auswählen.

Ihre Anzeige in der Tageszeitung wirkt auch auf den örtlichen Handel. Kaum ein Händler, der nicht morgens seine Zeitung aufschlägt – schon um zu sehen, welche Angebote die Konkurrenz heute macht.

Wenn Sie den Handel beeindrucken wollen, können Sie auch nachhelfen. Schicken Sie den Händlern ein Exemplar der Zeitung, in der Ihre Anzeige erscheint – mit einem Aufkleber «Interessante Nachricht für Sie auf Seite 5».

## Ihre Beilage in der Tageszeitung

Beilagen drucken Sie – gewöhnlich in größeren Mengen – vor; sie werden dann den Zeitungsexemplaren beigefügt. Beilagen bieten Ihnen gute Farbmöglichkeiten – und soviel Platz, wie Sie brauchen, um Ihr Angebot gründlich zu erläutern oder eine ganze Palette von Produkten vorzustellen.

Beilagen lassen sich auch in Teilauflagen – örtlich genau gezielt – einsetzen.

Beilagen sind handlich für den Leser. Modehäuser, die Beilagen über ihre örtliche Tageszeitung verbreiten, berichten, daß Kunden mit diesen Beilagen ins Geschäft kommen: «Ich hätte gern das Hemd mit diesem Kragen hier.»

Beilagen sind ein Mehrzweck-Instrument. Sie können auch Ihren Außendienst damit ausrüsten. Oder Sie können sie als Prospektblatt direkt versenden.

Zu den guten Testmöglichkeiten, die Beilagen Ihnen bieten, lesen Sie auf Seite 213 mehr.

Der Preis der Beilage richtet sich nach Gewicht und Zahl. Für den Teil der Auflage, der nicht durch den Zeitungsboten, sondern über die Post vertrieben wird, kommt eine Postgebühr hinzu.

## Ihr Plakat

Das einzige Medium, das garantiert alle erreicht, ist das Plakat – denn auf die Straße muß jeder. Ihr Plakat wird zufällig und flüchtig wahrgenommen. Viele Leute sehen es aus öffentlichen oder privaten Verkehrsmitteln; sie können nicht anhalten, um längere Aussagen zu lesen. Deshalb müssen Sie den allerwichtigsten Punkt Ihrer Botschaft sehr schnell vermitteln. Das Plakat ist ein gutes Medium für die Erinnerung – und auch für den letzten Anstoß, den Sie der Hausfrau geben wollen, bevor sie den Supermarkt betritt.

Das Plakat erzeugt kurzfristige Aktualität; es kann Ihre ausführlichen Botschaften in anderen Werbeträgern gut unterstützen. Denn das Plakat stellt Öffentlichkeit her: Alle Passanten *sehen*, daß auch die anderen Ihre Botschaft sehen (bei der Anzeige *wissen* sie es nur).

Auch auf den Händler hat das Plakat seine Wirkung. Er sieht, daß Sie etwas für die Ware tun, die er verkaufen soll.

Ausgangsformat für Plakate ist der DIN-A1-Bogen (= 1/1-Bogen). Sie können wählen: zwischen der «Allgemeinstelle», an der Ihr Plakat (oft als 4/1-Bogen) neben anderen hängt, der «Ganzstelle», die nur für Ihren Anschlag reserviert wird – und der Großfläche (18/1-Bogen), die Sie ebenfalls allein mieten.

Ein Plakat hängt fast immer zehn Tage. Im Sommer – während der hellen Jahreszeit – haben Sie mehr davon; die Passanten sehen Ihre Botschaft länger.

Wenn Ihr Plakat länger als 10 Tage wirken soll: Sie sparen Druckkosten, wenn Sie nur ein Motiv herstellen und es mit Aufklebern (neue Botschaft, neues Datum, Verlängerung einer Veranstaltung) aktualisieren.

Sie können, wenn Sie frühzeitig planen, für Ihren Bogenanschlag die Standorte sehr genau auswählen – bis zu einzelnen Anschlagsflächen (Werbeagenturen haben schon ihre Stellenangebote den Konkurrenten vor die Nase geklebt). In Zeiten, in denen Wahlen anstehen, wird es schwierig mit der Auswahl – dann nehmen die politischen Parteien die meisten Flächen in Beschlag.

Sie können Ihre Plakate auch rollen lassen: Bekleben Sie

die Rumpfflächen bei Straßenbahnen oder Omnibussen mit Transparenten: Sie schließen mit der Verkehrsgesellschaft einen Vertrag über mindestens ein Jahr. In der Regel rollt «Ihre» Straßenbahn oder «Ihr» Bus immer auf der gleichen Strecke.

## Ihre Hauswurfsendung

Handzettel sind gut zur Bekanntmachung heißer Angebote und dazu, plötzlichen Konkurrenzangriffen sofort zu begegnen. Die Produktionszeit ist sehr kurz. Sie können das Einsatzgebiet sehr genau abgrenzen – bis zum Wohnblock oder zur Schrebergarten-Kolonie. Firmen, die sich auf solche Haushaltswerbung spezialisiert haben, übernehmen die Verteilung.

Die Verteilungskosten richten sich nach der Bebauungsdichte: in spärlich besiedelten Villenvororten müssen Sie mehr bezahlen als in dicht bevölkerten Stadtteilen.

## Ihre Anzeige in der Publikumszeitschrift

Auf den vorangegangenen Seiten haben Sie eine Übersicht über die Möglichkeiten gewonnen, die Sie zur Werbung vor Ort haben.

Ihre Anzeige in der Publikumszeitschrift wirbt in größeren Räumen. Die Auswahl richtet sich nach Ihren Zielen.

Wenn es Ihnen darum geht, möglichst viele Leser zu erreichen: die allgemeinen Publikumszeitschriften schaffen Ihnen diese Leser zu günstigen relativen Preisen heran.

Wenn Sie mit Ihrem Angebot auf spezielle Interessen zielen, sind Sie in sogenannten *special-interest*-Titeln gut aufgehoben. Diese Zeitschriften erreichen bestimmte Zielgruppen, die durch die redaktionelle Themenwahl ausgefiltert werden – von Motorfans bis zu Hobbyköchen.

Das «Zweite Kosten-Prinzip», das Sie auf Seite 179 kennengelernt haben, greift auch bei der Zeitschriftenauswahl. In der Regel zahlen Sie einen um so höheren (relativen) 1000-Leser-Preis, je stärker die Leserschaft einer Zeitschrift auf eine bestimmte Zielgruppe eingegrenzt ist. Der Grund ist einleuchtend. Sie bezahlen die Genauigkeit, mit der Sie Leser erreichen, die bereits auf Empfang für Ihr spezielles Angebot eingestellt sind.

Die Teilbelegung von Publikumszeitschriften – zum Beispiel nur in bestimmten Bundesländern – ist oft möglich, aber immer proportional teurer. Auch die Genauigkeit der Gebietsauswahl hat eben ihren Preis.

## Formate

Je größer Ihre Zeitschriften-Anzeige, desto höher ist die Chance, daß sie wahrgenommen – und in Tests wiedererkannt – wird. Allerdings erzeugt eine Anzeige auf einer Doppelseite nur rund 10 bis 15 % mehr Beachtung als eine Anzeige im Format 1/1-Seite – obwohl sich mit dem Format natürlich auch die Kosten verdoppeln.

Bei Schwarzweiß-Anzeigen arbeiten auch kleinere Formate im Vergleich zur 1/1-Seite gut. Die Beachtung einer halben Seite ist trotz (nahezu) halbierter Kosten keineswegs nur halb so hoch wie die einer ganzen Seite. Auch kleinere Anzeigen sind durchaus zweckmäßig, wenn Sie zu geringen Kosten viele Anfragen von Interessenten bekommen wollen.

Es gibt viele Beispiele für Kleinanzeigen, die jahrelang unverändert gute Erfolge gebracht haben. Wenn sie nicht gerade fortlaufend in jeder Ausgabe einer Zeitung oder Zeitschrift wiederholt werden, nutzt sich die Wirkung kleinformatiger Anzeigen kaum ab. Wenn Sie zwei oder drei Kleinformate im Wechsel schalten, wird die Resonanz auch nach 20 Einschaltungen nur selten zurückgehen.

## Farbe

Mehrfarbige Anzeigen werden stärker beachtet als Schwarzweiß-Anzeigen: im 1/1-Format durchschnittlich um zwei Drittel mehr. Dieser Steigerung müssen Sie aber nicht nur die um rund 70% höheren Einschaltkosten, sondern auch die erheblich teurere Produktion vierfarbiger Druckunterlagen gegenüberstellen.

Eine recht kostengünstige Variante bieten Schwarzweiß-Anzeigen mit *einer* Zusatzfarbe: Sie sind nur unwesentlich teurer als in schierem Schwarzweiß, können aber beträchtlich höhere Aufmerksamkeit bewirken.

## Plazierung

Wenn die Fachleute über formale Wirkungsfaktoren sprechen, kommt immer wieder auch die Plazierung ins Spiel: Haben Anzeigen «vorne im Heft» oder «auf einer rechten Seite» eine höhere Beachtungs-Chance? Nach allem, was die Tester bisher herausgefunden haben: die Plazierung einer Anzeige ist ohne Bedeutung für ihre Wirksamkeit – es gibt keinen Beweis für das Gegenteil.

Allerdings: Wenn Sie in Ihrer Anzeige einen Coupon in die rechte untere Ecke setzen – das ist die Regel –, dann sollte die Anzeige auf einer rechten Seite erscheinen, weil der Leser dann mit der Schere an den Coupon besser herankann.

## Konzentration oder Kombination?

Mediaplanung ist in den letzten dreißig Jahren eine Wissenschaft geworden.

Ausgefeilte Mediapläne zählen, wie viele Leser Ihrer Anzeige begegnen können, wenn Sie nicht nur eine, sondern mehrere Zeitschriften belegen. Und sie zählen auch die Leute, die Sie erreichen, wenn Sie nicht nur in Zeitschriften, sondern auch in Tageszeitungen, im Hörfunk und im Fernsehen werben. Berücksichtigt wird dabei, daß die erreichten Leser-, Hörer- und Zuschauerschaften einander überschneiden können. Wenn beispielsweise vier von zehn *Spiegel*-Lesern auch den *Stern* lesen, lassen sich die beiden Leserschaften nicht einfach addieren. Die Rechnungen der Mediacomputer beachten das; sie können die Streupläne auch so hintrimmen, daß die Häufigkeit Ihrer Einschaltungen zu einer guten Verteilung der werblichen Kontakte führt – nicht zuwenig und nicht zuviel für den einzelnen Umworbenen.

Ihre mittelständische Firma muß dieser Media-Mathematik nicht bis in die feinsten Verästelungen folgen. Die Leserschaften der Publikumszeitschriften sind in der Regel so groß, daß jede einen ausreichenden Markt in sich darstellt. Sie können gut beraten sein, wenn Sie sich die Leserschaft *einer* Zeitschrift als Zielgruppe vornehmen – und dieses Potential erst einmal ausschöpfen. Solche Konzentration Ihrer Werbegelder hat auch einen ganz handfesten finanziellen Effekt: Bei der Zeitschrift, für die Sie sich entscheiden, holen Sie höhere Rabatte heraus.

Wenn Sie ganz sicher gehen wollen: Ein vorweg eingesetzter Fächer von kleineren Coupon-Anzeigen filtert die Zeitschrift heraus, deren Leserschaft die beste Resonanz bringt.

Berücksichtigen Sie bei der Mediaauswahl auch, daß das

Anspruchsniveau des Werbeträgers auf Ihr Angebot abfärbt. Eine Anzeige in *GEO* oder *Vogue* setzt Ihr Produkt – und Ihre Firma – in ein anderes Licht als eine Anzeige in einem Billigblatt.

## Ihre Anzeige in der Fachzeitschrift

Jede Branche hat ihre Fachzeitschrift – mindestens eine.

Fachzeitschriften sind Pflichtlektüre. Sie werden nicht aus Lust und Laune gelesen, sondern zum Vorteil für das persönliche Fortkommen oder das Konto der Firma. Die Leser von Fachzeitschriften wollen wissen, was Sache ist. Sie wollen über neue Entwicklungen in ihrer Branche informiert werden; sie wollen erfahren, was der Markt zu bieten hat.

Natürlich setzt sich niemand einen anderen Kopf auf, wenn er morgens aus dem Haus und ins Büro geht. Deshalb steigern alle konzeptionellen und gestalterischen Ansätze, die Sie in den vorangegangenen Kapiteln kennengelernt haben, auch die Wirksamkeit Ihrer Fachanzeigen. Sie können in solchen Anzeigen aber noch dichter an Ihr Produkt und seinen speziellen Nutzen herangehen. Viele Anbieter, die in verschiedenen «Schichten» von Werbeträgern präsent sind, treten in allgemeineren Titeln mit breit angelegten, in Fachpublikationen dagegen mit sehr spezifischen Aussagen auf.

Im Fachzeitschriftenmarkt können Sie grob zwischen «Längsschnitt»- und «Querschnitt»-Titeln unterscheiden.

Längsschnitt-Titel sind branchenbezogen. Sie werden vom Chef und vom Einkäufer und vom Konstrukteur in ein und derselben Branche gelesen. Solche Zeitschriften sind richtig für Sie, wenn Sie Apparate oder Materialien anbieten, die nur für diese eine Branche in Frage kommen.

Wenn Sie solche Titel für Produkte einsetzen, die auch in anderen Wirtschaftszweigen gebraucht werden, sind Sie gut beraten, wenn Sie den Nutzen beispielsweise Ihres Gabelstaplers an einem Anwendungsbeispiel aus der Branche demonstrieren, mit der Sie gerade sprechen. Sie erzielen mehr Aufmerksamkeit, mehr Zuwendung.

Querschnitt-Titel zielen auf Funktionen – quer durch die Branchen. Sie werden von Finanzmanagern oder von EDV-Leuten gelesen – gleich, in welcher Branche sie arbeiten. Solche Zeitschriften sind richtig für Sie, wenn Sie zum Beispiel einen Fernkopierer oder eine Ringheftungs-Maschine an den Mann bringen wollen. Jede Firma hat ein Büro. Für solche branchenübergreifenden Angebote gibt es eine Alternative: Ihre Anzeige in Wirtschafts- oder Nachrichtenmagazinen. Wenn Sie in *Capital* oder im *Spiegel* präsent sind, nehmen Sie zwar (kostenaufwendig) viele Leser in Kauf, die Ihren Hydraulik-Bagger oder Ihre Labor-Ausrüstung niemals brauchen können – Sie können aber sicher sein, daß Sie Ihre naheliegenden Neukunden auf einen Schlag nahezu lückenlos erreichen.

Zwei Punkte zur Werbung in Fachzeitschriften sollten Sie noch beachten:

- Fachzeitschriften, in denen Sie Anzeigen plazieren, sind oft bereit, Nachrichten über Ihre neuen Produkte auch im redaktionellen Teil vorzustellen – eine kostenlose Vervielfältigung Ihrer Botschaft.

- Kennziffer-Zeitschriften heften sogenannte «Leserdienst-Karten» bei; sie erleichtern demjenigen, der sich für das Angebot in Ihrer Anzeige interessiert, die Reaktion. Die Anfragen schickt Ihnen der Verlag zu. Angeboten wird auch der «Online-Leserdienst». Dabei überträgt der Verlag die Adressen aller Interessenten, die nähere Auskunft wünschen, in Ihren PC – die Bearbeitung der Anfragen kann so deutlich beschleunigt werden. Um an diesem Service teilzunehmen, brauchen Sie ein Modem, die Software und den Zugriffs-Code.

Wenn Sie mit Ihren Kunden direkt Geschäfte machen, können Sie sich einen Überblick über die Quellen des Kontaktes auch dann noch verschaffen, wenn Sie die Ware liefern. Fragen Sie die Besteller, was sie zu Ihnen geführt hat. OTTO-Versand fügt seinem Katalog eine Antwortkarte bei: «*Eine Bitte an Sie … Wie sind Sie auf den Katalog aufmerksam geworden? Wo und wann haben Sie den Katalog gekauft? Ihre Antwort ist uns ein attraktives Dankeschön wert – den Schlüsselanhänger mit Telefonregister.*»

## Schneller als jedes andere Medium: das Radio

Sie können Ihren Hörfunkspot von einem Tag auf den anderen buchen, produzieren und ausstrahlen. Hörfunkwerbung kann Ihre Botschaft schnell bekannt machen. Wenn der Hörer zu Hause oder im Auto sein Radio erst einmal auf «Ihren» Sender eingestellt hat, hört er Ihre Botschaft nahezu zwangsweise. Er kann seine Ohren nicht verschließen – und er wird auch nicht so schnell den Sender wechseln. Mit jeder Ausstrahlung erreichen Funkspots aber auch viele neue Hörer – das heißt, sie «bauen schnell Reichweite auf».

Werbefunk ist ein vergängliches Medium. Wenn Ihr Spot vorbei ist, kann der Hörer nicht «zurückblättern». Er muß in wenigen Sekunden verstehen, was Sie zu bieten haben und was er tun soll.

Daraus folgt dreierlei:

Erstens: Sie können nicht viel erklären. Nur knappe und einfache Werbebotschaften kommen beim Hörer an. Sie können aktuelle Nachrichten unters Volk bringen – auch schnell verderbliche Nachrichten: «*Heute abend ‹Panic› in der Star-light-Disco.*» Und Sie können Botschaften, die Sie über andere Werbeträger ausführlich dargestellt haben, kurz in Erinnerung rufen – der Werbefunk ist ein gutes Ergänzungsmedium.

Zweitens: Kommen Sie mit Ihrem Funkspot mehrmals über den Sender. Eine einzige Durchsage bringt nichts. Unter zehn Ausstrahlungen sollten Sie gar nicht erst anfangen.

Drittens: Sorgen Sie dafür, daß das Zuhören Spaß macht. Für die Anlage Ihres Funkspots können Sie auf fast alle Rezepte zurückgreifen, die Sie auf Seite 135 kennengelernt haben. Für den formalen Aufbau haben sich die folgenden fünf Konzepte bewährt:

1. Geben Sie Ihrer Hör-Szene eine Pointe.

Ein Funkspot für McDonald's spielt – wie schon im allerersten Wort deutlich wird – auf hoher See:

(Kapitän:) «*Ahoi, Männer!*»

(Mannschaft:) «*Ahoi, Käptn!*»

(Kapitän:) «*Jetzt, Männer, wo wir den Äquator überquert haben, habe ich eine gute und eine schlechte Nachricht für euch. Zuerst die gute Nachricht: Es gibt jetzt Fisch und Chips!*»

(Großer Jubel an Bord)

(Kapitän:) «*Und jetzt die schlechte Nachricht: Aber nur bei McDonald's in Deutschland.*»

2. Lassen Sie das Produkt selbst sprechen.

In einem Spot für das Schuhhaus Deichmann hören Sie eine männlich-sonore Stimme: «*Ich bin der Western-Stiefel, vor dem Deine Feinde zittern. Echtes Leder. Schräger Absatz. Starke Form. Ich komme direkt aus dem Westen. Du findest mich bei Deichmann. Für eine Handvoll Dollar.*»

3. Parodieren Sie bekannte Vorlagen.

Ein anderer Deichmann-Spot startet mit zwei Takten Musik aus dem Kultfilm «Casablanca». Dann beginnt der Dialog:

*«Du schaust mir nicht in die Augen – Rick?»*
*«Ich schau dir auf die Schuhe, Kleines.»*
*«Ja, Rick?»*
*«Super-modische Pumps, aus feinstem Nubuk-Leder.»*
*«Ja, Rick?»*
*«Und ich frage mich…»*
*«49 Mark 90. Wer mehr bezahlt, ist selber schuld.»*

4. Bauen Sie Atmosphäre auf.

Schon allein durch unterlegte Hintergrundgeräusche können Sie den Hörer einen bestimmten Ort, einen Vorgang miterleben lassen: Er hört die Brandung, die an die Küste des Ferienlands Tunesien schlägt. Er hört, wie Pepsi-Cola prickelnd ins Glas schäumt, wie der Sprecher einen tiefen Zug nimmt und – aaah – ausatmet.

Musik ist als Stimmungswerkzeug unschlagbar. Unter dem Spot für Dr. Oetkers Ristorante-Pasta singt ein heiseres Grammophon die italienische Arie «La Donna e mobile». Die zentrale Aussage zum Schluß: *«Schmeckt wie beim Italiener.»*

Werbungtreibende schaffen mit Musik eine Erinnerungsbrücke vom Funk zum Fernsehen. Der junge Mann, der im Fernsehspot lieber eine Tankstelle weitergeht, als etwas anderes als Aral zu tanken, wird auch im Radio präsent, wenn der Song «I'm walking» aufklingt.

Vertonte Sprüche (sogenannte «Jingles») stützen die Erinnerung an Ihre Botschaft. Wenn Ihre Kinder jemals *«Haribo macht Kinder froh»* gesungen haben, wissen Sie, was gemeint ist.

5. Interviewen Sie überzeugte Kunden.

Hier haben Sie das Testimonial per Dialog. Dieser Dialog ist funktypisch und wirkt aktuell, wenn er am Telefon geführt wird: *«Ich hab's ja erst auch nicht geglaubt, aber als ich es erst einmal probierte...»*

Hörfunkwerbung gewährt Ihrer Phantasie jeden Spielraum. Lassen Sie zehntausend Bananen auf der Hauptstraße Amok laufen – weil sie fürchten, verramscht zu werden. Lassen Sie die launige Forelle glucksend Ihren Whirlpool anpreisen.

Ganz einfach geht es aber auch: Sponsern Sie einen redaktionellen Beitrag. Im Lokalsender Antenne Düsseldorf präsentiert Schumacher-Bräu den Wetterbericht. Preiswerter geht es nicht – alle Produktionskosten entfallen.

Werbefunk ist ein breit streuendes Medium. Dennoch können Sie unter den Hörern eine Auswahl treffen. Einmal nach Sendegebieten. Die können Sie immer genauer einkreisen, denn immer mehr lokale Radiostationen machen den öffentlich-rechtlichen Hörfunksendern Konkurrenz.

Zum anderen über die Sendezeit. Wenn Sie ein möglichst breites Publikum erreichen wollen – strahlen Sie Ihre Spots zu verschiedenen Tageszeiten aus. Wenn sich Ihre Werbung nur an Jugendliche richtet, die vormittags in der Schule sind – legen Sie Ihre Spots auf den Nachmittag. Die Sender selbst sortieren über die Musik zwischen Schichten und Generationen: Im Klassik-Radio erreichen Sie andere Hörer als auf einem Country & Western-Kanal.

Hörfunkwerbung ist relativ preiswert. Die Preise richten sich nach der Sendezeit und der Länge der Spots. Von einer bestimmten Sekundenmenge an gibt es Rabatt. Auch die Produktion des Funkspots kostet nicht die Welt. Sie brauchen eine Idee, eine Stunde im Tonstudio und einen oder zwei

Sprecher. Manche Privatfunksender übernehmen die Produktion der Spots gleich mit.

Das Schöne daran: Sie können mit größeren Konkurrenten gut mithalten. Denn im Radio vergleicht niemand Ihr eigenes bescheidenes Anzeigenformat mit den prächtigen Doppelseiten der Wettbewerber. Radio ist ein demokratisches Medium: Es ist Ihre Idee, die zählt.

## Ihre Werbung im Fernsehen

Selbstverständlich bietet das Werbefernsehen Vorzüge, die kein anderes Medium aufweisen kann.

Wie auf keine Weise sonst können Sie mit der Kombination von bewegtem Bild und Ton demonstrieren, wie Ihr Produkt funktioniert – und wie seine Vorzüge erlebt werden. Sie können in Handlungsabläufen vorführen, wie Ihr Produkt einen schlechten Zustand in einen besseren verwandelt. Sie können durch Übertreibungen ungewöhnliche Effekte erzielen. Sie können durch gut ausgewählte Schauspieler Vorbildverbraucher ins Wohnzimmer Ihrer Zuschauer schicken. Sie können im Zeichen- oder Sachtrick Bilder zeigen, die sonst noch nirgendwo zu sehen waren.

Millionen Fernsehzuschauer sehen Ihren Fernsehspot zur gleichen Zeit. Das kann – am nächsten Morgen im Büro – Gespräche auslösen und so Ihre Botschaft verstärken. Kinder bringen Ihre Jingles auf die Straße.

Wie bei jedem anderen Werbemittel auch müssen Sie bei Ihren TV-Spots mit den strategischen Überlegungen beginnen: Welches Problem löst Ihr Produkt? Welchen Nutzen hat der Verbraucher? Erst anschließend gehen Sie an die Umsetzung – und dabei können Sie auf viele der 17 Rezepte zum Nach-Denken (Seite 135 ff.) zurückgreifen.

Zwei wichtige Techniken, bei denen das Fernsehen den gedruckten Werbemitteln überlegen ist, sind die Demonstration von Produktvorteilen und das Erzählen von beispielhaften Geschichten.

In Demonstrationen führen Sie vor, wie das Produkt funktioniert. Das können Sie so einfach machen wie der Mann, der am Marktstand den neuen Wunderschwamm feilhält: Der Schwamm wischt über eine verschmutzte Fläche, der Schmutz verschwindet, Ende des Spots.

Sie können Ihren Wunderschwamm mit einem herkömmlichen Schwamm vergleichen: Während der alte Schwamm deutliche Schmutzreste hinterläßt, leistet Ihr Produkt ganze Arbeit. Oder schicken Sie Ihren Schwamm in den Härtetest: Wenn er beseitigt, was die Straßenbau-Teermaschine aufs Parkett schob, wird er normalen Haushalts-Ansprüchen bestimmt genügen.

Die andere Technik: Sie bauen um den Produktvorteil herum eine Geschichte auf. Das funktioniert in der Waschmittelwerbung seit eh und je auf ganz einfache Weise: Die Hausfrau kann einen Flecken nicht restlos aus der guten Bluse entfernen. Eine Freundin schaut vorbei, wundert sich über das Problem und empfiehlt das neue Waschmittel Ultra X. Das bringt denn auch prompt die Lösung, alle freuen sich, Ende des Spots.

Sie mögen diese Geschichte nicht besonders spannend finden – aber Sie können Ihre ja spannender machen: dadurch, daß Sie nicht Frau Jedermann, sondern einen Fernsehkommissar vom Problem zur Lösung finden lassen (Testimonial). Oder einen Gorilla. Oder eine Trickfilmfigur. Sie können auch die schlimme Alternative vorführen: Was passiert, wenn der Gorilla partout nicht zu Ultra X überlaufen will?

Zur Planung eines TV-Spots legen Sie in der Regel ein sogenanntes «storyboard» an – eine Abfolge von Bildern, die die einzelnen Phasen des Films beschreiben. Dieses storyboard bietet aber nur eine grobe Orientierung, den fertigen Spot erkennt man darin selten wieder. Denn Fernsehwerbung ist Teamwork – selbst die renommiertesten Werbeagenturen nehmen heute spezialisierte Filmemacher von außen unter Vertrag. Und denen fallen vor, während und nach der Dreharbeit noch viele Blenden, Schnitte, Fahrten ein, die den Film erst vollenden. Wenn Sie ins Fernsehen einsteigen: Machen Sie sich schnell mit dem Gedanken vertraut, daß Sie die Dinge nie so unter Kontrolle haben, wie Sie das von Ihren Anzeigen her gewohnt sind.

Lange Zeit galt Fernsehwerbung als *das* Instrument, mit dem sich Markentreue erschüttern läßt; Verbraucher, die sonst keinen Blick auf Ihr Angebot verschwendet hätten, wurden zu Ihnen «herübergezogen». Allerdings hat mittlerweile die Fernbedienung das *Zappen* von einem Kanal zum anderen selbstverständlich gemacht – darunter leiden die Zuschauerzahlen. Große Markenartikler begegnen diesen Einbußen nach der Strategie russischer Panzerarmeen durch die schiere Menge ihrer Einschaltungen und kommen offensichtlich auf ihre Kosten dabei.

Bei allen Vorzügen des Mediums: Die Wette steht 10:1, daß Sie als mittelständischer Anbieter im Fernsehen nichts verloren haben. Denn: Die Auswahlmöglichkeiten sind begrenzt. Zwar können Sie bei manchen Privatsendern – je nach Sendung, in der Ihr Spot ausgestrahlt wird – junge Hörer gezielt ansprechen; andere sind auf Kinder oder Frauen spezialisiert. Und sicherlich werden weitere Spartensender über den Satelliten kommen. In jedem Fall geraten Sie sofort in die großen Zahlen, in denen Fernsehwerber denken: Mindestens sechs Millionen Haushalte muß ein Sender technisch erreichen können, damit er in der TV-Werbung überhaupt eine Rolle spielt.

Die Einschaltkosten sind hoch. Für die Ausstrahlung eines 20-Sekunden-Spots müssen Sie einen fünfstelligen Betrag hinlegen. Und die Höhe der Produktionskosten dürfen Sie keinesfalls unterschätzen. Ein vernünftiger 20-Sekunden-Spot unter 30000 Mark ist die Ausnahme. Zu den Ausnahmen gehört, daß Sie oder Ihr Freund sich selbst hinsetzen und die Ware in die Kamera halten – das ist in amerikanischen Lokalsendern nicht unüblich.

Wenn Sie also erstens genug Geld und zweitens ein Produkt haben, das in großen Bevölkerungsgruppen gekauft wird: Fernsehen ist eine Möglichkeit für Sie. Wenn Sie aber Wälzlager oder Düngemittel verkaufen oder mit Briefmarken oder Steppdecken handeln: Überlegen Sie sich das mit der Fernsehwerbung noch mal.

## Ihrem Einfallsreichtum sind keine Grenzen gesetzt

Das Ziel, die richtigen Leute zum richtigen Termin zum günstigsten Preis zu erreichen, können Sie auf vielen Wegen verfolgen.

Ihre Eintragung in Adreß- und Fernsprechbüchern («Gelbe Seiten») gehört ebenso dazu wie Ihr Dia oder Ihr Werbefilm im Kino; Ihre Anzeige in den Kundenzeitschriften des Handels ebenso wie Ihr Prospekt in den Briefkästen genau definierter Wohnbezirke.

Sie können Ihren Wunschkunden beispielsweise eine Serie von Postkarten mit pfiffigen Kurznachrichten schicken – das ist ungewöhnlich und preiswert obendrein. Was Sie *nicht* schicken dürfen, ist ein Telefax. Firmen wollen nicht in den

Abend- und Nachtstunden auf ihren Faxgeräten mit Werbung überschüttet werden. Abgesehen davon, daß für mittelständische Firmen das teure Faxpapier in den Betriebskosten zu Buche schlägt, ist Telefaxwerbung höchstrichterlich untersagt und kann von den Betroffenen mit hohen Abmahnkosten verboten werden.

Sie können einen sogenannten «Sandwichmann» mit Werbetafeln auf Brust und Rücken die Straße auf und ab marschieren lassen – auf Messen nutzen selbst renommierte Konzerne solche «lebenden Werbeträger». Wenn Sie aber gern zeitgemäßer auftreten: Haben Sie schon daran gedacht, lohnenden Wunschkunden eine Audio- oder Videokassette zu schicken? Oder die Leistungen Ihres Produkts auf einer CD-ROM zu vermitteln? Selbstverständlich können Sie entsprechend ausgerüsteten Computernutzern Ihre Informationen auch online schicken – übers Internet beispielsweise.

Ihrem Einfallsreichtum sind keine Grenzen gesetzt. Läßt sich Ihre Botschaft dort auslegen, wo die Leute Zeit zur Lektüre haben – im Wartezimmer von Zahnärzten oder beim Friseur? Das Magazin GEO legt Bestellkarten für ein Gratisheft in die Cornflakes-Packungen von Kellogg's: Kann ein Anbieter, mit dem Sie nicht in Wettbewerb stehen, Ihren Prospekt in seiner Werbeaussendung «huckepack» mitnehmen?

Das Nachdenken über ungewöhnliche Verteilwege lohnt sich allemal. Das Nachdenken über die *richtigen* Wege ist unerläßlich: Wer Aufrufe zum Shell-Boykott an Bushaltestellen statt an Parkhäuser klebt, macht einen Fehler.

## 18.

# Direktmarketing:
# Wirkung über die volle Distanz

Alan Bigg, Chef einer britischen Direktmarketing-Agentur, hat den Unterschied zwischen klassischer Werbung und Direktwerbung griffig definiert: «Die klassische Werbung nutzt Massenkommunikation, um eine große Zahl von Leuten ein kleines Stück weit zu bewegen. Wir dagegen wenden uns an relativ kleine Gruppen und führen sie über die volle Distanz.»

## «Schicken Sie uns die Antwortkarte noch heute zurück»

Anzeigen, die im Dienst des Direktmarketing stehen, geben sich weder mit der Steigerung des Bekanntheitsgrads noch mit dem Aufbau eines positiven Images zufrieden. Sie wollen mehr. Sie wollen, daß ihre Leser *schon aufgrund der Anzeige kaufen.*

Diese Art des direkten Geschäfts folgt ihren eigenen Gesetzen. Hier genügt es nicht mehr, den Umworbenen Appetit zu machen – sie müssen auch sofort zulangen können.

Das bedeutet: Sie müssen so viel Auskunft über Ihre Ware geben, daß der Leser sich an seinem Schreibtisch oder am Küchentisch entscheiden kann. Er will wissen, warum er Ihr Angebot annehmen soll. Wenn er ja sagt – welches Problem kann er dann lösen? Welchen Wunsch kann er sich erfüllen?

Welcher Zusatznutzen wird ihm geboten – mühelose Bedienung, weniger Arbeit, Zeitersparnis, Farbvarianten nach Wahl, Wertsteigerung, regelmäßige Wartung, keine schädlichen Nebenwirkungen?

Wieso kann Ihr Produkt alle diese Nutzen bieten? Durch jahrelange Erfahrung, ausgesuchte Zutaten, patentierte Konstruktion, Übertragung einer Erfindung aus einem anderen Produktfeld. Wie kann der Leser sicher sein, daß Ihr Produkt sein Versprechen hält? Durch eine Garantie «Bei Nichtgefallen Geld zurück» oder durch Referenzen: «*3000 Ärzte haben den Venta Luftwäscher für sich und ihre Familien bereits gekauft.*»

Wie sieht es mit der Finanzierung aus? Der Leser spart mit Ihrem Produkt an anderer Stelle viel Geld. Er kann Gebrauchtes in Zahlung geben. Es gibt Zahlungserleichterungen, Leasingmodelle, die Kosten können als Betriebsausgabe von der Steuer abgesetzt werden.

Wie kann der Leser bestellen? Per Coupon, per Brief, per Telefon oder Telefax. Wenn Sie Coupons einsetzen: Vergessen Sie auf keinen Fall die Kennziffer – zur Kontrolle, welches Medium, welche Kreativfassung und welche Angebotsfassung wieviel Reaktion bringt.

Ihr Coupon gehört – wenn Ihre Anzeige auf einer rechten Seite steht – in die Ecke rechts unten. Zwei Schnitte sollten genügen, um ihn auszuschneiden. Selbstverständlich muß er leicht auszufüllen sein – auch in einer großen Handschrift. Auf dem Coupon selbst wiederholen Sie das Angebot in der Sprache des Umworbenen: «*Ja, ich möchte mehr über die Computer-Infothek Handwerk wissen. Senden Sie mir bitte kostenlos und unverbindlich Informationsmaterial.*»

Antwortkarten bringen deutlich mehr Reaktionen als Coupons. Fügen Sie sie Ihrem Werbebrief bei oder lassen Sie sie auf Ihre Anzeige oder Ihre Beilage aufkleben. In beiden Fällen wird der Leser gestoppt. Beim Durchblättern öffnet sich eine Zeitschrift oft an der Stelle, an der Ihre Karte beigeklebt ist; der Leser bleibt hängen. Die Antwortkarte, die aus dem Briefumschlag herausfällt, meldet ihm sofort: «Hier wird eine Antwort von mir erwartet.»

## In zwei Schritten zur Sache

Sie wissen: Es kann sich empfehlen, den erwünschten Neukunden erst einmal einen Köder hinzuhalten. Bieten Sie in Ihrer Anzeige zunächst eine interessante Informationsbroschüre oder einen Leitfaden an (*«24 Frühjahrs-Tips für Gartenfreunde»*). Bei den Leuten, die darauf reagieren, hat anschließend Ihr eigentliches Produktangebot gute Chancen.

Sie müssen Ihren Köder nicht einmal kostenlos auslegen. Eine Anzeige des Küchenherstellers Bulthaup zeigt eine Hausfrau, die aufmerksam ein großes Buch betrachtet; dazu heißt es:

*«Die Küche als Lebensraum» Der Bestseller von Bulthaup*
*Es gibt ein Buch, das Sie kennen sollten, bevor Sie sich für eine neue Küche entscheiden.*

*Dieses Buch bietet 120 Seiten Information und Inspiration, viele schöne Bilder, Materialbeschreibungen und Einrichtungsbeispiele. Es hilft Ihnen, Ihre neue Küche individuell zu gestalten und zeitgerecht einzurichten...*

*Dieses Buch mit dem programmatischen Titel «Die Küche als Lebensraum» schicken wir Ihnen, wenn Sie uns Ihre Anschrift und 15,- DM Schutzgebühr (inkl. MWSt + Versand) übersenden.*

*bulthaup Küchensysteme, Abteilung Buchversand S9, D-84153 Aich, Telefon zum Ortstarif 0130/...*

Wenn das bestellte Buch eintrifft, wird es von einem Brief begleitet, der auf das nächstgelegene Bulthaup-Küchenstudio – und dessen Telefonnummer – hinweist (ein aggressiverer Anbieter würde seinerseits telefonisch nachfassen).

## Schreiben Sie den Leuten doch einfach einen Brief

Wenn Ihr Marktanteil sehr niedrig, Ihr Absatzradius aber sehr groß ist, hilft eine Methode, mit der das Augsburger Handelshaus Fugger schon im 16. Jahrhundert reich wurde: Schreiben Sie den Leuten einfach einen Brief. Als mittelständische Firma bedienen Sie kein anonymes Millionenpublikum. In aller Regel *kennen* Sie Ihre Kunden – und die Interessenten, die Ihre Kunden werden könnten.

Werbebriefe (in der Fachsprache «Mailings») verkaufen heute immer mehr Produkte und Leistungen. Die unterschiedlichsten Anbieter unterlaufen die Trägheit des Handels und das Gewicht übermächtiger Wettbewerber dadurch, daß sie mit den umworbenen Verbrauchern direkt ins Gespräch kommen. Das Angebots-Spektrum reicht von «endlich den richtigen Socken» zu Torten-Spezialitäten, von der Mitglieder-Werbung bis zur Messe-Einladung. Jährlich geben Deutschlands Firmen mehr als 20 Milliarden Mark für Direktmarketing aus – Tendenz steigend. Das meiste davon geht in Mailings; an zweiter Stelle liegen die Anzeigen mit Response-Element.

Der Boom der Direktwerbung kommt nicht von ungefähr. Mailings und Anzeigen mit Antwortkarten verkaufen das Produkt in dem Augenblick, in dem sein Nutzen dem Empfänger springlebendig vor Augen steht. Beim Direktmarketing ist der Weg zwischen der Wirkung der Botschaft und dem Kaufentschluß denkbar kurz. Ihr Interessent wird in dem Moment zum Kunden, in dem er den Produktnutzen erlebt: Er füllt die Antwortkarte aus und steckt sie in den Briefkasten. Oder er schickt Ihnen – noch schneller – ein Fax.

Wenn er sich dagegen erst auf den Weg zum Händler machen muß, kann er in der Zwischenzeit leicht müde werden. Er kann seinen Vorsatz vergessen; er kann es sich anders überlegen. Selbst wenn er – Tage später – das Fachgeschäft oder den Supermarkt betritt, begegnet er dort im Regal einer Packung. Da kann es ihm schwerfallen, die gedankliche Brücke zu schlagen von dem lebendigen Bild, das Ihre Anzeige erzeugte, zu dem Pappkarton, den er vor sich sieht.

Zweitens: Mit Ihrer Direktaussendung können Sie besonders genau auf Ihre naheliegenden Neukunden zielen. Sie müssen nicht, wie beim Einsatz vieler «klassischer» Werbeträger, mit dem Weizen die Spreu in Kauf nehmen.

Und Sie können nicht nur die Adressaten präzise auswählen, sondern – wenn Sie einigermaßen gutes Adressenmaterial haben – auch gezielt auf die Situation und die Erlebnisvorräte Ihrer Empfänger eingehen.

So schreibt die Bank einem Mann zum sechzigsten Geburtstag: «*Sie gehören zu denjenigen Personen, die in den vergangenen Jahrzehnten hart gearbeitet und in dieser aktiven Zeit Vorsorge für das finanzielle Wohlergehen im Alter getroffen haben. In vielen Fällen wurden langfristige Lebensversicherungsverträge abgeschlossen... Sie stehen mithin vor dem Problem, die fälligen Beträge sinnvoll zu disponieren.*»

Die genaue Auswahl und die genaue Ansprache der Zielpersonen ist eine besondere Stärke der Direktwerbung; sie rechtfertigt die hohen relativen Kosten. Das Rechenbeispiel auf Seite 179 hat Ihnen gezeigt, daß Sie für den Kontakt pro Kopf bei einer Direktaussendung – im Vergleich zu einer Anzeige – leicht das Fünfhundertfache bezahlen. Durch die Präzision, mit der Sie die echten Interessenten erreichen, kann das dennoch eine lohnende Investition sein.

Die relativ hohen Kosten eines Mailings sehen Sie überdies in einem anderen Licht, wenn Sie nicht nur an Ihren Gewinn aus dem ersten Verkauf denken, sondern auch an Ihre Folgegeschäfte. Wenn es Ihnen gelingt, aus einem Neukunden einen Stammkunden zu machen, gewinnen Sie einen Wert, der auch aufwendigere Mailings rechtfertigt.

Drittens: In Ihrem Mailing können Sie alle Register ziehen. Sie können Ihre Argumente in aller Ausführlichkeit ausbreiten. Sie können Muster, Referenzen und Prämien für Schnellentschlossene beifügen. Daß Sie dabei auf Gewichtsgrenzen für das Porto achten müssen, ist Ihnen sicherlich klar.

Sie können per Direktwerbung auch Angebote testen, von denen Ihr Wettbewerber zunächst nichts erfahren soll. Ihre Anzeige würde er sofort sehen – bei einem Brief, den Sie versenden, ist das weniger wahrscheinlich.

Und schließlich: Direktwerbung erlaubt es Ihnen, genau zu kontrollieren, welchen Erfolg Sie haben – und wie der Erfolg zustande kommt. Auf diese Weise können Sie Schritt für Schritt Ihr Angebot und seine werbliche Umsetzung verbessern.

## Wie soll Ihr Mailing aussehen?

In der Direktwerbe-Branche gibt es eine Schule, die sagt: Ihr Mailing hat um so größere Chancen, beachtet zu werden, je mehr Sie hineinpacken. Was viel enthält, beschäftigt länger.

Wirklich wichtig sind für Ihr Mailing aber nur drei Dinge: der Brief, der Prospekt und die Antwortkarte.

## Ihr Brief

Von allen Bestandteilen Ihres Mailing kostet der Brief am wenigsten. Drucken Sie ihn in Schreibmaschinenschrift – Ihre Empfänger sind daran gewöhnt, daß Briefe so aussehen.

Ihr Brief kann ruhig lang sein. Er darf um so länger sein,

- je kleiner der Kreis der Leute ist, zu denen Sie sprechen,
- je teurer die Ware ist, die Sie anbieten,
- je komplizierter Ihr Produkt ist.

Der Texter Ed McLean von der New Yorker Werbeagentur Ogilvy & Mather hat Mitte der sechziger Jahre einen legendären Brief an ausgewählte Adressaten geschrieben, mit dem 1170 Mercedes 190 D im Handumdrehen verkauft wurden: «*Ich bezahle Ihnen für die ersten 15 000 Meilen, die Sie in dem neuen Mercedes 190 Diesel zurücklegen, allen Treibstoff, das Motoröl, alle Ölfilter und den kompletten Abschmierdienst... Mein Angebot gilt bis Montag, den 16. August, und ist auf die ersten tausend Interessenten begrenzt, die auf diesen Brief antworten.*»

Der Brief war fünf Seiten lang. Sein Erfolg hat sich herumgesprochen: Werbebriefe, mit denen Sie heute zum Abonnement eines Finanz-Newsletters eingeladen werden, erreichen locker einen Umfang von acht Seiten.

Stellen Sie Ihr bestes Argument, Ihren verlockendsten Nutzen gleich im ersten Absatz vor – damit der Leser anbeißt und weiterliest. Scheuen Sie nicht vor Wiederholungen zurück, wenn Sie Ihren Lesern etwas eindringlich vermitteln wollen. Wenn Sie ein Gratisangebot haben, dann sagen Sie gleich zu Beginn, daß die Sache gratis ist. Im Mittelteil wiederholen Sie, daß es nichts kostet, und zum Schluß bringen Sie noch mal den Hinweis: «Kein Geld einsenden!»

Machen Sie Ihren langen Brief lesefreundlich. Schreiben Sie kurze Absätze, heben Sie die wichtigsten Argumente durch Unterstreichung hervor. Provozieren Sie die Empfänger zum Weiterlesen: Unterbrechen Sie sich am Fuß einer Seite mitten im Satz – und führen Sie diesen Satz auf der nächsten Seite weiter.

Unter Ihre Unterschrift gehört ein PS – es wird fast immer gelesen. *«PS: Unser 164 Seiten starker Hotel- und Mietwagenführer wird schon bald ein unentbehrlicher Reisebegleiter für Sie sein.»*

## Sprechen Sie den Leser persönlich an

Textverarbeitungsprogramme machen es Ihnen leicht, Originalbriefe mit persönlicher Anrede automatisch zu schreiben – in beliebiger Auflage.

Sprechen Sie die Leser nicht nur mit ihrem Namen, sondern auch in ihrer Situation an: So geben Sie ihnen das wertvolle – und berechtigte – Gefühl, daß gerade sie gemeint sind. *«Als Einwohner von Eppendorf suchen Sie sicherlich schon lange...»* Oder *«Landwirte mit mehr als 50 ha wissen, daß heute...»*

Personalisieren Sie auch Ihren Absender. Die Empfänger möchten wissen, an welchen Menschen sie sich wenden können. Zu diesem Zweck genügt es, wenn Sie Ihrem Mailing eine Visitenkarte beifügen: Deren Name sollte identisch sein mit der Unterschrift unter dem Begleitbrief. OTTO-Kunden schicken ihre Antwortkarte an *«OTTO-Versand, Frau Margarethe Stolle, Hamburg»*.

## Ihr Prospekt

Sie gewichten zwar Ihre zentrale werbliche Botschaft und Ihre Zusatzpunkte – dennoch sagen Sie in Ihrem Prospekt *alles*. Denn Sie wissen nie, ob es nicht gerade ein ausgefallener Zusatznutzen ist, der bei dem einen oder anderen Empfänger den Ausschlag zur positiven Entscheidung gibt.

Ebenso wie bei Anzeigen – sprechen Sie nicht nur über sich selbst. Steigen Sie über ein Thema oder ein Problem ein, das den Leser von vorneherein interessiert.

Wenn Sie unterschiedliche Zielgruppen ansprechen: Sie müssen nicht immer das gesamte Mailing ändern. Differenzierte Begleitbriefe genügen. Legen Sie deshalb Ihren Prospekt so an, daß er die Basisinformationen enthält – und nichts, was eine Ihrer Zielgruppen stutzig machen könnte. Auch verderbliche Informationen (Preise, Liefertermine) gehören nicht in das Basismaterial.

## Die Antwortkarte

Machen Sie es dem Umworbenen so einfach wie möglich, die Antwortkarte auszufüllen. Lassen Sie ihm genügend Platz für seine Einträge. Beschriften Sie die Antwortkarte schon von vornherein mit Namen und Anschrift des Empfängers. Das fällt Ihnen leicht, wenn Sie diese Angaben auf eine Lang-DIN-Karte drucken, die Sie so in den Fensterbriefumschlag stecken, daß Empfänger- gleich Absender-Anschrift ist. Nutzen Sie den überstehenden Teil der Karte für eine zusätzliche Botschaft: «*Vertrauens-Garantie*» oder «*Nur noch bis Ostern!*»

Wiederholen Sie auf der Antwortkarte Ihr Angebot in den Worten des Angesprochenen: «*Ja, ich möchte die eingetragenen Artikel in aller Ruhe zu Hause prüfen.*»

Sie müssen nicht immer auf den direkten Verkauf zielen. Sie haben schon viel gewonnen, wenn Ihr Mailing zwischen Interessenten verschiedener Güteklassen sortiert. Das Kölner Modestudio Uschi Bützler fügt seinen Aussendungen eine «Kontakt-Karte» bei:

- Ich habe demnächst ein Team einzukleiden und schlage für das erste Briefinggespräch Ort und Termin wie folgt vor...

- Ich bin an einem unverbindlichen persönlichen Gespräch interessiert und bitte um Kontaktaufnahme unter der Telefonnummer...

- Ich habe gegenwärtig keinen Bedarf an Messe-, Promotion- oder Firmenmode. Schicken Sie mir trotzdem in Zukunft weitere Informationen zu diesem Thema.

- Senden Sie Ihren Folder bitte auch an folgende Anschrift...


## Gestaffelte Aussendungen

Zeitlich gestaffelte Aussendungen an ein und denselben Empfänger können wirksam sein, wenn Sie Ihre Botschaft bei einer sehr kleinen Zielgruppe nachdrücklich durchsetzen wollen. Ein bewährtes Schema: Mit Ihrer ersten Aussendung (einem sogenannten «Teaser») machen Sie den Adressaten neugierig. In der zweiten bieten Sie ihm die Auflösung an, und in der dritten fordern Sie ihn zur Aktion auf.

Zwischen den Versandterminen darf die Zeit nicht zu lang sein. Als sich in Essen die Firma Printing Partners als neue Druckerei etablierte, verschickte sie im Abstand von vierzehn Tagen drei Ansichtskarten an die potentielle Kundschaft. Sie zeigten zunächst die noch leere Produktionshalle, dann die Ankunft der neuen Druckmaschine und schließlich die Inhaber, die den Angeschriebenen aufforderten, mit ihnen über den «Bonus der ersten Stunde» zu sprechen.

Beigefügte dreidimensionale Dinge erhöhen die Aufmerksamkeit des Empfängers: Muster, Buttons, Ihr Produkt als Miniatur, Ihre Anzeige als Puzzle, Ihr Großflächenplakat als Buch. Daß sich schon mit preiswertem Papier Eindruck machen läßt, hat die Lufthansa vorgeführt: Zur Eröffnung ihrer Direktverbindung Frankfurt–Washington fügte sie ihren Briefen ein Pergament mit dem Faksimile der amerikanischen Unabhängigkeitserklärung bei.

## Wie kommen Sie an gute Adressen?

Die wichtigsten Adressen haben Sie schon: die Ihrer derzeitigen Kunden. Auf Seite 108 haben Sie gelesen, wie Sie diese Adressen systematisch sammeln. Erfassen Sie in Ihrer Datei auch Leute, die einmal Interesse an Ihrem Angebot zeigten, ohne daß es zur Bestellung kam.

Die Adressen *neuer* Interessenten können Sie auf mehreren Wegen beschaffen.

- Stöbern Sie Branchenbücher, Mitgliederverzeichnisse, Messekataloge und die Gelben Seiten durch.

- Schalten Sie kleine Anzeigen ein, deren vornehmlicher Zweck darin besteht, die Adressen von naheliegenden Neukunden einzusammeln: Bulthaup war das Beispiel auf Seite 202.

- Mieten Sie Adressen von einem Adressen-Verlag. Unternehmen wie Bertelsmann, Donnelley & Gerardi, Koop oder Schober bieten Ihnen aus Millionen von Branchen- und Berufsadressen die richtige Auswahl an. Die Adressen sind preiswert, von Doubletten bereinigt und in der Regel auf dem aktuellen Stand; mit mehr als 3 % Irrläufern brauchen Sie nicht zu rechnen.

Bei den Adressenverlagen können Sie oft auch Anschriften von Personen mieten, die im Versandhandel schon ein benachbartes Produkt gekauft haben. Wie gesagt: Ein Heimwerker, der bei einem Versandhaus eine Bohrmaschine bestellt hat, kann auch Ihre Werkbank brauchen.

Sie mieten die Adressen nur zu einmaliger Nutzung. Wenn Sie sie ein zweites Mal verwenden, ohne den Vermieter zu fragen, fallen Sie auf. Die Verlage haben Kontrolladressen unter ihre Listen gemischt.

Fachverlage führen Adreßlisten ihrer Abonnenten aus den unterschiedlichsten Branchen. Sie geben diese Adressen nicht heraus, sind aber oft bereit, für Sie den Versand an die gewünschten Zielgruppen vorzunehmen. In diesem Fall liefern Sie Ihr Werbematerial an den Verlag; dort wird es adressiert und verschickt.

Bevor Sie Ihr Mailing gestalten, sollten Sie unbedingt mit den Druckern sprechen. Die Fachleute können Ihnen viele kostensparende Tips geben. Eine kleine Änderung im Format oder in der Falztechnik kann Ihre Druck- und vor allem Ihre Portokosten beträchtlich senken.

# 19.

## So testen Sie die Wirkung

Jedes Werbemittel, das per Post Aufträge hereinbringen soll, stellt bereits einen Test dar. Kennziffern, die Sie einfügen, sagen Ihnen klipp und klar, woran Sie sind.

Zur Optimierung Ihres Erfolgs sind Teststufen unerläßlich. Folgende Elemente sollten dabei überprüft und schrittweise verbessert werden:

– Die griffigste Schlagzeile mit dem wirksamsten Nutzenversprechen.

– Die zugkräftigste Preisvariante.

– Die Auswahl der resonanzstärksten Werbeträger.

So gehen Sie vor: Verplanen Sie nicht von vorneherein Ihren gesamten Etat, sondern nehmen Sie zunächst einen Teil davon – zum Beispiel ein Drittel –, um verschiedene Entwürfe mit unterschiedlichen Schlagzeilen bzw. Preisvarianten gegeneinander zu testen. Dazu genügen ein oder zwei Veröffentlichungen dieser Motive in zwei oder drei der Werbeträger, die Sie später durchgehend belegen wollen. Die Anzeigen, die die geringste Zahl von Anfragen bringen, sortieren Sie aus; der Sieger bleibt übrig.

In der zweiten Teststufe schalten Sie das Siegermotiv dann in all den Zeitungen oder Zeitschriften ein, die Sie überhaupt für geeignet halten. Hier werden die Kennziffern zeigen, daß einige Titel mehr Rückläufe bringen als andere; in der Regel ergibt sich eine ganz klare Rangfolge auch in der Wirtschaftlichkeit – das heißt im Verhältnis der Insertionskosten zur

Zahl der Anfragen (CpR = *Cost per Response*). Ihren Etat konzentrieren Sie folgerichtig auf die Publikationen, die die besten Ergebnisse gebracht haben.

Ebenso einfach bekommen Sie die Ergiebigkeit unterschiedlicher Adressenlisten in den Griff: Sie versenden an jede Gruppe das gleiche Material mit einer unterschiedlichen Kennziffer.

Um in einer Direkt-Aussendung Preisalternativen zu testen, müssen Sie nicht Ihr gesamtes Material ändern. Ihren Basis-Prospekt (in dem kein Preis genannt wird) können Sie durchgängig verwenden. Nennen Sie die unterschiedlichen Preise auf gesondert beigefügten Angebotsblättern.

Wenn Sie verschiedene Angebote in Ihrer örtlichen Zeitung testen wollen: Drucken Sie Beilagen in den gewünschten Alternativen und fügen Sie diese Alternativen der Zeitung bei. Achten Sie unbedingt darauf, daß die verschiedenen Beilagen-Varianten schon in der Druckerei streng zufällig gemischt werden. Wenn das nicht geschieht, gerät unter Umständen die gesamte Auflage einer bestimmten Alternative in einen besonders wohlhabenden Stadtteil – Ihre Testresultate werden verzerrt.

## Die Ergebnisse im Griff

Die *Rücklaufquote* setzt die Zahl der eingehenden Coupons, Antwortkarten oder Faxbestellungen ins Verhältnis zum Umfang der eingesetzten Adressenliste oder zur Auflage der belegten Zeitung oder Zeitschrift. Wenn Sie aus einer Liste von 20 000 Adressen 200 Rückläufe bekommen, haben Sie eine Rücklaufquote von 1 Prozent.

Dieser Wert beurteilt, wie viele Reaktionen Sie mit *ein und demselben* Mailing aus *verschiedenen* Listen herausholen. Er kann Ihnen auch Auskunft darüber geben, welche *unter-schiedlichen* Angebote oder kreativen Ansätze die meisten Rückläufe aus *ein und derselben* Liste produzieren.

Bei Anzeigen, in denen Sie zunächst eine Information oder ein Muster zum Kennenlernen anbieten, ist es mit den Anfragen allein nicht getan; wichtig ist der Prozentsatz der Interessenten, die sich anschließend für den Kauf Ihres Produkts entscheiden. Auch zu dieser *Umwandlungsquote* gewinnen Sie nach einigen Monaten recht klare Erkenntnisse. Dadurch, daß Sie wissen, welche Stückzahl Sie pro 100 Anfragen verkaufen, erkennen Sie auch, welchen Betrag Sie in das Gewinnen einer Anfrage investieren dürfen, damit sich das Ganze noch lohnt.

Die *Kosten pro Auftrag* geben Auskunft über das Verhältnis zwischen Aufwand und Ertrag. Wenn Ihr Mailing 20 000 Mark gekostet hat und 100 Bestellungen bringt, haben Sie in jede Bestellung 200 Mark investiert. In der Fachsprache heißt es: Sie haben einen CpO-Wert *(Cost per Order)* von 200 Mark.

## Gewinn oder Verlust?

Angenommen, Sie verschicken 5000 Mailings, bestehend aus Brief, Prospekt, Antwortkarte und Versandumschlag. Rechnen Sie dafür mit Gesamtkosten (einschließlich Porto) von rund 22 000 Mark.

Ob dieses Mailing Gewinn oder Verlust bringt, hängt von zwei Faktoren ab: von der erzielten Rücklaufquote und von der Ertragsspanne, die Sie an jeder Bestellung haben.

Berechnen Sie die Kosten pro 100 Aussendungen (in unserem Beispiel 22 000 Mark × 100 : 5000 Mailings = 440 Mark). Teilen Sie das Ergebnis dann durch den Ertrag, den Ihnen jede Bestellung bringt. Wenn Sie zum Beispiel an jeder Bestellung 220 Mark verdienen – dann rechnen Sie 440 : 220 = 2. Bei einem Rücklauf von 2 % (= 100 Bestellkarten) kommen 22 000 DM auf Ihr Ertragskonto: Ihr Mailing macht sich also selbst bezahlt. Jede zusätzliche Bestellung ist Ihr Gewinn.

Sie haben drei Möglichkeiten, Ihren Erfolg zu steuern: Sie erhöhen die Rücklaufquoten – durch bessere Adressen-Auswahl oder ein überzeugenderes Nutzenversprechen. Sie erhöhen die Spanne des vertriebenen Produkts – oder Sie senken die Mailing-Kosten.

## Mehr Sicherheit von Anfang an: das Kerngruppen-Interview

Bei neuen Angeboten sollten Sie sich ein bißchen Gewißheit verschaffen, bevor Sie an die Entwicklung Ihrer Werbemittel gehen. Für Ihre mittelständische Firma sind umfangreiche Forschungsprojekte zu teuer – und in der Regel auch nicht nötig. Oft reichen schon ein paar Telefongespräche aus, um die gewünschten Sachverhalte in Erfahrung zu bringen.

Erkunden Sie erst einmal, welche Kenntnisse, Meinungen und Wünsche die Leute in dem Feld, in dem Sie Ihr Angebot abgeben wollen, schon haben.

Dazu müssen Sie nicht eine große repräsentative Umfrage starten. In relativ preiswerten Kerngruppen- oder «Focus»-Interviews erfahren Sie schon viel Wissenswertes. Ein erfahrener Gesprächsleiter (in der Regel von einem Marktforschungsinstitut) versammelt 8 bis 10 Männer und Frauen aus der für Sie interessanten Zielgruppe um einen Tisch; es gibt Getränke und belegte Brötchen. Sie selbst sitzen unbemerkt in einem Nebenraum und hören die Diskussion mit; oft können Sie auch über eine Videokamera oder einen Einwegspiegel zuschauen.

Nach einem zuvor mit Ihnen besprochenen Plan führt der Gesprächsleiter die Versammlung Schritt für Schritt ins Thema hinein und läßt erzählen. Welche Erfahrungen haben die Gesprächsteilnehmer in Ihrem Produktfeld schon gemacht? Welche Probleme sind dabei aufgetaucht? Wie hilft man sich in solchen Fällen? Welche Angebots-Alternativen sind bekannt? Wie werden die beurteilt? Hat man davon schon Gebrauch gemacht? Was wäre mit einer Lösung, wie Sie sie vorschlagen? Ist diese Lösung verständlich? Wird sie als nützlich erkannt? Gibt es Zweifel, daß sie auch wirklich funktioniert – und warum? Könnte man sich bestimmte Fälle vorstellen, in denen man so etwas anwendet? Was dürfte so etwas kosten? In welcher Art von Einzelhandelsgeschäft würde man danach suchen?

Aus einem solchen Kerngruppen-Interview gewinnen Sie keine exakten Zahlen; Sie erfahren *nicht*, wieviel Prozent Ihrer Zielgruppenangehörigen bereit sind, Ihr Produkt zum Preis von 128,- Mark zu kaufen.

Sie gewinnen aber wertvolle Einsichten in die Einstellungen und Erwartungen der Leute, auf die es Ihnen ankommt. Sie erkennen, wie sie das Thema sehen und wie sie Ihr Angebot in ihre Denkmuster und Wertsysteme einordnen. Mit anderen Worten: Sie klinken sich in die Mentalität der Umworbenen ein – und können Ihre zentrale werbliche Botschaft darauf einrichten.

Weil in solchen Veranstaltungen zu erleben ist, wie die Leute live über Ihr Thema, über Ihr Angebot und Ihre Konkurrenten sprechen, sollte der Texter Ihrer Agentur mithören. Er lernt Ausdrücke kennen, auf die er selbst nie gekommen wäre.

## 20.

# Der gläserne Kunde:
# Datenbank-Marketing

Eine Kartei mit den Namen und Adressen Ihrer Kunden hatten Sie sicherlich immer schon. Inzwischen – im Zeitalter des PCs – werden Sie in Ihren Dateien auch festhalten, was diese Kunden letzthin in Menge und Wert bei Ihnen gekauft haben. Schon aus diesen Daten können Sie ableiten, was ein Kunde im Lauf der Zeit für Sie wert ist – Sie können deshalb auch beurteilen, was Sie in die Neukunden-Akquisition investieren dürfen.

Jetzt wird es Zeit, daß Sie aus den neuen Möglichkeiten der Informations-Speicherung und -verarbeitung das Maximum herausholen. Wenn Sie die Vorlieben und Abneigungen jedes einzelnen Kunden kennen, können Sie erstens Ihre derzeitigen Kunden viel persönlicher ansprechen. Und zweitens können Sie aus der Analyse des Kundenprofils weitreichende Schlußfolgerungen zur Ansprache *neuer* Kunden ziehen. Denn Sie wissen: Gleich und gleich gesellt sich gern.

Die elektronische Datenbank kann Ihr Geschäft revolutionieren: Auch in einem stark angewachsenen Kundenkreis können Sie noch so tun, als ob Sie jeden einzelnen Kunden persönlich kennen. Mengengeschäft und individuelle Ansprache schließen einander nicht mehr aus.

In Ihre Datenbank gehören alle wichtigen Kundenmerkmale: Nicht nur Name und Adresse, sondern auch Art, Wert und Menge der gekauften Ware, Spezifikationen und Sonderwünsche, Datum des Kaufs, Zahlungsverhalten.

Auf diese Weise identifizieren Sie die Kunden, die in der Vergangenheit an bestimmten Dingen – in bestimmten Preislagen – interessiert waren. Sie identifizieren auch die 10 bis 20 Prozent der Top-Kunden, die bis zu 80 Prozent Ihres Umsatzes bringen. Solchen Kunden können Sie gezielte neue Angebote machen – diese Selektion erspart Ihnen kostspieligen Streuverlust.

Auch der Geburtstag des Käufers sollte einen Platz in Ihrer Datenbank haben. Oder der Geburtstag des Endverbrauchers. Ein britischer Katzenfutterhersteller soll eine Datei mit den Geburtstagen von Zehntausenden Katzen aufgebaut haben, jede Katze bekommt jedes Jahr eine Glückwunschkarte.

## Die richtige Struktur macht Ihre Datenbank leistungsfähig

Legen Sie Ihre Datenbank von vorneherein so an, daß sie nachträglich nicht mehr umgestellt werden muß. Wenn Sie für folgende Informationsfelder Spalten in Ihrer Datei einrichten, sind Sie für alle Sortierungen gewappnet, die später nötig sein können:

- Produktgruppe: Hauptprodukte, Nebenprodukte, Dienstleistungen
- Absatzmarkt: Gewerbliche Abnehmer, Privatkunden, Wiederverkäufer, Vermittler
- Kundengruppe: Stammkunden, Gelegenheitskunden, ehemalige Kunden, Interessenten
- Kundenhistorie: Wie hat sich Ihre Beziehung zum Kunden im Lauf der Zeit entwickelt?

- Aktionsdaten: Art und Zeitpunkt des Erstkontakts. Art und Zeitpunkt der werblichen Ansprache. Auf welche werblichen Maßnahmen hat der Kunde reagiert? Wer ist der zuständige Verkäufer/Betreuer?
- Kundenbewegung: Kauffrequenz, Bestellwert, Datum der letzten Bestellung.

Die regelmäßige Abfrage der Kundenbewegungen macht Ihre Datenbank zum Frühwarnsystem. Kunden, die über einen bestimmten Zeitraum nicht mehr aktiv waren, haben einen Nachfaßbrief – mit einem besonderen Angebot – verdient.

## Auf der Flucht gefaßt

Besonders hellhörig sollten Sie auch werden, wenn nach dem ersten Auftrag keine Anschlußbestellungen kommen. Ein Kunde zum Beispiel, der einen PC gekauft hat, braucht zwangsläufig auch Disketten, Kabel, Drucker. Es ist ein sicheres Signal für Unzufriedenheit, wenn dieser Anschlußbedarf in der Datenbank nicht auftaucht. Gastwirte kennen diesen Kundentyp: Er beschwert sich nicht, sondern geht einfach seiner Wege und kommt nicht mehr wieder.

Wenn Sie sich jedoch mehrfach um ihn bemüht haben, sollten Sie ausbleibende Aktivitäten von seiten des Kunden zum Anlaß nehmen, ihn erst einmal auf Eis zu legen.

Die Firma Microsoft protokolliert den Aktivitäts-Pegel ihrer rund 2 Millionen deutscher Kunden mit sogenannten Transaktions-Daten. Seit Jahren wird jeder Anruf und jede Postkarte an Microsoft auf einem Aktivitätskonto festgehalten. Es funktioniert nach einem Punktesystem: Wer eine Information anfordert, erhält eine Punktgutschrift. Für jeden Werbebrief von Microsoft werden dagegen Punkte abgebucht. So lassen sich automatisch die Aktiven von den Eingeschlafenen trennen: Das Unternehmen schätzt, daß es so fast die Hälfte seines Briefpapiers eingespart hat.

Ein rheinischer Kunsthändler lädt seine Kunden zu Ausstellungen und Auktionen ein. Er versendet zweimal jährlich seinen Katalog – und dann und wann ein individuelles Angebot zur Vervollständigung der jeweiligen Sammlung. Selektionsmerkmal ist das Sammelgebiet des einzelnen Kunden.

Karteileichen werden durch freundliche Anfragen «*Sammeln Sie noch? Sind Sie noch an unseren Katalogen interessiert?*» ausgeräumt. Wenn mehrere Briefe ohne Reaktion bleiben, werden die betreffenden Adressen aus der aktiven Datei herausgenommen – aber keinesfalls vernichtet. Nach ein oder zwei Jahren kann sich ein neuer Versuch lohnen.

Ob aktive oder ruhende Kundenadressen – überlegen Sie, ob Sie sie nicht an Adressenhändler («Listbroker») verkaufen. Dabei verhindert ein Sperrvermerk, daß Ihre direkten Konkurrenten den Nutzen haben. Ein automatisches Zusatzeinkommen verdienen Sie damit auf alle Fälle – und dagegen haben Sie sicher nichts einzuwenden.

## Zehn Dinge,
## die Sie sofort anfassen sollten

1. Legen Sie ein Hängeregister an, in das Sie alle Anzeigen, alle Prospekte, alle Werbebriefe, die Sie interessant finden, hineinwerfen.

2. Legen Sie ein zweites Hängeregister an, in dem Sie die Werbung Ihrer Wettbewerber sammeln.

3. Organisieren Sie eine Datenbank Ihrer Kunden und Ihrer Interessenten. Durchforsten Sie Ihre Korrespondenz und Ihre Rechnungskopien. Bringen Sie Ordnung in Ihre Adressen.

   Ihre Datenbank steht nicht auf einen Schlag. Im Lauf der Zeit fügen Sie immer mehr Namen hinzu – und zu vielen Namen ergänzende Informationen. Richten Sie aber möglichst von vornherein Spalten für alle Daten ein, die zukünftig anfallen werden. Für Ihren PC bieten Software-Programme wie dBase oder Lotus komfortable Möglichkeiten zur elektronischen Erfassung, Sortierung und Selektion.

4. Kaufen Sie sich einen Karteikasten mit Karten im Format DIN-A6. Richten Sie eine Ideenkartei ein. Unterteilen Sie diese Ideenkartei nach Produktideen, Zielgruppenideen, Angebotsideen, Gestaltungsideen. Schreiben Sie jeden Einfall auf. Im PC geht's auch.

5. Stecken Sie sich ein kleines Notizbuch ein, legen Sie sich ein Diktiergerät ins Auto. Halten Sie jede Idee fest.

6. Beantworten Sie sich selbst in einer stillen Stunde die Fragen zu Ihrem Geschäft und zu Ihrer Kundschaft, die Sie auf den Seiten 26 und 34 finden.

7. Schreiben Sie auf ein Blatt Papier, welche werblichen Ziele Sie in den nächsten 12 Monaten erreichen wollen – und wieviel Geld Sie dafür zur Verfügung stellen können.

8. Sprechen Sie mit Ihrem Werbeberater über dieses Buch. Fragen Sie ihn, ob er daraus neue Ideen beziehen kann, die Ihrem Geschäft zugute kommen. Oder:

9. Fragen Sie Kollegen, Drucker, Verlagsrepräsentanten nach einer guten Werbeagentur.

10. Lesen Sie folgende Bücher:

Siegfried Vögele, «*Dialogmethode. Das Verkaufsgespräch per Brief und Antwortkarte*», Verlag moderne industrie, 1994. Eine hervorragende Schritt-für-Schritt-Einführung in die Direktwerbung.

Vom selben Autor: «*99 Erfolgsregeln für Direktmarketing*», Verlag moderne industrie, 1995. Antworten auf die 99 häufigsten Fragen von 60000 Seminarteilnehmern.

Walter Schönert, «*Werbung, die ankommt*», Verlag moderne industrie, 1984. Viele spannend geschriebene Beispiele, Erfolgsregeln, praktische Folgerungen.

David Ogilvy, «*Über Werbung*», Econ-Verlag, 1984. Die gesammelten Erfahrungen des amerikanischen Altmeisters, mit vielen Bildbeispielen und einer Fülle von Tips. Exzellent.

Grey Werbeagentur, «*Wie man Marken Charakter gibt*», 1993, Verlag Schäffer-Poeschel. Ein ergänzender Einblick in das große Denken einer großen Agentur über große Marken.